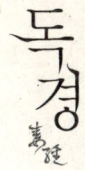

독경 讀經

허담 新무협 판타지 소설
FANTASTIC ORIENTAL HEROES

독경 10

허담 新무협 판타지 소설

초판 1쇄 찍은 날 § 2012년 3월 28일
초판 1쇄 펴낸 날 § 2012년 4월 4일

지은이 § 허담
펴낸이 § 서경석

편집부장 § 권태완
편집책임 § 어정원

펴낸곳 § 도서출판 청어람
등록번호 § 제1081-1-89호
등록일자 § 1999. 5. 31
어람번호 § 제2-2216호

주소 § 경기도 부천시 원미구 심곡2동 163-2 서경B/D 3F (우) 420-822
전화 § 032-656-4452 팩스 § 032-656-4453
http://www.chungeoram.com
E-mail § chungeoram@chungeoram.com

ISBN 978-89-251-2826-9 04810
ISBN 978-89-251-2582-4 (세트)

독경

毒經

[완결]

⟨10⟩

마음의 독

시목을 다루는 자 천하를 얻게 되리라.

만 가지의 독 중 가장 무서운 독, 시목(心毒)이라…

FANTASTIC ORIENTAL HEROES

허담 新무협 판타지 소설

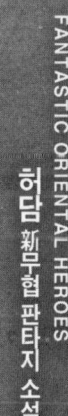

도서출판

청어람

目次

第一章
그 밤

독경
弘鍾

달빛 아래, 열두 척의 배가 장강으로 접어드는 강의 하구를 완전히 장악하고 있었다. 곳곳에 떠 있는 부수어진 배의 잔재들이 그들이 이곳을 장악하기까지 적지 않은 분란이 있었음을 말해주고 있었다.

호천대야 계림공 김류는 평소의 침착함을 잃지 않았지만, 그의 눈빛에서 세상을 굽어보는 패도의 기운은 많이 옅어져 있었다. 옅은 피로감이 그의 얼굴에 드리워져 있었다.

"대야. 어찌하오리까? 배를 버리심이……."

장묘익이 조심스럽게 물었다. 그러자 김류가 시선을 돌려 강의 양쪽 숲을 바라봤다. 그리고는 고개를 저었다.

"숲도 이미 그들의 차지다."

"설마……!"

장묘익이 놀란 눈으로 숲을 살폈다. 무거운 정적이 흐르는 숲에선 어떤 기척도 느낄 수 없다.

"제가 부족함인지 사람의 인기척을 찾을 수 없습니다만……."

"사람의 기운만 없는 것이 아니다. 짐승의 기운도 없다. 정상적인 고요가 아니라는 말이지. 사람이 만들어낸 고요다."

"아……!"

장묘익이 낮게 탄성을 흘렸다. 그의 눈에 절망의 기운이 스며들었다. 그러자 김류가 다시 입을 열었다.

"이런 꼴이라니. 천라지망은 내가 아니라 놈이 펼쳤군."

"놈이라면 누굴……?"

"파금검, 그놈의 짓이야."

"설마 생사련의 주도권을 그가 잡았다고 보시는 겁니까?"

"난 생사련 각 파의 수장을 잘 알고 있다. 그들은 모두 뛰어난 무인이자 우두머리이지만 또한 그들 중 누구도 이렇게 대담한 계책을 세울 사람은 없다. 물론 그들의 지모가 부족해서는 아니다. 단지, 나를 상대로 생사를 결할 과단성이 없을 뿐이지. 하지만 파금검, 그놈은 달라. 이런 일을 재미로라도 꾸밀 수 있는 놈이다."

"역시……. 그자를 미리 제거하는 것이."

장묘익의 말에 김류가 고개를 끄덕였다.

"그래. 미리 제거했어야 했어. 놈의 무공이 너무 뛰어나서

거둬 쓰려던 것이 이런 일을 만들었군."

김류가 우울한 표정으로 말했다. 그러자 장묘익이 굳은 표정으로 말했다.

"육로가 어렵다면 돌진을 해서라도 이곳을 탈출하겠습니다. 비록 저들이 대해를 제패한 구룡문이라 해도 이 배에 타고 있는 본령 고수들의 무위를 상대할 자는 별로 없을 것입니다. 접전이 되면 우리가 유리하고, 접전을 하지 않고 원공을 쓰면 피해를 감수하고라도 적진을 돌파할 수 있을 것입니다."

"그래야겠지, 후일을 도모하려면…… 아!"

말을 하던 중에 김류가 다시 탄성을 흘렸다.

"무슨 일이신지요?"

장묘익이 의혹 어린 표정으로 물었다.

"갈 곳이… 마땅치 않아."

"네? 그게 무슨 말씀이신지요?"

"놈이 현황산에 천라지망을 펼쳤다면 필시 해문산 풍월령과 금천장에도 손을 썼을 거야. 그 두 곳으로는 갈 수 없다."

"하면……?"

"휴, 이 배로 대해를 건널 수 있겠는가?"

"풍랑을 만나지만 않는다면……."

"일단 고려로 간다."

"고려로 말입니까?"

"요동은 너무 멀어. 이 배로 갈 수 없다. 일단 고려로 가 금가에 머물며 대계를 다시 구상해야겠어. 중원의 기반을 잃은 이상 이젠 왕씨를 제거하고 해동을 복구하는 일을 먼저 시도해야 할지도 모르겠어."

"청도로 가심은……?"

"청도?"

"그렇습니다. 이 대야님의 도움을 받으신다면……?"

장묘익의 말에 김류가 잠시 생각에 잠겼다. 그러다가 고개를 저으며 말했다.

"아니야. 역시 해동으로 가야겠다."

"하지만……."

"이보게, 묘익."

"예, 대야."

"나와 청도주와 나이가 몇 살 차인 줄 아는가?"

"정확히는 모르지만 대략 삼십여 세의 차이가 나는 줄 알고 있습니다."

장묘익의 대답에 김류가 고개를 저었다.

"아니야. 정확히 마흔한 살 차이네."

"그렇게나 많이 났었습니까?"

장묘익이 의아한 표정으로 물었다.

"그래. 청도주는 지금 오십이 겨우 넘었어. 반면 난 벌써 구십을 넘었지. 난 지는 해야. 기실 이번이 내 마지막 승부수였던 셈이지."

"세상 그 누구도 대야께서 백수를 바라보신다는 걸 믿지 못할 것입니다. 대야께서는 정정하시고 여전히 천하를 도모하실 수 있는 연세십니다. 과거 태공망의 고사도 있지 않습니까?"

"하하하! 이 와중에 젊어 보인다는 말이 위로가 되겠는가? 음… 알다시피 나나 봉황문주… 그리고 청도주는 특별한 무공을 익히고 있지."

"지화보결을 말씀하시는 건지요?"

장묘익이 조심스럽게 물었다.

"그렇다네. 그 지화보결의 효용 중 하나가 이렇게 사람을 나이보다 젊게 보이게 만드는 것이네. 하지만 그건 결국 사람의 눈을 속이는 것에 지나지 않아. 시간이란 인간의 힘으론 거스를 수 없는 것이지. 해서 이빈이 중원에서 내 마지막 승부였다는 건 진실일세. 물론 승부의 끝은 고려에서 보겠지만 이 싸움의 승패는 이제 가늠할 길이 없어. 만약 이기는 쪽이 확률이 육 할만 넘었어도 난 청도에서 아우를 불러냈을 거네. 봉황문주가 떠난 자리를 아우는 메우고도 남을 사람이니까. 하지만 지금은 오 할의 승부를 장담할 수 없어. 그러니 이런 싸움에 아우를 끌어들일 수는 없네. 아우는 나와 다른 세대를 살아갈 사람이네. 승부가 불확실한 늙은 형의 승부에 발을 들이기에는 너무나 아까운 사람이란 말이지. 청도주는 그의 시대를 살아갈 거네. 그리고 난 믿어. 그가 분명 뭔가를 해낼 것이란 걸."

김류의 말에 장묘익이 우울한 음성으로 대답했다.

"아직 대야께도 기회가 남아 있습니다."

"물론, 나도 해동에서 최후의 승부를 보아야겠지. 꿈꾸었던 천하가 아니더라도 적어도 해동은 얻어야지 않겠는가? 가세, 해동으로!"

"존명!"

장묘익이 깊숙이 허리를 숙여 보인 후 생기를 찾은 얼굴로 고개를 들더니 배를 움직이는 사내에게 소리쳤다.

"생로를 만든다. 대해로 움직인다. 배를 몰아라!"

장묘익의 명에 아무런 대답 없이 배가 움직이기 시작했다. 배는 마치 절벽을 향해 돌진하는 것처럼 무모하게도 열두 척의 구룡문 배를 향해 돌진하기 시작했다.

쿠쿠쿵!

거대한 석포 소리가 잠들어 있던 장강을 깨웠다. 열두 척의 구룡문 배에서 일제히 석포를 쏘아 올려 돌진하는 김류의 배를 공격하기 시작했다. 그러자 놀라운 일이 벌어졌다. 본시 석포의 공격을 받을 때는 몸을 배 안으로 숨겨야 하는 것이 정상인데 김류와 그 수하들은 날아오는 돌덩이들을 향해 오히려 마중을 나가는 것이었다.

그리고 드디어 구룡문의 배에서 쏘아 보낸 돌덩이들이 배에 떨어져 내리려는 순간 풍월령의 고수들이 일제히 날아드는 돌덩이를 향해 장력을 때려대기 시작했다.

콰콰쾅!

천지를 진동시키는 파열음이 일어났다. 그러자 김류의 배를 향해 날아들던 돌덩이들이 풍월령 고수들의 장력에 밀려나 방향을 잃고 강물에 떨어져 내렸다. 장력으로 석포를 밀어내는 기괴한 광경을 만들어 내며 김류가 탄 풍월령의 배가 속도를 높여 구룡문의 진영으로 밀고 들어갔다.

슈슈슈욱!

거리가 가까워지자 구룡문은 석포 대신 화살로 풍월령의 배를 공격하기 시작했다. 열두 척의 배에서 쏘아대는 화살들이 폭우처럼 풍월령의 배로 쏟아져 내렸다.

"악!"

"으음!"

아무리 고수들이라 해도 덩치 큰 바위가 아니라 빗줄기처럼 가는 화살을 모두 막아낼 수는 없는 일이다. 더군다나 이미 깊은 밤이었기에 날아드는 화살을 방비하는 것이 더욱 어려웠다. 덕분에 풍월령의 고수 중 일부가 화살에 맞아 비명을 터뜨리며 쓰러졌다. 그러나 그럼에도 불구하고 김류를 태운 배는 속도를 줄이지 않았다.

"막아랏!"

어딘가에서 구룡문주 장산조의 노성이 들려왔다. 그러자 두 척의 구룡문 배가 좌우에서 거리를 좁혀들며 풍월령 배의 앞길을 막았다.

쿠쿠쿵!

풍월령의 배가 적의 움직임에 아랑곳하지 않고 구룡문 배에 부딪쳐 갔다. 순간 풍월령의 배 측면으로 깊게 홈이 파이며 배의 일부분이 뜯겨져 나갔다.

구룡문의 배는 처음부터 수전을 위해 만들어진 배라 이런 격돌에서 풍월령의 배가 버텨낼 수는 없었다. 그럼에도 불구하고 풍월령의 배는 좁은 두 척의 구룡문 배 사이를 뚫고 나갔다.

"속도를 높여라!"

상당한 피해를 입었지만 일단 두 척의 방해를 뚫고 나온 풍월령의 배에서 장묘익의 높은 목소리가 터져 나왔다. 그러자 풍월령의 고수들이 힘차게 노를 저어 배의 속도를 높이기 시작했다. 마침 서풍이 불어 동쪽으로 나아가는 배를 힘껏 밀어주고 있었다.

그렇게 김류가 탄 배가 구룡문의 진영을 뚫고 탈출에 성공했다 싶은 순간 구룡문주 장산조의 목소리가 어둠을 뚫고 들려왔다.

"좌우군은 우회하여 놈들을 막아라!"

구룡문주의 명이 떨어지자 진영의 가장 바깥쪽에 있던 배들 네 척이 갑자기 속도를 높이더니 순식간에 풍월령의 배를 추월했다. 그리고는 이십여 장 앞에서 급히 방향을 틀어 강의 가운데로 들어오면서 김류가 탄 배의 앞을 막았다. 그러자 김류의 배는 순식간에 꼼짝없이 풍월령의 배들에게 포위되고 말았다. 과연 물 위에선 적수가 없다는 구룡문의 움직임이었다.

"당황치 마라. 계속 앞으로 간다!"

풍월령의 배 위에서 다시 장묘익의 목소리가 흘러나왔다. 그러자 풍월령의 배가 방향을 한쪽으로 틀어 구룡문의 배들 사이에 미세하게 난 틈을 향해 돌진했다.

슈슈슈욱!

다시 폭우 같은 화살 공격이 시작됐다. 순식간에 풍월령의 배가 고슴도치로 변했다. 다시 몇 명의 풍월령 고수가 화살을 맞고 강으로 떨어졌다. 그러나 그 와중에도 풍월령의 배는 속도를 늦추지 않았다.

"충선!"

구룡문의 배에서 누군가의 높은 음성이 터져 나왔다. 동시에 양측의 배가 다시금 격렬한 충돌음과 함께 부딪혔다.

쿠쿠쿠쿵!

이번에도 역시 배가 상한 쪽은 풍월령이었다. 이제 풍월령의 배는 한쪽 옆구리가 완전히 피손되어 이대로는 바다로 나아가도 대해를 건널 수 없을 지경이었다. 그런데 그때 갑자기 풍월령의 배 위에서 십여 명의 인물이 어둠을 뚫고 날아올라 구룡문의 배로 넘어갔다. 아마도 자신들의 배 상태로는 더 이상 탈출은 용이하지 않다고 판단한 모양이었다.

"와아!"

풍월령 고수들의 공격을 받은 구룡문의 배 위에서 거대한 함성이 일어났다. 연이어 구룡문의 배 위에서 격렬한 생사투가 벌어지기 시작했다. 그리고 그 혼란의 와중에서 대호와 같은 기세로 전장을 장악하는 자가 있었다. 호천대야 김류였다.

풍월령 고수들의 저력은 대단했다. 애초부터 김류의 곁을 지키고 있던 자들이었기에 그 무공이 특출하기도 했지만, 목숨이 경각에 달려 있다는 위기감이 그들의 잠재력을 모두 끌어내고 있었다.

더군다나 그들의 가장 앞에는 김류가 있었다. 김류가 싸움의 전면에 나서던 때가 언제였던가. 그동안 김류는 구름 속에 숨은 용이었다. 풍월령의 고수들조차도 그 얼굴을 쉽게 볼 수 없는 존재, 언제부터인가 풍월령에서 신처럼 여겨지던 존재가 바로 김류였다.

그런 김류가 몸소 검을 들어 전장의 가장 앞에 나서고 있었다. 그것이 그들이 처한 처지를 대변하는 것이기도 했지만, 또한 풍월령 고수들의 전의를 끌어올리는 일이기도 했다.

그러나 그렇게 막강한 풍월령 고수들의 공세에도 불구하고 구룡문의 고수들은 쉽게 자신들의 배를 내주지 않았다. 바다를 지배해 온 그들의 용맹도 용맹이거니와 그들이 타고 있는 배, 구룡문 전선들의 특이한 구조가 강호 절대고수들의 침입을 효과적으로 막아내고 있었던 것이다.

애초부터 배의 지붕은 적의 월선을 막기 위한 방비들이 덮고 있었기에 비록 무공에서 뒤질지라도 구룡문은 풍월령 고수들의 침입을 근근이 막아내고 있었다.

그러나 배의 단단함과 구룡문 문도들의 용맹에도 불구하고 김류의 무공을 온전히 감당할 수는 없었다.

쿠쿠쿵!

한순간 김류의 검이 길게 꼬리를 만들어내며 검기를 흩뿌리자 단단하던 구룡문 전선의 한쪽 지붕이 무너져 내렸다. 그러자 그 틈으로 선체의 내부가 드러났다.

"죽어랏!"

내부를 드러낸 배 안쪽에서 두 명의 구룡문 고수가 김류를 향해 달려들었다. 그러자 김류가 침묵 속에 검을 휘둘렀다.

삭!

"악!"

소름끼치는 비명성이 일어나더니 찰나의 순간에 두 명의 구룡문 고수가 김류의 검에 베어 쓰러졌다. 그제야 김류가 입을 열었다.

"서둘러 배를 장악하라. 이 배로 바다로 나간다!"

김류의 명에 풍월령의 고수들이 대답도 없이 김류를 스쳐 지나 배 안으로 질주해 들어갔다. 그런데 그 순간이었다.

슈슈슈욱!

갑자기 배 안쪽에서 수십 개의 암기가 쏟아져 나왔다.

카캉!

"욱!"

급작스런 암기의 공격을 가까스로 막아낸 사람도 있었지만 암기에 당해 그 자리에서 쓰러진 풍월령 고수도 서넛은 되었다.

"이놈들!"

김류의 입에서 노성이 터져 나왔다. 연이어 그의 검이 허공을 갈랐다. 그러자 빛의 기둥처럼 솟구친 검기가 수직으로 떨어져 내리며 재차 전선의 단단한 지붕을 파괴했다.

콰쾅!

강렬한 파열음과 함께 절반에 가까운 배의 지붕이 무너져 내렸다. 그러자 이제 구룡문의 배가 활짝 그 내부를 드러냈다. 순간 배 안쪽에서 차가운 음성이 들렸다.

"방막을 걸고 응전하라!"

목소리가 들리는 순간 그나마 남아 있던 전선의 지붕이 이번에는 타인이 아니라 구룡문 고수들에 의해 활짝 열렸다. 그리고 그 안에서 수십 명의 구룡문 고수가 도검을 든 채로 모습을 드러냈다.

"배를 점하라!"

다시 김류의 명이 떨어지자 풍월령의 고수들이 일제히 구룡문 고수들을 향해 달려들었다. 그런데 바로 그때였다.

쿵!

일촉즉발의 격돌이 이뤄지려는 찰나 갑자기 강력한 충돌음이 일어나며 배가 크게 흔들렸다.

"엇!"

"음!"

갑작스런 배의 요동에 배 위의 사람들이 놀라며 몸의 중심을 찾아 허둥대는 사이 뒤쪽에서 한마디 묵직한 음성이 들려왔다.

"잠시 검을 거두시지요, 호천대야!"

순간 장내의 고수들 시선이 일제히 목소리가 들린 쪽으로 향했다. 김류 역시 천천히 신형을 돌려 목소리의 주인을 찾았다. 한 척의 검은 배가 강물 위에 산처럼 우뚝 서 있었다. 그리고 그 배의 앞머리에 구룡문의 문주 장산조가 십여 명의 수하를 거느리고 위엄있는 자세로 서 있었다.

"구룡문주인가?"

지난 날 여러 번 구룡문을 자신의 세력으로 끌어들이려 시도한 김류지만 구룡문주 장산조를 대면하는 것은 오늘이 처음이었다. 물론 장산조 역시 김류와는 초면이었다.

"그렇습니다, 대야!"

장산조가 정중하게 포권을 해 보였다. 비록 적이지만 강호의 존장에 대한 예를 잃지 않는 장산조의 태도에 영웅의 기백이 서려 있었다. 그런 장산조를 김류가 깊은 눈으로 응시했다.

"이런 모습으로 뵙게 되어 유감입니다."

김류가 말이 없자 장산조가 다시 입을 열었다. 그제야 김류가 장산조의 말에 대꾸를 했다.

"나 역시 마찬가지요. 문주에 대한 명성은 익히 들어왔지만 오늘 실제로 대하고 나니 명불허전이요."

"칭찬 감사합니다."

"문득 아쉬운 생각이 드는구려. 어떻게 해서든 구룡문과 인연을 맺었어야 했는데……."

김류가 진정으로 아쉬운 표정을 드러냈다. 그러자 장산조가 미소를 지으며 대답했다.

"저 역시 좋은 인연으로 만나지 못한 것이 아쉽습니다."

"왜 나의 제안을 거절한 것이오?"

문득 김류가 물었다. 수차례의 제안에도 김류의 초대를 거절한 장산조가 아니었던가?

"대야께선 친구를 원하는 것이 아니라 수하를 원하셨지요. 그건 구룡문으로서는 받아들일 수 없는 제안이었습니다."

"음, 어떤 무리든 우두머리가 있어야 하는 것이 아니오?"

"강호의 패권을 노리자면 그러하지만 구룡문은 강호의 패권에는 욕심이 없습니다. 그러니 남의 밑에 고개를 숙이고 들어갈 이유도 없지 않습니까?"

장산조의 말에 김류가 고개를 끄덕이다가 불쑥 물었다.

"하면… 파금검과의 일은 어찌 된 것이오? 그가 생사련을 이끌고 있는 것 아니오?"

"파 대협과의 관계는 다르지요. 그는 결코 강호에 군림할 생각도 없고, 또한 우리 위에 서고자 하지도 않습니다."

"음… 과연 그의 진심을 믿을 수 있소?"

"사람의 마음이 간사하긴 하지만 파 대협이 흉중에 야망을 숨기고 있을 거라고는 생각지 않습니다. 그건 대야께서도 잘 알고 계시리라 생각합니다만……."

장산조의 말에 김류가 천천히 고개를 끄덕였다.

"하긴 파금검 그가 특이한 자이긴 하지."

"대야, 제가 한 가지 제안을 드리지요."

"제안? 설마 이제 날 독 안에 든 쥐로 취급하는 것인가?"

"어찌 그럴 리가 있겠습니까? 하지만 오늘의 형국이 대야께

불리한 것만은 사실이 아닌지요?"

말이 그렇지 지금의 형국은 김류의 말대로 그가 독 안에 든 쥐의 처지와 다를 바가 없었다.

"말해보시오."

김류가 고개를 끄덕였다.

"지금 즉시 병기를 내리고 일단 제 배에 오르십시오. 하면… 일신의 안위는 보장해 드리겠습니다."

"하하하! 항복을 하라? 목숨을 구걸하라? 그리고 평생을 죄인으로 살라. 그 말인가?"

"물론 지금까지와는 다른 삶을 사셔야겠지요. 하지만 최대한 불편함이 없도록 하겠습니다. 더 이상 싸움을 지속하는 것은 결국 양쪽 모두에게 손해가 나는 일이 아니겠는지요?"

장산조가 진심 어린 표정으로 말했다. 장산조의 진심이 전해졌는지 김류가 잠시 생각에 잠겼다. 그러나 결국 그는 고개를 저었다.

"문주의 제안 고맙게 생각하오. 하나! 내가 살면 얼마나 더 살겠다고 목숨을 구하기 위해 굴욕을 참겠소. 그리고 난 아직 꿈을 포기하지 않았소!"

김류가 대답이 채 끝나기도 전에 신형을 날렸다. 갑판을 차고 오른 그의 신형이 한 마리 새처럼 맞은편 장산조의 배를 향해 날아갔다. 허공을 가르는 그의 머리 위로 한줄기 검기가 치솟았다. 그리고는 거침없이 장산조를 향해 일검을 그어 내렸다.

쿠앙!

강력한 파공음이 그의 검기를 타고 일어났다. 순간 장산조가 급히 도를 치켜올렸다.

웅!.

장산조의 도 역시 무거운 도기를 만들어냈다. 그러나 하늘에서 떨어져 내리고 있는 김류의 검기를 막아내기에는 늦은 감이 있었다.

카릉!

검기와 도기가 무섭게 격돌했다.

쿠쿠쿵!

한 번의 격돌에서도 우열은 금세 드러났다. 장산조가 김류의 검기를 감당하지 못하고 십여 걸음 뒤로 물러났다.

"그대를 베면 이곳의 상황을 되돌릴 수도 있겠지."

김류가 무섭도록 차분한 어조로 말했다. 그러나 그의 말은 그 어떤 말보다도 위험하게 들렸다. 반드시 장산조를 베겠다는 의지가 그의 말에 서려 있었다. 그도 그럴 것이 장내의 상황을 반전시킬 수 있는 유일한 방법은 그가 장산조를 베는 것뿐이기 때문이었다. 그런 면에서 장산조가 김류 앞에 모습을 보인 것이 어쩌면 실수일 수도 있었다.

"내 목은 그리 가볍지 않습니다!"

기습적인 김류의 공격에 뒤로 밀리기는 했으나 장산조 역시 강호팔황 구룡문의 문주다. 일단 여유를 찾은 후 김류를 상대하는 장산조의 도는 처음과 달리 광풍 같은 힘이 서려 있었다.

콰콰캉!

벼락과 해풍이 뒤섞이듯 김류와 장산조의 도검이 뒤엉켰다. 거대한 격돌음이 장내를 가득 메웠다. 구룡문의 고수들도, 풍월령의 고수들도 잠시 도검을 멈추고 두 사람의 대결을 주시했다.

김류와 장산조는 순식간에 오십여 초를 교환했다. 둘 사이에서 일어나는 진기의 소용돌이로 배 위가 난장으로 변했다. 그러던 한순간 태풍처럼 몰아치는 장산조의 도기를 김류의 검기가 뚫었다.

팟!

"음!"

날카로운 파열음과 함께 상산조의 옷깃이 김류의 검에 베어져 나갔다. 장산조의 입에서 자신도 모르게 침음성이 흘러나왔다. 장산조가 급히 이삼 장 뒤로 물러났다.

"목을 주셔야겠네!"

승기를 잡은 김류가 검기를 뿌려대며 장산조를 향해 육박했다. 장산조가 정신을 차리고 급히 김류의 공격에 대응했지만 그의 도법은 이미 어지럽게 흔들리고 있었다. 이대로 가다가는 필경 김류의 검에 장산조의 목이 잘려 나갈 상황이었다.

그런데 김류의 검이 막 장산조를 최악의 위험으로 몰고 가려는 순간 갑자기 배 후미에 한 사람의 그림자가 드리워졌다. 그림자의 주인은 잠시 김류와 장산조의 싸움을 지켜보다가 훌쩍 몸을 날려 김류의 후미로 내려섰다. 그리고는 거침없이 김류를 향해 검을 그었다.

팟!

한줄기 검기가 김류의 허리를 잘랐다.

"놈!"

김류의 입에서 노성이 터져 나오더니 그의 신형이 허공으로 치솟아 뒤로 제비를 돌아 검은 인영의 검기를 피해낸 후, 번개처럼 상대를 향해 검을 찔러 넣었다.

창!

검기와 검기의 격돌하면서 눈부신 빛무리가 사방으로 퍼져 나갔다. 순간 두 사람이 누가 먼저랄 것도 없이 각기 이삼 장 뒤로 물러났다.

"누구냐?"

김류가 침묵을 지키고 서 있는 검은 인영을 보며 물었다. 그가 구룡문의 사람임을 몰라서 묻는 것은 아니었다. 단 일 합의 격돌만으로도 상대가 구룡문주를 능가하는 고수라는 것을 알아챘기에 묻는 것이었다.

"그대가… 계림공 김류요?"

검은 인영이 물었다. 낮지만 강렬한 기운을 지닌 목소리다.

"지금 내 정체를 몰라서 묻는 것이냐?"

"내가 하는 일이 늘상 그렇소. 백 번 의심을 하고, 반드시 내 눈으로 확인하고, 내 귀로 들은 후에야 믿음을 가지는 일이오. 무척 번거로운 일이지."

사내가 문득 고개를 들어 달빛 아래 얼굴을 드러냈다. 추룡사의 우두머리 강초였다.

"낯설구나. 누구냐? 구룡문에서 밥을 빌어먹는 자는 아닌 것 같은데……. 무공을 보면 강호에 제법 알려진 자일 터!"

김류의 물음에 강초가 고개를 저었다.

"잘못짚었소. 강호에서 날 아는 사람은 거의 없소. 난… 강호인이 아니오."

"강호인이 아니다? 그렇다면 그대는 왜 이 싸움에 관여하는 것이냐?"

"그건 바로 당신 때문이오."

순간 김류의 눈빛이 번쩍였다. 이런 경우는 대개 구원(舊怨)을 지닌 자임이 보통이다.

"내게 원한이 있느냐?"

김류의 물음에 강초가 고개를 저었다.

"개인적인 원한은 없소."

"강호인도 아니고 개인적인 원한도 없다니! 그렇다면 내게 검을 겨눌 이유가 무엇이란 말이냐?"

"그건 그대가 계림공이기 때문이오."

순간 김류의 눈빛이 차갑게 가라앉았다. 그리고는 뭔가를 깨달은 듯 깊은 눈으로 강초를 응시했다. 억겁의 시간처럼 침묵이 흘렀다. 짧지만 긴 침묵을 깬 것은 김류였다.

"고려 황실의 인물이군."

"후후, 역시 눈이 빠르시구려. 난… 추룡사요!"

순간 김류의 얼굴에 은은한 노기가 서렸다.

"추룡사! 정말 왕씨의 뒤를 닦는 자였군."

"저런, 말씀이 너무 지나치시구려. 난 그래도 예의를 지키고 있건만!"

"너희들 손에 죽어간 형제들이 몇이던가? 근 이백여 년 동안 수백의 목숨이 사라졌지."

"왕조의 흥망을 다투는 과정에서야 당연한 일 아니오? 그럼에도 불구하고 당신 같은 사람이 출현하지 않소? 당신처럼 과거의 영화를 되살리겠다는 허황된 꿈을 꾸는 사람이 없다면 우리 추룡사도 없었겠지."

"죽여주마! 네 검에 죽어간 형제들의 복수를 해야겠어."

김류가 검을 들었다. 지금껏 볼 수 없었던 살기가 김류의 전신에서 일어났다. 그러자 강초 역시 검을 들어 올리며 말했다.

"나도 오늘 그대를 베어야겠소. 그대를 벤다면 금문의 기세가 한풀 꺾이겠지. 적어도 수십 년 동안 추룡사가 바쁠 일은 없을 거요."

"금문의 뿌리가 그렇게 허술할 것 같으냐?"

"물론 언젠가는 또 다른 싹이 트겠지. 그러자 계림공 김류와 같은 인물을 다시 배출하려면 아무리 금문이라 해도 시간이 필요할 거요. 뭐, 그때쯤이면 나도 추룡사를 그만두고 죽을 때를 기다리거나 혹은 이미 죽어 흙이 되어 있을 테니 그때의 일까지 내가 걱정할 필요는 없지 않겠소? 당대에 내가 추룡사로서 검을 드는 상대는 아마도 당신이 마지막일 거요."

"추룡사가 얼마나 무서운지 견식해 보지."

"실망시키지 않으리다!"

강초의 말이 떨어지기 무섭게 김류의 검이 움직였다.

팟!

한줄기 날카로운 검기가 화살처럼 강초를 향해 뻗어나갔다. 그러자 강초가 재빨리 몸을 틀어 김류의 검기를 피해냈다. 그리고는 김류를 향해 반격의 일초를 뻗어내며 소리쳤다.

"추룡사들은 모두 나서 역도들을 거두라. 단 한 명도 살려 보내서는 안 된다!"

순간 어둠 속에서 십여 명의 흑의인이 모습을 드러내며 소리쳤다.

"명을 받듭니다!"

흑의인들이 대답과 동시에 일제히 풍월령 고수들을 향해 닥쳐 들었다. 순식간에 장내가 다시 생사결의 소용돌이로 빠져 들어 갔다. 그 사이 김류와 강초는 연이어 십여 초의 공수를 주고받고 있었다. 김류의 무공은 대단했지만 그걸 상대하는 강초의 무공 역시 김류에 못지않았다. 두 사람의 대결은 겉치레가 없는 생사초의 교환으로, 일 수 일 수에 그들의 목숨이 이승에서 저승을 오갔다. 덕분에 배 안에는 싸늘한 살기가 서리처럼 내리고 있었다.

그러나 시간은 결코 김류의 편이 아니었다. 곳곳에서 풍월령 고수들이 죽어갔다. 이 싸움의 승산은 단 일 할도 김류에게 없었다. 물론 이런 결과는 김류 역시 예측하고 있었다. 그가 풍월령의 배에 난입한 것은 이 싸움을 이기기 위해서가 아니었다. 배를 탈취해 대해로 나가려던 것이 본래 목적이었다.

그러나 지금은 그조차도 어려운 상황이었다. 배를 탈취하기는커녕 수하 모두를 잃을 위기에 처한 김류였다. 그렇다고 혼자 몸을 빼기도 어려웠다. 추룡산 강초는 강호에서도 보기 드문 고수로 절대 김류를 자유롭게 놓아줄 사람이 아니었던 것이다.

"네놈! 반드시 죽인다."

오늘 밤 이 현황산에서 일어난 실패의 좌절감이 김류의 모든 분노를 강초에게로 향하게 만들었다. 그의 몸이 거대한 산처럼 부풀어 올랐다. 아니, 본래 그의 몸은 그대로였으나 그 몸에서 흘러나오는 진기가 그를 거인처럼 보이게 만들었다.

그리고는 만근의 무게를 담은 발걸음으로 강초를 향해 뚜벅뚜벅 걸어가기 시작했다. 그의 발아래서 배의 갑판이 유리처럼 부서져 나갔다. 김류의 독문무공 웅보였다.

강초의 표정이 일변했다. 김류의 웅보는 그것을 상대하는 사람의 심장을 얼어붙게 한다. 거대해진 기운으로 상대를 당할 수 없는 절대자로 느끼게 하는 것이 바로 웅보였다.

강초 역시 다가서는 김류에게서 답답함을 느꼈는지 서너 걸음 뒤로 물러났다. 그러는 사이 김류가 검을 들어 올렸다. 그의 검이 무겁게 허공으로 올라갔다. 김류의 몸을 휘감고 있던 진기들이 검을 따라 올라가 그의 머리 위에서 거대한 검기를 만들었다.

태산 위에 우뚝 솟은 암봉처럼 김류의 검이 하늘을 가를 듯 허공에 섰다. 강초는 김류의 검을 바라보며 눈을 가늘게 떴다. 강초 역시 무겁게 검을 들어 가슴 앞에 세웠다. 그리고 단단한 절벽을 향하는 심정으로 강초의 검이 김류를 향해 뻗어나갔다.

　"죽어야겠다."

　김류의 입에서 지옥처럼 어두운 음성이 흘러나왔다. 그 살기에 두 사람의 싸움을 지켜보고 있던 장산조가 부르르 몸을 떨었다. 그 순간 두 사람의 검과 검이 격돌했다.

　쿠쿠쿵!

　묵직한 격돌음이 장내를 뒤흔들었다. 두 사람이 끌어올린 진기에 비하면 소리가 그리 큰 것은 아니었다. 그러나 장산조는 알 수 있었다, 이들이 지금껏 그가 보지 못했던 최고의 격놀을 했다는 것을. 그들 주위의 공간이 일그러져 보이는 것이 바로 그 증거였다. 그리고 다음 순간!

　콰르릉!

　갑자기 김류와 강초 주변의 일그러진 공기들이 본래의 모습을 찾으면 천둥치는 파열음이 일어났다.

　"음!"

　순간 강초가 나직한 신음성을 흘리며 훌훌 뒤로 날아갔다.

　턱!

　뒤로 날아간 강초는 겨우 배의 난간에 등을 기대어서야 움직임을 멈췄다. 반면 김류는 강초를 상대했던 바로 그 자리에서 서 있었다. 한눈에 보아도 싸움의 승패를 짐작할 수 있는 모습이었다. 김류는 확실한 승부를 뒤로 미룰 사람이 아니었다.

"잘 가거라!"

강력한 진기를 끌어올리느라 파리해진 얼굴 그대로 김류가 강초를 향해 바람처럼 닥쳐 들었다. 그의 검이 강초의 목을 찔러갔다. 이 한 수로 싸움의 승패는 결정될 것이고 아마도 강초는 추룡사의 일을 더 이상 하지 못할 것이다.

강초 역시 힘겹게 검을 들어 올렸으나 그가 김류의 검을 막아낼 가능성은 단 일 푼도 없었다. 죽음의 그늘이 강초의 얼굴에 드리워졌다. 그렇다고 그가 두려움을 느끼는 것 같지는 않았다. 그의 눈은 담담했다. 어쩌면 추룡사의 삶을 살아오면서 죽음에 대해 무감각해져 있는 것인지도 몰랐다.

팟!

김류가 검에 마지막 힘을 가했다. 그러자 그의 검기가 빛의 속도로 강초에게 박혀들었다. 그런데 강초의 목숨이 이승을 떠나려는 찰나 김류의 검보다 빠른 빛줄기가 허공에서 떨어져 내렸다.

쩡!

날카로운 파열음과 함께 김류의 검이 방향을 잃고 배의 갑판에 박혀들었다.

우두둑!

김류의 검에 가격된 갑판이 날카로운 비명을 터뜨리며 배 안쪽으로 무너져 내렸다.

"웬놈이냐?"

김류가 한층 창백해진 얼굴로 갑작스레 싸움에 끼어든 자의 정체를 확인하기 위해 시선을 돌렸다. 순간 허소산이 배의 지붕 위에서 능글맞은 표정으로 김류를 바라보고 있었다.

"안녕하시오, 호천대야!"

"파금검… 네놈이……!"

김류가 이를 갈며 허소산을 노려봤다.

"이렇게 다시 만나 뵙게 되어 매우 유감이오. 난 대야께서 현황산에 천라지망을 펼쳐 놓았다기에 단단히 걱정하고 있었는데 생각보다 별로이더구려."

"……!"

허소산의 빈정거림에 김류는 대답을 하는 대신 살기 가득한 눈으로 허소산을 노려봤다. 그러자 허소산이 정색하며 말했다.

"대야, 이제 그만 검을 내려놓으시구려. 오늘 대야께서 이 현황상에서 준비한 모든 계책은 수포로 돌아갔소. 현황산에서 살아남은 풍월령의 고수는 채 수십이 되지 않을 거요. 이제 대야의 시대는 끝났소. 편히 물러나 조용히 노후를 즐기심이 어떻겠소?"

허소산의 진지한 충고에 김류의 표정이 차갑게 변했다. 가뜩이나 강초를 상대하느라 무리하게 끌어올린 진기로 내상을 입은 터였다.

"네놈 따위에게 무릎을 꿇지는 않아."

김류가 차갑게 말했다.

"그럼 죽기라도 하겠다는 거요?"

허소산이 퉁명스럽게 물었다. 그러자 김류가 갑자기 갑판을 박차고 배의 지붕에 서 있는 허소산을 향해 날아갔다.

촤악!

김류의 검이 강렬한 빛을 내뿜었다. 장산조와 강초를 상대하며 진력을 소비한 그에게 이런 진기가 남아 있다는 것이 불가사의할 정도였다. 어쩌면 그는 무인들이 최후에나 사용한다는 선천지기를 끌어내고 있는지도 몰랐다.

허소산은 자신을 향해 날아오는 김류를 냉정한 시선으로 응시하고 있었다. 지난밤의 혈전으로 피에 전 김류의 옷이 괴기스럽게 느껴졌다. 더불어 살기 어린 그의 눈에서는 평소 그가 보여주었던 도도함을 느낄 수 없었다. 그에게선 오직 처절한 생존의 본능, 적에 대한 살의만이 느껴질 뿐이었다. 허소산이 검을 사선으로 그어 내렸다.

웅!

김류의 검기와는 비교할 수 없을 만큼 강력한 검기가 순식간에 만들어져 김류의 검을 잘라갔다.

콰앙!

"웃!"

한순간 김류의 팔과 검이 허공으로 솟구쳤다.

"무슨?"

순간 허소산이 놀란 음성을 흘려냈다. 비록 김류가 지치기는 했으나 자신의 일 검에 팔이 잘려 나갈 사람은 아니었다. 그런데 다음 순간 모든 사람의 놀람 속에 뒤로 날아가던 김류가 배의 난간에 걸치는 듯하더니 허깨비처럼 뚝 배 아래로 떨어졌다.

"도주를!"

한 팔을 내어놓은 이유가 도주하기 위함임을 깨달은 허소산이 급히 김류가 떨어진 난간을 향해 달려왔다. 장산조와 강초 역시 급히 고개를 배 아래로 내밀고 강에 떨어진 김류를 찾았다. 그러나 강에서는 어떤 흔적도 찾을 수 없었다. 그저 배 위에서의 생사투에 아랑곳하지 않고 달빛을 반사하는 물결만 일 뿐이었다.

"음… 어디로 갔을꼬?"

강초가 안타까운 표정으로 강 곳곳을 살피며 중얼거렸다. 그러자 장산조가 말했다.

"살기는 힘들 거요. 이미 선천지기를 꺼내 써 깊은 내상을 입었고, 한 팔이 잘렸으니 출혈 또한 만만치 않은 몸이오. 그런 몸으로 이 강을 헤쳐 나가는 것은 불가능하오."

그러자 강초가 고개를 저었다.

"그렇지가 않소. 그는 계림공 김류요. 지난 수십 년간 우린 그를 추격했소. 금문의 실질적인 수장, 몰락한 계림의 역사를 다시 쓰려는 야심가! 그가 무서운 것은 그의 무공이나 지모보다 대망을 향한 그의 의지요. 그 의지라면… 살아날 수도 있을 거요."

"그러나 그가 살아난다 한들 그 몸으로 뭘 할 수 있겠소?"

장산조가 고개를 저으며 말했다. 그러자 강초가 걱정스런 표정으로 말했다.

"본시 그런 자는 숨만 붙어 있어도 세상을 분란에 빠뜨리는 법이오."

"음… 그렇소? 난 잘 모르겠소. 어쨌든 오늘의 싸움은 끝난 것 같소이다, 파 대협!"

장산조가 이번에는 허소산을 보며 말했다. 그러자 허소산이 고개를 끄덕였다.

"그런 것 같소이다. 이거 김류를 놓친 것이 아쉽기는 하지만, 뭐 이 정도면 성공이라고 할 수 있을 것 같소."

"이제 그만 배를 돌리리까?"

"그게 좋겠지요. 날이 새면 아무리 통판이라 해도 이 상황을 쉽게 덮을 수 없을 테니 말이오."

"알겠소이다. 그럼 바다로 배를 물리겠소이다."

장산조가 고개를 끄덕이고는 뒤에 물러나 있던 수하들에게 눈짓을 했다. 곧이어 장산조의 배에서 길게 뿔피리 소리가 울려 퍼졌다. 그러자 전장에 떠 있던 열두 척의 배가 서서히 뱃머리를 돌려 바다로 열린 장강하구로 향하기 시작했다.

第二章
늑대의 시간

독경
讀經

두두두두!

"길을 비켜랏!"

한 떼의 인마가 사람들의 왕래가 분주한 관도를 질주했다. 그 기세에 놀라 사람들이 길옆으로 급히 몸을 피했다. 사람들이 연 길을 십여 기의 말이 바람처럼 관통했다. 희뿌연 먼지가 일어났고 그 먼지를 뒤집어쓴 사람들이 말의 엉덩이를 노려보며 투덜거렸다.

"망할 놈들! 제 놈들만 다니라고 만든 길인가?"

"이 사람, 말조심하게. 영웅맹의 무사들이야."

"젠장, 영웅맹 무사면 다야?"

"어허, 그래도 이 사람이! 요즘 천하가 영웅맹 세상인 것을 모르는가? 해문산 풍월령이 무너진 후 항주는 물론 강호무림 전체가 영웅맹의 손에 떨어지기 일보직전이라지 않는가? 그 기세에 관군도 영웅맹을 함부로 대하지 못하고 있다고 하더 군."

"제길, 황실에 대한 기대야 예전에 접은 것이고……. 생사련이란 곳이 제법 그 세가 대단하다던데 그들이 어찌 영웅맹의 횡포를 막을 수 있지 않을까? 저들이 이름은 영웅맹이지만 하는 짓은 도적떼와 다르지 않단 말이지."

"생사련에 대한 기대도 버리게. 그들은 처음부터 자신들의 안위를 위해 모인 사람들이 아니던가? 영웅맹도 그를 알기에 그들의 존재를 인정해 주는 선에서 불가침의 약속을 한 것이고……."

"제길, 그럼 이제 천하는 영웅맹의 손에 들어간 것인가?"

"뭐, 그렇다고 봐야지. 물론 북쪽에 몇 개의 문파가 남아 있기는 하지만……. 하지만 소림과 무당도 당금의 영웅맹 기세를 제어하기는 쉽지 않을 걸세."

"아이고, 그럼 어쩌나? 앞으로 놈들의 횡포가 더 심해질 터인데 이 항주에서 어찌 살아가누? 놈들이 걷어가는 재물을 감당하기도 힘들고. 제길, 고향으로 가야 하나?"

"그것도 방법이기는 하지. 나도 좀 고민을 해봐야겠네."

영웅맹에 대해 불만을 토로하던 두 명의 장사치가 몸을 덮은 먼지를 털며 관도를 걷기 시작했다.

"영웅맹의 기세가 대단하구나."

허산왕이 멀어지는 장사치를 보며 말했다.

"그러게 말이에요."

"음… 어제는 만재방에도 사람을 보내왔다고 하더구나."

"들었어요."

"방주를 정중히 초대했다고 하던데……. 이유가 무엇인 것 같으냐?"

"아마도 재물이 필요한 것이겠지요. 풍월령이 사라진 후 천하의 고수들이 영웅맹을 찾아들어 그 세가 곱절로 불어났으니 막대한 새물이 필요할 거예요. 해서 항주의 대상들을 불러 모으는 것이겠지요."

"음, 그래도 그동안은 만재방에는 시비를 걸지 않았었는데……."

"이젠 자신이 있다는 것이겠지요."

허소산이 미소를 지으며 대답했다.

"자신?"

"파금검을 상대할 자신이요. 그동안은 만재방이 파금검의 처가라 함부로 도발하지 못했지만, 이젠 파금검을 감당할 자신이 생긴 모양이에요."

허소산은 웃으며 말했지만 허산왕의 표정은 결코 밝지 않았다.

"사실 나도 걱정이다. 저들의 세력이 너무 커지는 것 아닌가 해서. 이대로 가다가는 생사련에도 마수를 뻗힐 듯싶구나. 우

리야 곧 고려로 떠나면 그만이지만 이곳에 남아 있을 만재방
식술들과 생사련의 사람들은 어찌 영웅맹을 상대해야 할지 걱
정이구나."

허산왕의 걱정에 허소산이 빙그레 미소를 지으며 대답했다.

"떠나기 전에 그 걱정을 해결할 수 있을 거예요."

그러자 허산왕이 의아한 표정으로 물었다.

"넌 예전부터 영웅맹에 대해선 무척 자신이 있는 듯이 말하
던데 무슨 대책이라도 있는 것이냐?"

"그들의 약점을 알고 있지요. 아니, 그들이 아니라 야율거공
의 약점이라고 해야 할까요?"

"야율거공의 약점?"

"네."

"그게 뭐냐?"

허산왕이 급히 묻자 허소산이 나직하게 대답했다.

"독(毒)이요."

천하는 영웅맹을 중심으로 돌아갔다. 풍월령이 사라진 이후
강호에서 영웅맹을 대적할 세력은 더 이상 없었다. 풍월령을
무너뜨리는 데 결정적인 역할을 한 생사련조차도 영웅맹의 기
세 앞에서는 몸을 사렸다.

생사련은 그들의 공언대로 자신들의 영역을 인정하는 한 영
웅맹과 대적할 생각이 없음을 행동으로 보여줬다. 곳곳에서
영웅맹 십이의단이 혈풍을 불러일으켰지만 생사련은 자신들

의 본거지에 칩거한 후 어떤 행동도 취하지 않았다.

덕분에 강호는 빠르게 영웅맹의 그늘로 들어가고 있었다. 급기가 영웅맹이 강호 정통의 뿌리라고 할 수 있는 소림과 무당에까지 사람을 보냈다는 소문이 돌았다. 소림과 무당까지 영웅맹에 흡수가 된다면 천하는 그야말로 영웅맹의 세상이라고 할 수 있을 터였다.

그리고 그렇게 영웅맹의 것이 된 천하는 당연히 야율거공의 것이기도 했다. 야율거공은 풍월령이 패망하고 영웅맹이 무림의 패자로 올라서기 시작하는 순간부터 활발한 강호행을 시작했다.

그는 도처에서 악명 높은 마인과 사파를 제압하기 시작했는데 그의 곁에는 항상 삼십 명의 뛰어난 수하가 따랐다. 그 수하들의 정체는 지금까지도 자세히 알려지지 않았는데 마인을 척살하는 데 있어서는 그 손속이 워낙 독했기에 강호인들은 그들을 야율거공의 늑대들이라고 불렀다.

그런데 그들이 야율거공의 늑대로 불리는 데는 그 손속의 잔혹함 말고도 다른 뜻이 숨겨져 있었다. 그건 그들 출신이 중원이 아닐 것이라는 추측과 반발심이 담긴 별칭이기도 했던 것이다.

본시 거란은 몽골족의 한 지파로 여겨지는 종족이다. 당연히 북방에서 신성시하는 늑대를 추종하는 습성이 요 왕조를 세워 천하의 주인을 자처하는 지금까지도 남아 있었다. 그러니 야율거공의 서른 명의 수하를 늑대무리로 칭하는 것은 그들이 거란족일 것이라는 추측에서 기인한 것이라고 할 수 있었고, 또한 당연히 그에 대한 멸시의 의미도 내포된 별칭이었다.

그러나 그들을 어찌 부르든 간에 어쨌든 세상은 야율거공의 시대였고, 그를 따르는 서른 마리 늑대의 시간이었다. 영웅맹의 중추를 이루고 있는 사천맹과 절대삼문의 고수들조차도 이들 서른 명의 늑대를 두려워해 영웅맹은 온전히 야율거공의 손에 들어가 있는 실정이었다.

그래서 간혹 강호에는 은밀히 한 가지 소문이 돌기도 했다. 그건 바로 야율거공과 그를 따르는 서른 마리의 늑대가 조만간 대요의 정병들을 중원으로 끌어들이리라는 것이었다.

덕분에 가뜩이나 영웅맹 무사들의 횡포에 불만을 가지고 있는 강호인들의 민심은 그 깊은 곳에서 영웅맹에 대한 반발심을 축적해 가고 있었다. 그 와중에 영웅맹의 야율거공이 만재방주 전욱을 광조산으로 초대했다.

"가실 거예요?"

전조명이 전욱을 보며 물었다. 그러자 전욱이 허소산에게 되물었다.

"어찌 생각하느냐?"

생사련의 고수들을 이끌고 풍월령의 제압한 이후 전욱은 이렇게 강호의 행보에 대해서는 허소산의 의견을 반드시 물었다.

"일단은 다녀오시는 것이 좋을 듯합니다."

"그렇겠지? 아직 금천장의 일을 마무리 짓지 못했으니……."

"금천장주는 이미 오래전에 도주했잖아요?"

전조명이 물었다.

"물론 그렇다. 하지만 그래서 문제가 되는 것이다. 도주를 했다는 것은 어딘가에 살아 있다는 의미고, 또한 어둠 속에서 재기를 노리고 있다는 의미이지. 그러니 그들이 어디로 갔는지, 무슨 일을 하고 있는지 파악하기 전에는 안심할 수 없다."

"휴, 그렇군요. 정말 이 싸움은 끝이 보이지 않네요."

전조명이 한숨을 쉬었다.

"어쨌든 금천장의 가업 육 할을 손에 넣었고, 상로를 모두 점유했으니 그들이 중원에서 재기하는 것은 어려울 것이다. 아마도… 중원을 빠져나갔을 가능성이 크다고 할 수 있지."

전욱이 말에 허소산이 입을 열었다.

"곧 소식이 오겠지요."

"음, 그렇겠지. 천하에 나가 있는 대상들에게 소식을 구했으니 조만간 기별이 올 것이다. 아무튼 그때까지는 영웅맹과 분란을 일으키지 않는 것이 좋겠지."

전욱이 고개를 끄덕였다.

"제가 함께 가지요."

"그럴 필요까지야 있겠느냐?"

"그도 저를 보고 싶을 겁니다."

허소산이 미소를 지으며 대답했다.

"날 부르면 네가 올 줄 알고 있을 거란 말이냐?"

"아마도 그렇겠지요."

"음… 알겠다. 그럼 같이 가자꾸나."

전욱이 순순히 고개를 끄덕였다. 그러자 곁에 있던 허산왕이 화제를 돌렸다.

"소방주께서는 언제 돌아오는지요?"

"그렇잖아도 기별이 왔습니다. 닷새 안에 항주로 들어올 겁니다."

허소산과 전조명의 혼인이 공식적으로 결정된 이후에 전욱은 항상 허산왕에게 존대를 사용했다. 이젠 그런 전욱의 말에 익숙해진 허산왕이었다.

"그렇다면… 고향을 돌아갈 날이 멀지 않았군요."

"그렇지요. 무산이 개경의 사정을 살피고 왔으니 이젠 돌아가야지요."

"그 강 노사의 도움을 받게 되었으니 일은 좀 수월해지겠군요."

"아무래도 그렇지요. 추룡사라면… 황보세가든 어디든 감히 반발을 할 수 없을 겁니다."

전욱이 고개를 끄덕였다. 풍월령을 제압한 이후 강초는 스스로 나서서 만재방의 귀향을 돕겠다고 했다. 물론 그것이 순수한 선의에서 나온 행동은 아니었다. 여전히 김류의 행적이 묘연하고, 금천장의 일부 고수들도 종적을 감추었기에 아직은 만재방의 도움이 필요하기 때문에 나온 제안일 터였다. 아무튼 덕분에 만재방의 귀향은 한결 수월한 상황을 맞이하고 있었다.

"고향으로 돌아가면… 황보세가를 어찌 상대하실지……?"

허산왕이 걱정스런 표정으로 물었다. 그러자 전욱이 무거운 눈빛으로 대답했다.

"그건 상황을 보아가며 결정해야겠지요. 여전히 황보세가는 현 조정의 최대실세입니다. 그들을 상대하는 것은 무척 까다로운 일이지요. 일단 개경의 소식을 명확하게 파악한 후 행보를 결정하겠습니다."

"음… 개경의 일도 만만치는 않을 것 같군요."

"어찌 보면 이곳에서의 일보다 더 어렵다고 할 수 있겠지요. 하나 아니 갈 수도 없는 곳이니……."

전욱이 문득 고개를 돌려 창룡곡 너머 푸른 바다를 응시했다.

* * *

두두두!

세대의 마차가 거대한 문 앞에 멈춰 섰다. 그러자 문 앞에 나와 있던 일단의 사람들이 일제히 마차 앞으로 달려 나왔다. 그리고 그중 한 명의 노인이 정중하게 마차에서 내리는 전욱과 허소산을 맞이했다.

"어서 오십시오. 방주님! 그리고 파 대협! 이렇게 본 맹의 초정에 응해주셔서 감사드립니다."

노인은 야율거공의 심복 조치효다. 그런 조치효를 보며 전욱이 가볍게 포권을 해 보였다.

"일개 장사치를 이리 초대해 주시니 오히려 제가 감사드릴 일이지요."

"하하하, 세상의 누가 대만재방주님을 일개 장사치라 하겠습니까? 천하제일의 상가를 이끌고 계시고 특히 강호제일협객으로 불리는 파 대협의 장인이 아니십니까? 파 대협, 오랜만에 뵙습니다."

조치효가 은근한 목소리로 말했다. 그런 조치효를 보며 허소산이 심드렁하게 말했다.

"그러게 말이오. 조노사의 안색은 그간 많이 좋아지셨구려."

"하하, 그럴 리가요. 일이 바빠 몸이 괴롭습니다."

"흐흐, 그 일이란 것이 천하를 주무르는 것이니 안 먹어도 배가 부르고, 자지 않아도 생기가 넘치지 않겠소?"

"하하하, 그런 건가요? 이 늙은이가 엄살이 심했습니까?"

조치효가 너털웃음을 터뜨렸다. 과거의 그에게선 볼 수 없는 호기다. 특히 허소산 앞에서의 이런 호기는 영웅맹의 성세에 기인한다고 할 수 있었다. 허소산은 그런 조치효를 물끄러미 바라봤다. 그런 허소산의 시선이 겸연쩍었는지 조치효가 헛기침을 한 번 하고는 정중하게 입을 열었다.

"자, 안으로 들어가시지요."

항주를 향해 세워진 거대한 누각, 그 위에서 야율거공이 허소산 일행을 기다리고 있었다. 야율거공만이 아니었다. 영웅맹의 장로들인 절대삼문과 사천맹의 수장들 역시 산해진미를 앞에 두고 허소산과 전욱을 맞이했다.

"어서 오시오. 전방주! 아, 파 대협도 오셨구려."

야율거공이 마치 천하의 주인이라도 된 듯한 표정으로 두 사람을 맞아들였다.

"이렇게 초대를 해주시는 고맙소이다."

전욱이 야율거공의 환대에 정중히게 답례했다. 그러자 야율거공이 만면에 웃음을 띠며 두 사람에게 자리를 권했다.

"자자, 이리 앉으시지요. 물론 천하제일의 거상인 만재방의 눈에 들 수야 없겠지만 그래도 정성을 다해 음식을 준비했소이다."

"내 생전 이런 성찬은 처음이외다."

전욱이 상 위의 음식들을 바라보며 말했다.

"하하하, 그렇소이까? 이거 실망시키지 않았다니 다행이외다. 자, 앉읍시다."

갈수록 야율거공의 행동이 도도해졌다. 그는 마치 전욱이 자신의 아랫사람이라도 되는 듯 행동하고 있었다.

그런 야율거공의 행동을 못마땅한 눈으로 바라보던 허소산이 전욱과 야율거공보다도 먼저 자리를 잡고 앉았다. 그러자 전욱과 야율거공도 차례로 자리에 앉았다.

"요즘 무척 분주하시지요?"

전욱이 자리에 앉자 야율거공이 넌지시 물었다. 야율거공의 말에 전욱이 미소를 지으며 대답했다.

"하하, 장사치가 바쁘다고 해봐야 어디 무림천하를 경영하는 야율공만 하겠소이까?"

순간 야율거공의 얼굴에 숨길 수 없는 오만함이 드러났다.

"하하하, 전 방주께선 과연 천하의 상인이시오. 이렇게 상대의 기분을 좋게 하는 말씀을 하시다니."

"저야 그저 현실을 말씀드린 것뿐이지요. 그런데 오늘 절 초대하신 이유가 무엇인지요?"

전욱이 묻자 야율거공이 손을 내저으며 말했다.

"아아, 그런 이야길랑은 나중에 하십시다. 일단 식사를 하시고……."

야율거공의 말에 전욱이 슬쩍 허소산을 바라봤다. 그런데 허소산이 이미 눈앞에 차려진 음식들을 입에 넣고 있었다. 그 모습을 본 전욱이 고개를 끄덕이며 야율거공에게 대답했다.

"알겠소이다. 그럼 먼저 요기를 하지요. 제법 먼 길이라 그렇지 않아도 시장하던 차였지요."

전욱의 말에 야율거공이 묘한 미소를 지으며 손을 들어 전욱에게 음식을 권했다.

누각 위에서의 식사는 해가 지고 달이 뜰 때까지 계속되었다. 해가 지는 순간 누각 주변에 피워 올린 횃불로 인해 누각의 운치는 그 깊이를 더해갔다.

사람들은 서로 술잔을 주거니 받거니 하면서 밤이 깊을 때까지 만찬을 즐겼다. 그렇게 혀를 즐겁게 하던 시간이 끝나갈 무렵 문득 전욱이 야율거공을 보며 물었다.

"이젠 저를 초대하신 이유를 듣고 싶습니다. 밤도 깊었고, 돌아갈 길도 머니……."

"하하, 벌써 시간이 그렇게 되었구려. 좋소이다. 마음 같아서는 며칠 동안 방주와 즐거운 시간을 갖고 싶으나 바쁘신 분을 그리 오래 잡아둘 수는 없는 일이지요."

야율거공이 고개를 끄덕였다. 그러자 전욱이 정색을 히며 물었다.

"원하시는 바를 말씀해 주시지요."

"알겠소이다. 가져오라!"

야율거공이 누각 아래를 보며 명을 내렸다. 그러자 한 떼의 사람이 누각으로 올라와 음식이 올려진 상을 치우고는 새롭게 거대한 탁자를 누각 위로 올렸다.

탁자가 오르자 기다렸다는 듯이 다른 사람이 거대한 지도를 펼쳤다. 허소산과 전욱의 시선이 자연스럽게 지도로 향했다. 두 사람은 이내 지도의 정체를 알아챘다.

"천하도군요."

전욱이 말하자 야율거공이 고개를 끄덕였다.

"그렇소이다. 이 지도는 천하를 담고 있소. 그런데 이 선들이 의미하는 바를 아시겠소?"

야율거공이 전욱을 보며 물었다. 그러자 전욱이 한참 동안 지도를 들여다보다가 고개를 끄덕였다.

"이건… 천하의 상로를 나타내는 것이군요."

"하하하, 역시 천하제일의 대상답소. 맞소이다. 이 지도에 그려진 선들은 천하의 상로를 그린 것이오. 비단 중원뿐 아니라 해동과 요동, 몽골과 서역, 그리고 안남과 왜까지의 상로와 해로가 모두 표시되어 있소."

"그런데 이걸 왜……?"

전욱이 의심 어린 시선으로 야율거공을 보며 물었다.

"지금의 천하는 혼란스럽기 이를 데 없소. 그래서 수많은 상인들이 곳곳에서 마적 떼와 도적 떼의 공격에 곤란을 겪는다고 알고 있소. 해서 천하의 정도를 세우기 위해 우리 영웅맹에서 나서기로 했소. 앞으로 천하의 상로는 우리 영웅맹의 보호를 받게 될 것이오."

순간 전욱의 눈이 가늘어졌다.

"설마 천하의 상로를 장악하겠다는 것이요?"

"장악이 아니라 보호요. 상인들이 안심하고 거래를 할 수 있도록 천하의 상로를 본 맹의 고수들로 하여금 지키게 하겠다는 것이오."

말이 좋아 보호지 이는 천하의 상권까지 영웅맹의 손에 넣겠다는 속셈이었다.

"그런데 천하의 상로를 보호하는 일에는 막대한 재물이 필요하오."

야율거공이 전욱을 보며 은근한 목소리로 말했다.

"그렇겠지요. 상로를 보호하려면 수천의 고수가 필요할 터이니⋯⋯?"

"해서⋯ 중원제일거상이신 방주께서 도움을 좀 주셨으면 하오. 영웅맹은 상로를 보호하고 만재방을 그 상로에서 편히 장사를 할 수 있으니 상부상조가 아닐까 하오만!"

그러자 전욱이 차분한 목소리로 대답했다.

"본 방의 상행은 누구의 보호를 필요치 않소이다."

순간 야율거공의 표정이 살짝 변했다. 그러다가 다시 미소를 지으며 말했다.

"아, 물론 만재방이 보통 상가와는 다르다는 것을 알고 있소. 그러나 이제 만재방도 천하의 상권을 일통해야 할 터인데 과연 만재방의 힘으로만 가능하시겠소?"

"본 방은 그런 야심이 없소이다. 어찌 천하의 상권이 한 가문의 손에 들어올 수 있겠소이까?"

전욱의 대답에 야율거공이 살짝 눈살을 찌푸렸다. 그러더니 이번에는 낮고 위협적인 목소리로 말했다.

"세상의 권세란 것이 내가 가지지 않으면 금세 다른 사람의 차지가 되는 법이 아니겠소? 오늘 만재방이 천하의 상권을 일통하지 않으면 내일 다른 상가가 그 자리를 차지해 만재방을 압박할 것이오."

"그런 압박쯤은 능히 감당할 수 있소이다."

전욱의 대응도 만만치 않았다. 그러자 야율거공이 좀 더 직접적으로 협박을 했다.

"그러나 세상일이란 것은 알 수 없는 것 아니오? 과거 방주가 서역으로 고난의 상행을 떠났던 일이 다시 일어나지 않으리란 법이 어디 있겠소?"

그 순간 전욱의 대신해서 허소산이 대답했다.

"아마… 앞으로는 그런 일이 일어나지 않을 것이오. 왜냐하면 내가 만재방의 곁이 있을 것이니 말이오. 천하의 계림공도 내 칼을 받아내지 못했거늘 감히 천하에 누가 있어 나의 처가를 건드린단 말이오? 혹, 대인께선 그런 사람이 존재한다고 생각하시오?"

천하를 얻은 야율거공이건만 허소산이 야율거공을 대하는 태도는 과거와 다를 바가 없다. 야율거공이 노기를 담은 시선으로 허소산을 바라봤다. 순간 허소산의 눈에서 기이한 기운이 일렁였다. 살기라고도 혹은 마기라고도 할 수 없는 기이한 기운, 대하는 자로 하여금 극도의 불안감을 일으키는 기운이 허소산의 눈에서 흘러나왔다.

그제야 야율거공은 망각해 가던 기억을 생생하게 떠올렸다. 이자는 오산에서 자신의 계획을 깨뜨리고, 생사련을 조직했으며, 풍월령을 무너뜨린 자가 아닌가? 기실 따지고 보자면 오늘날 강호가 영웅맹의 손에 들어온 것은 자신들의 힘이 아니라 이 괴팍한 젊은 고수의 덕분이라고 할 수 있었다.

"흐흠, 맞는 말이오. 천하의 그 누가 감히 과 대협의 처가를 건드릴 생각을 하겠소. 하지만 세상엔 한 치 앞도 내다보지 못하는 어리석은 자들이 있게 마련이오. 세상이 넓으니 그런 자를 방비한다는 차원에서 드린 말씀이오."

천하의 야율거공이 한 발 물러났다. 천하를 손에 쥔 패자로서 체면이 깎이는 일이기는 하지만 야율거공은 심기가 깊은 자였다. 물러날 때와 나설 때를 정확히 아는 야율거공이었다.

"음… 오늘 대접을 잘 받았소이다. 더 하실 말씀이 없으시다면 저흰 그만 물러가지요."

전욱이 허소산에 의해 기세가 꺾인 야율거공을 보며 말했다. 그러자 야율거공이 급히 손을 저었다.

"아니, 잠시만 더 기다려 주시구려. 내 말은 아직 끝나지 않았소이다."

"다른 일이라면 어떤 일이신지?"

전욱이 묻자 야율거공이 손을 들어 지도의 몇 군데를 가리키며 물었다.

"혹, 만재방에선 이곳들의 상로에 관심이 있소?"

전욱이 야율거공이 가리킨 지점들을 살피다가 입을 열었다.

"산해관, 둔황, 대리에 유구라……. 모두 중원과 새외를 연결하는 요지구려. 얻을 수만 있다면 대단한 가치가 있는 곳이지요."

"이곳들을 만재방에게 넘길 수 있소."

순간 전욱의 눈빛이 번쩍였다.

"그게… 정말이오?"

"내가 어찌 허언을 하겠소."

"하지만 지금 말한 곳들은 무림의 힘보다는 관의 힘이 강한 곳인데 어찌……?"

전욱이 믿기 힘들다는 듯 물었다. 그러자 야율거공이 은근한 목소리로 말했다.

"외람되지만 난 대요와 대송 양쪽 모두의 황실에 선을 댈 수 있소."

야율거공의 말투에는 자신감이 넘쳐흘렀다. 허소산을 상대하며 잠시 가라앉았던 호기가 다시 솟아나는 야율거공이었다.

"음… 욕심이 나긴 하지만……."

"이런 기회는 아마 다신 없을 것이오. 만약 이 네 곳의 상권을 손에 넣는다면 만재방의 이름은 아마도 역사에 남을 것이오. 대저 상인으로서 역사에 남은 사람이 야사를 피하면 누가 있겠소?"

야율거공이 관심을 보이는 전욱을 더욱 부추겼다. 그러자 전욱이 잠시 생각에 잠겼다가 심각한 표정으로 입을 열었다.

"세상일이란 게 공짜가 없는 법, 영웅맹에서 원하는 것이 있을 텐데요?"

전욱의 질문에 야율거공이 천천히 고개를 끄덕였다.

"전방주의 말이 맞소이다. 기실 우리로서도 이 네 곳의 상권을 만재방에 넘기는 것은 제법 무리를 해야 하는 일이오. 당연히 우리도 그에 따른 대가를 바라오."

"조건을 들어보지요."

그러자 야율거공이 잠시 침묵을 지켰다가 입을 열었다.

"천하를 얻는 데에는 막대한 재물이 들어가오. 특히 무림은 더욱 그렇소. 대저 천하에 왕조가 서면 세폐를 받아 그 재원을 조달할 수 있으나 무림이 어디 그렇소?"

야율거공의 말에 전욱이 눈을 가늘게 뜨며 물었다.

"그렇지요. 그러니 만재방도 세폐를 내라는 것이군요?"

"하하하, 세폐라니. 그 말씀은 조금 지나치시구려. 난 단지 거래를 하자는 것이지요. 천하의 상권을 둔 거래…… 영웅맹은 무림을, 만재방은 상계를…… 한번 시도해 볼 만한 거래 아니오?"

야율거공이 씨익 전욱을 바라보며 밀했다. 자신의 제인을 거절할 리 없을 거란 자신감이 그의 시선에서 느껴졌다. 그러자 전욱이 잠시 생각에 잠겼다가 대답했다.

"나에게 시간을 주실 수 있겠소이까?"

"얼마의 시간이 필요하오?"

"열흘 안에 답을 드리지요."

"열흘이라……. 나라면 고민할 것이 없을 듯하오만……."

야율거공을 말에 전욱이 고개를 끄덕이며 대답했다.

"보통의 경우라면 그럴 것이오. 그러나… 나에겐 따로 할 일이 있소. 그 일과 천하의 상권을 얻는 일. 둘 중 어느 것을 택할지 고민을 해봐야 할 것 같소."

"도대체 어떤 일이길래 천하의 상권을 두고 고민을 한단 말이오?"

야율거공이 이해하기 힘들다는 듯 물었다.

"아주… 개인적인 일이라 말씀드리기가 곤란하구려."

"음, 알겠소이다. 그럼 닷새 동안 기다리도록 하리다. 부디… 좋은 대답이 있기를 바라오. 기회란 항상 오는 것이 아니니……."

"나도 영웅맹과 일을 할 수 있기를 기대하겠소. 그런데……."

"더 하실 말씀이 있으시오?"

"만약 거래를 승낙한다면 내가 내놓아야 할 재물이 얼마요?"

전욱의 물음에 야율거공의 고개를 저으며 대답했다.

"지금으로서야 알 수가 없소. 일단 일을 시작하면 상황에 맞게 재물을 써야 하니 말이오. 물론 그렇다고 만재방의 기반이 흔들리는 일을 없을 거요."

"알겠소이다. 그럼 그리 알고 물러가겠소이다."

"그러시구려. 다음에는… 좀 더 오래 이야기를 나눌 수 있기를 기대하겠소. 그리고… 파 대협!"

야율거공이 은근한 목소리로 허소산을 불렀다. 그러자 허소산이 심드렁한 표정으로 대답했다.

"왜 그러시오?"

"부디 전 방주님을 설득하여 우리가 한 길을 갈 수 있도록 힘써주시구려."

"천하의 대사야 장인어른께서 결정하실 일, 내가 관여할 바가 아니오. 난 다만 만재방이 타인에 의해 손해를 보는 일이 없도록 곁을 지킬 뿐이오."

"음, 그렇소이까? 아무튼 잘 부탁드리오."

"나중에 두고 봅시다."

허소산이 대답을 하고는 먼저 자리에서 일어났다. 그러자 전욱도 역시 자리에서 일어났다.

"그럼 편히들 가시구려."

야율거공은 허소산 일행을 누대 위에서 배웅했다. 그런 야율거공에게 대답도 하지 않은 채 허소산은 훌쩍 장내를 떠났다.

"그들이 제안을 수락할까요?"

허소산 일행이 떠나자 문득 조치효가 야율거공에게 물었다. 그러자 야율거공이 묘한 미소를 지으며 대답했다.

"아마… 이삼 일이 지나면 내 제안을 수락할 수밖에 없다는 것을 알게 될 것이네."

"으음……!"

마차에 오른 전욱이 피곤한 지 한 손으로 이마를 짚으며 나직한 침음성을 흘렸다. 그러자 허소산이 재빨리 전욱의 팔목을 잡았다.

"괜찮다."

전욱은 허소산이 자신을 부축하려는 줄 알고 입을 열었다. 그러자 허소산이 고개를 저으며 말했다.

"그렇지가 않습니다. 독입니다."

"응?"

"야율거공 그자가 독을 썼습니다."

"아니, 그게 정말이냐?"

"그렇습니다. 그래서 몸이 피곤하신 겁니다."

"하지만 우린 충분히 조심하지 않았느냐?"

"무척 교묘하게 하독을 한 듯합니다. 저 역시… 독이 몸에 들어오고 나서야 눈치를 챘습니다."

"음… 그렇다면 큰일이 아니냐? 넌 괜찮은 거냐?"

전욱의 걱정스런 표정으로 허소산을 보며 물었다. 그러자 허소산이 빙그레 미소를 지으며 대답했다.

"전화위복이란 말이 있지요. 오히려 우리에겐 잘 된 일입니다."

"그게 무슨 소리냐? 독에 중독이 되었는데 잘 된 일이라니?"

"그가 사용한 독을 얻게 되었으니 그 해약을 만들 수도 있게 되었지요. 하면… 영웅맹은 결국 해체되고 말 겁니다. 이 일은… 후후, 야율거공 그자가 큰 실수를 한 거지요. 하하!"

허소산이 기분 좋은 웃음을 터뜨렸다.

*   *   *

"도대체 뭘 하는 거죠?"

정아원이 이틀 전부터 끊이지 않고 연기를 뿜어내는 작은

초가를 보며 물었다. 그러자 설도우가 나직한 목소리로 대답했다.

"독을 다루고 있단다."

"독이요?"

"그래. 그것도 대단한 맹독이지. 그래서 근처에 누구도 접근하지 못하게 한 거다."

"정인까지도요?"

정아원이 슬쩍 고개를 돌려 그녀로부터 십여 장 떨어진 곳에서 초가를 지켜보고 있는 전조명을 보며 말했다. 그러자 설도우가 빙그레 미소를 지었다.

"정인이라면 더욱 더 접근을 밀리해야겠지. 그만큼 위험하니까."

"그렇군요. 흠!"

정아원이 새초롬한 표정으로 고개를 끄덕였다. 그러자 설도우가 정색을 하며 물었다.

"금림으로는 언제 돌아갈 거냐? 림주께서 벌써 세 번이나 전서를 보냈구나."

그러자 정아원이 아무렇지도 않은 듯 대답했다.

"아직 이곳의 일이 끝나지 않았잖아요?"

"일은 끝났지."

"영웅맹이 건재한데요?"

"애초에 금림의 고수들이 나온 것은 풍월령을 상대하기 위함이었지 않느냐? 풍월령이 몰락한 지 벌써 두어 달이 되어

간다."

"그러나 새롭게 영웅맹이라는 적이 부각됐지요."

"영웅맹을 상대하는 일은 시간이 오래 걸리는 일이다. 더군다나 그들은 생사련의 존재를 인정하고 있지 않느냐?"

"그건 어디까지나 눈속임이지요. 만재방에 재물을 요구했다는 것은 그들이 이제 생사련에도 독수를 들이밀 시기가 되었다는 의미지요."

"정말 그래서 이곳에 남아 있는 것이냐?"

설도우가 슬쩍 딴 곳을 보며 물었다. 그러자 정아원이 그런 설도우를 힐끗 보고는 나직하게 대답했다.

"몰라서 물어보시는 거예요?"

"알지. 그러나 결국 너만 상처를 받게 될 게다."

"상처랄 게 뭐 있나요? 큰 욕심을 내는 것도 아니에요. 단지… 그가 고려로 떠날 때까지만 이곳에 있으려고요."

"그를 순순히 보낼 수 있겠느냐?"

설도우가 걱정스럽게 물었다.

"호호, 그럼 어쩌겠어요. 이미 임자가 있는 사람인데."

정아원이 씩씩하게 말했다. 그러자 설도우가 혼잣말처럼 중얼거렸다.

"하긴 네 나이 때는 아파보는 것도 좋지. 젊을 때 하는 마음고생은 어떤 면에서는 특권이지."

"좋게 말해줘서 고마워요."

"허허허! 그래도 씩씩해서 좋구나."

설도우가 손녀를 보듯 정아원을 보며 웃음을 터뜨렸다.

"뭐가 저렇게 즐거운 거지?"

전조명이 날카로운 눈으로 정아원과 설도우를 바라보며 말했다.

"금림삼왕과 소림주는 본래부터 조손처럼 지냈어요. 그러니 뭐 재미있는 이야기라도 하는 모양이죠."

감아라가 전조명의 눈치를 보며 말했다. 그러자 전조명이 가볍게 코웃음을 치고는 이번에는 허산왕에게 물었다.

"아저씨, 소산이 언제 나온다고 했지요?"

"길어도 나흘은 넘기지 않겠다고 했단다. 야율거공에게 일은 시간이 닷새니 그 안에 일을 해결하겠다고……."

"도대체 저 안에서 독을 다루는 일과 야율거공을 무너뜨리는 일이 무슨 상관이 있는 거죠?"

"듣지 못했느냐?"

허산왕은 이제 전조명을 편하게 대하고 있었다.

"오자마자 저 초막으로 들어가서 자세히 듣지 못했어요."

"음, 그랬구나. 소산은 야율거공이 절대삼문과 사천맹을 자신의 밑으로 끌어들인 방법이 독이라고 생각하고 있단다."

"그 이야기는 들었어요."

"소산은 저 안에서 그 독에 대한 해약을 만들고 있단다. 방주님과 소산이 영웅맹을 방문했을 때 야율거공이 두 사람에게 독을 썼지. 소산은 그 독이 야율거공이 절대삼문과 사천맹의 수뇌들에게 쓴 독과 같은 것일 거라 생각하고 있단다. 그러니 그 독의 해약을 만들어 영웅맹의 수뇌들에게 전해줄 수만 있다만 그들이 야율거공의 의도에 따라 움직일 이유가 없는 것이지."

허산왕의 말에 전조명이 고개를 끄덕였다.

"그런 일이 있었군요. 그런데 해약을 만드는 일이 그리 쉬울까요? 야율거공에게 중독된 자들이라고 해약을 찾지 않은 것은 아닐 텐데……."

전조명이 걱정스런 표정으로 물었다. 그러자 허산왕이 미소를 지으며 대답했다.

"그건 걱정 마라. 소산과 소산을 돕고 있는 화 노사는 독경을 익힌 사람들이 아니냐?"

"그렇지만 독경을 수련하는 것과 해약을 만드는 일은 조금 다른 것 아닌가요?"

"음, 그럴 수도 있지만 화 노사의 경우 신황림에서 독을 다루는 일도 평생을 해왔기에 반드시 해약을 찾을 수 있을 게다."

"제발 생각대로 일이 되었으면 좋겠어요. 영웅맹의 일만 매듭지으면 우린 고려로 가겠지요?"

"그렇겠지."

허산왕이 고개를 끄덕이자 전조명이 다시 시선을 돌려 정아원을 보며 중얼거렸다.

"설마 고려까지 따라오지는 않겠지."

뿌연 수증기가 실내를 가득 채웠다. 그 안에서 두 사람의 그림자가 분주하게 움직이고 있었다.

"어떤가요?"

문득 수증기 속에서 허소산의 목소리가 흘러나왔다.

"거의 완성이 된 듯합니다."

"시간이 별로 없어요."

"걱정 마십시오. 오늘 안에는 환으로 만들어질 것입니다."

대답을 하는 사람은 금림삼왕 화불엄이다.

"화 신노께서 계셔서 정말 다행입니다."

"허허허, 뭐, 솔직히 제가 독을 성제하는 데에는 신황림에서 제일이지요. 아마 경주님보다도 나을 겁니다. 허허허!"

화불엄이 너털웃음을 터뜨렸다. 그 웃음엔 지난 며칠간 이뤄낸 것에 대한 성취감이 깃들어 있었다.

"그럼 전 그만 나가볼게요."

"그들을 불러 모으실 생각이신지요?"

"그래야겠지요. 아무래도 한 명씩 만나서는 시간이 부족합니다."

"음……. 야율거공 모르게 그들을 모을 수 있을까요?"

"이 독에 대한 해독약을 신황림이 아니라면 만들 수 없을 거라 하셨지요?"

"그렇습니다. 당문의 실력을 얕보는 것은 아니지만 당문도 이 독의 해약을 만들려면 몇 년 걸릴 겁니다."

"그렇다면 야율거공의 감시는 그리 심하지 않을 거예요. 독을 믿는 만큼 삼문과 사천맹에 대한 감시는 소홀하겠지요."

"그렇겠군요. 하지만 조심하십시오."

"제 걱정은 마세요."

"하하, 그렇지요. 천하의 그 누가 경주님을 위협할 수 있겠습니까? 후후후, 그 야율가는 이번에 정말 큰 나락에 빠지겠군요."

"아마도 살아남기 힘들겠지요."

"그들이 그를 죽일까요?"

"명문이라 자처하는 자들일수록 복수는 잔혹하게 하는 법이지요."

"음… 갑자기 야율거공이 불쌍해지는군요."

"자업자득이지요. 그럼 수고해 주세요."

"걱정 말고 다녀오십시오."

화불엄이 고개를 끄덕이자 허소산이 실내를 가득 메운 수증기 속으로 사라졌다.

第三章

독이 풀리면……

독경
讀經

노인이 어둠을 헤치고 숲을 걷고 있었다. 가벼운 발길음으로 보아 무공을 익힌 고수가 분명했다. 그럼에도 그는 무엇이 두려운지 수시로 주변을 살폈다. 마치 탈옥을 한 죄수처럼 그의 몸놀림은 분주하며 긴장되어 있었다.

얼마나 걸었을까. 달빛도 없는 밤의 어둠이 서서히 눈에 익을 무렵 노인이 거대한 바위와 십여 그루의 노송이 멋들어지게 어우러진 계곡에 들어섰다. 노인은 바위를 발견하자 걸음을 멈추고 다시 주변을 살폈다. 그의 시선은 무척 신중해서 한밤중 인가로 먹잇감을 찾아 나온 짐승의 눈초리 같았다. 그런데 다음 순간 그의 신형이 번개처럼 회전했다.

창!

어느새 그의 손에는 한 자루 검이 들려 있었다.

"남궁가주께서도 오셨구려."

문득 그의 등 뒤에 나타났던 검은 인영이 무거운 음성으로 입을 열었다. 그러자 검을 뽑아 들었던 남궁세가의 가주 남궁세룡이 눈을 가늘게 뜨더니 놀란 음성으로 말했다.

"당문주셨구려. 아, 아미파의 장문인께서도……!"

자세히 보니 나타난 사람은 한 사람이 아니라 두 사람이었다. 당문의 문주 당월과 아미파의 장문인 형조산도 어둠을 뚫고 이 깊은 계곡에 모습을 드러냈던 것이었다.

"도대체 누가 우릴 이리로 부른 것인지?"

남궁세룡이 검을 거두며 중얼거렸다.

"글쎄올시다."

당월이 고개를 저었다.

"혹 함정이 아닐까요?"

남궁세룡의 얼굴에 의심이 가득하다. 그러자 아미파의 장문인 형조산이 고개를 저었다.

"누가 우릴 함정에 빠뜨린단 말이오."

"그… 음……."

남궁세룡이 뭔가를 말하려다 말고 입을 닫았다.

"야율거공, 그를 의심하시는 거요?"

당월이 물었다. 그러자 남궁세룡이 무겁게 고개를 끄덕였다.

"그가 아니라면 누가 우리 몸에 그 천형 같은 독이 있음을 알고 있겠소."

"하지만 그가 이런 수작을 부릴 이유가 없지 않소? 말이 나왔으니 말이지 지금 우리처럼 그의 말을 충실히 따르는 사람들이 누가 있겠소? 아직 천하는 영웅맹의 손에 온전히 들어온 것이 아니오. 야율거공도 그의 수하들만으로는 천하를 경영할 수 없소."

당월이 고개를 저었다. 그러자 아미파의 장문인 형조산이 입을 열었다.

"그의 속을 어찌 알겠소이까? 우리가 모르는 또 다른 수작을 부리고 있을지……."

형조산의 말에 당월과 남궁세룡의 표정이 어두워졌다. 그런데 그때 어둠 속에서 다시 인기척이 느껴졌다. 세 사람이 재빨리 병기에 손을 가져가며 숲으로 시선을 돌렸다. 그러자 어둠속에서 다시 삼 인의 노고수가 모습을 드러냈다.

"음… 역시 여러분도 오셨구려."

형조산이 숲에서 나타난 사람들을 보며 고개를 끄덕였다. 어둠 속에서 모습을 드러낸 사람은 종남파의 장문인 위춘추와 상관세가의 가주 상관악, 그리고 제갈세가의 가주 제갈초였다. 그렇게 되니 오늘 이 어두운 계곡에 절대삼문과 사천맹의 우두머리들이 모두 모인 셈이었다.

"이게 도대체 어찌 된 일이오?"

종남 장문인 위춘추가 그늘진 얼굴로 물었다. 그러자 형조산이 고개를 저었다.

"우리도 연유를 모르겠소이다. 단지 그 천형의 독을 해독할 수 있다는 말에 오지 않을 수 없었소."

"나 역시 그 전갈을 받고 오는 길이오. 함정일 수도 있다고 생각했지만 아니 올 수 없었소이다."

"아, 정말 해약이 있는 걸까요?"

이번에는 상관세가의 가주 상관악이 탄식을 흘리며 말했다. 그러자 당월이 침울한 어조로 말했다.

"세상에 해약이 없는 독은 없소. 단지, 시간의 문제일 뿐이지."

"그러나 이미 일 년이 넘었음에도 당문에서조차 해약을 만들지 못하고 있지 않소?"

위춘추가 물었다. 그러자 당월이 얼굴을 붉히며 대답했다.

"물론 그렇긴 하오. 그러나 시간만 더 주어진다면 결국 본문에서 해약을 찾을 수 있을 것이오."

"음… 그러나 그 안에 야율거공 그자가 천하를 완전히 장악하고 우리 여섯 문파를 몰락으로 내몰 수도 있소. 그자가 언제까지 우리를 이대로 놓아두겠소? 언젠가 해약이 만들면 결국 자신의 제일 적이 될 것이란 걸 뻔히 아는데. 더군다나 요즘 들어 그자가 공공연히 대요의 중원 진출을 위해 북로를 개척하려 하고 있지 않소이까?"

위춘추가 걱정스런 표정으로 말했다. 그러자 형조산이 탄식을 흘렸다.

"아, 그 일이야말로 가장 걱정이 되는 일이오. 그자가 야율씨 출신임을 잊은 것은 아니었지만 그래도 이미 중원의 사람이 되었을 거란 일말의 기대를 가지고 있었는데……."

"이리되면 차라리 풍월령이 존재하는 것만 못하는 상황이 아니겠소?"

상관악도 두려운 얼굴로 걱정을 늘어놨다. 그러자 지금까지 침묵을 지키고 있던 제갈세가의 가주 제갈초가 침착하게 입을 열었다.

"그래도 아직은 황하를 근거로 소림과 무당이 버티고 있으니 시간을 벌 수 있을 것이오. 그 안에 어떤 대책을 세워야지요. 아무튼 오늘 우릴 이리로 불러낸 사람의 말을 들어봅시다. 비록 이것이 함정이라 해도 아니 나올 수 없었던 것은 다 그 이유 때문이 아니겠소?"

재갈초의 말에 장내의 사람들이 고개를 끄덕이며 노송에 둘러싸인 바위로 시선을 돌렸다. 바위 근처는 여전히 침묵이 흐르고 있었다. 어떤 사람의 인기척도 느껴지지 않았다.

"왜 아직 나타나지 않는 걸까요?"

형조산이 의심이 가득한 목소리로 입을 열었다.

"조금 더 기다려 봅시다. 아직 약속한 시간이 되지 않았소."

제갈초가 침착하게 대답했다. 그런데 그때 문득 한줄기 스산한 바람이 불더니 귀신처럼 바위 위에 한 명의 인영이 나타났다. 여섯 명의 절대자조차도 흠칫 놀라 한두 걸음 뒤로 물러날 정도로 갑작스런 등장이었다.

"모두들 나오셨구려!"

홀연히 모습을 드러낸 사내는 얼굴에 복면을 하고 있었다. 하지만 그의 목소리로 보건대 나이가 그리 많아 보이지는 않았다. 그도 그럴 것이 복면인은 바로 허소산이었다.

"당신이 우리를 이리로 불러낸 사람이오?"

제갈초가 다른 고수들을 대신해서 허소산에게 물었다. 그러자 허소산이 무겁게 고개를 끄덕였다.

"그렇소. 내가 여러분을 이리로 불러냈소."

"진정 그대에게 해약이 있소?"

이번에는 당월이 의심 어린 표정으로 물었다. 그러자 허소산이 고개를 끄덕였다.

"그렇소. 내겐 야율거공이 그대들에게 심어놓은 독의 해약이 있소."

"음… 우리가 어떤 독에 중독되었는지는 아시오?"

"독의 이름이야 독을 만든 자가 지었을 터이니 내가 알 수 없소. 하지만 그 독이 어떻게 만들어진 것인지는 알고 있소."

"독의 성분에 대해 말해줄 수 있겠소?"

당월이 다시 물었다. 그러자 허소산이 복면 안에서 미소를 지으며 입을 열었다.

"이제 보니 당문주께서는 날 의심하고 계시는구려."

그러자 당월이 부인하지 않고 고개를 끄덕였다.

"맞소이다. 이 상황에서 어찌 당신을 의심하지 않을 수 있겠소. 이 독은 우리 당문의 독인들이 일 년여를 연구하고도 그 해약을 찾지 못한 독이오. 그러니……."

"알겠소. 그럼 당신들이 중독된 독에 대해 말하리다. 그 독은 모두 열여섯 가지의 독물을 배합해 만든 것이오."

허소산의 말에 당월의 표정이 굳어졌다.

"지금 열여섯 가지라고 하였소?"

"그렇소. 당문에서도 그쯤은 알아내셨을 터인데?"

그러자 당월이 무겁게 고개를 끄덕였다.

"맞소. 본 문에서 조사한 것과 같소. 이 독은 열여섯 개의 독을 배합한 것이 맞소. 그러나… 설마 그 독의 성분을 모두 아시오?"

"당문에서는 몇 개를 알아내셨소?"

허소산이 되물었다. 그러자 당월이 입술을 깨물며 대답했다.

"아쉽게도 본 문에선 열세 개의 독만 그 정체를 알아냈을 뿐이오. 나머지 세 개는… 음, 그 존재조차 모르는 독이었소."

"그래서 해약을 만들지 못했겠구려."

"맞소이다. 그 독들은 우리 당문으로서도 처음 보는 독이었소. 어떤 독초나 독충에서 얻었는지 모르는 독을 두고 해약을 만들 수는 없었소. 해서……."

당월이 뭔가를 말하려다 말고 입을 닫았다.

"아마도 당문의 고수들을 은밀히 천하의 독지에 파견했겠구려?"

허소산이 물었다. 그러자 당월이 무겁게 고개를 끄덕였다.

"그렇소. 그리고 이제 곧 형제들이 돌아오면 그 독의 정체를 알게 될 거요."

당월이 자신있게 말했다. 그러자 허소산이 고개를 저었다.

"그들이 돌아온다고 해도 당문은 절대 그 독의 정체를 알지 못할 거요."

순간 당월의 얼굴에 노기가 생겨났다.

"어떻게 그렇게 확신하시오. 아니, 당신은 그러면 그 독의 정체를 알아냈소?"

그러자 허소산이 나직한 웃음을 흘리며 말했다.

"그렇지 않다면 어찌 해독약을 만들 수 있었겠소?"

순간 당월이 아니라 위춘추가 급히 앞으로 나서며 물었다.

"정말… 정말 해독약을 만든 것이오?"

"그렇소."

"그 독의 정체가 뭐요?"

당월이 다시 물었다. 그러자 허소산이 한줄기 웃음을 흘리며 말했다.

"후후, 등잔 밑이 어둡다는 말을 아시오?"

"그게 무슨 소리요?"

당월이 여전히 의심을 거두지 않은 표정으로 물었다. 그러자 허소산이 나직하게 말했다.

"당문은 그 독의 정체를 찾으러 천하를 헤멜 필요가 없었소. 그 독들은 독이되 독이 아닌 것들이기 때문이오. 당문이 그 독들의 정체를 밝혀내지 못한 것은 그것들이 독이 아니기 때문이오."

"그게 무슨 소리요. 독이 아닌 독이라니……?"

당월이 소리쳤다. 아무리 들어도 이해할 수 없는 말들을 해대는 허소산에 대한 의심은 더더욱 커졌다.

"당신들이 밝혀내지 못한 세 가지 독 중 하나는 앵속을 정제한 것이오."

"아편이란 말이오? 그럴 리 없소. 아편이라면 우리가 모를 리 없소."

당월이 고개를 저었다.

"물론 앵속의 성분은 아주 작게 들어가 있소. 그러나 알다시피 앵속이란 것은 시간이 지날수록 그 중독성이 커지게 마련, 그대들은 아마도 일정시간이 지나면 아율거공이 제공하는 해약을 복용했을 것이오."

"그렇소. 우린 매월 보름에 해약을 받고 있소."

위춘추가 대답했다. 그러자 허소산이 고개를 끄덕이며 말했다.

"그 해약에조차도 아마 앵속이 섞여 있을 것이오. 그래서 당신들은 시간이 지날수록 독의 기운이 점점 더 강해진다고 느꼈을 것이고 당연히 해약에 대한 절박함이 더욱 심해졌을 거요."

"음… 맞소이다. 요즘 들어서는 한 달에 한 번 해약을 받는 것으로도 독 기운을 제어하지 못하는 듯했소."

이번에는 형조산이 고개를 끄덕였다. 그때 당월이 다시 물었다.

"도대체 아편이 어떤 독에 숨겨져 있었다는 것이오?"

"내가 말하지 않았소? 독이 독이 아니었다고."

"더 이상 우릴 희롱하지 마시오!"

당월이 노기를 드러냈다. 그러자 허소산이 갑자기 웃음을 터뜨렸다.

"하하하, 난 그대들을 위해 이곳에 왔는데 내게 화를 내다니, 그대들은 야율거공의 손아귀에서 벗어나기 싫은 모양이구려. 그렇다면 난 그만 돌아가겠소. 그러나 내가 한 가지 경고하리다. 그대들이 계속 그가 주는 해약을 복용하다가는 아마도 채 삼 년이 지나지 않아 일신의 무공은 사라지고, 앵속에 중독된 육신만을 가지게 될 것이오!"

차갑게 경고를 던진 허소산이 한순간 몸을 날려 바위를 떠나려 했다. 그러자 이번에는 제갈초가 급히 허소산을 불렀다.

"잠깐, 잠깐만 기다려 주시오!"

제갈초의 만류에 허소산이 몸을 날리려다 말고 제갈초를 보며 물었다.

"뭐 더 할 말이 있소?"

"우리가 무례했다면 용서하시오. 사실 우린 오랫동안 야율거공의 마수에 놀아나고 있어 남을 쉽게 믿을 수 없는 처지요. 그러니 부디 무례를 용서하시구려."

"음… 그 입장은 알고 있소. 그러나 이렇게 날 못 믿어서야 내가 주는 해약을 복용할 수 있겠소?"

"우리가 밝혀내지 못한 그 독에 대해 말해주고 그 해약을 만든 방법을 말해준다면 우리도 당신의 말을 신뢰할 수 있을 것이오!"

당월이 급히 말했다. 그러자 허소산이 고개를 저었다.

"먼저 내 말을 들어보시오. 사실 난 과거 개인적으로 야율거공과 깊은 원한을 맺었소. 그런데 그가 천하무림을 손에 넣어 그 원한을 풀길이 없게 되었소. 그러던 차에 우연히 그대들이 독에 중독되어 야율거공을 따른다는 사실을 알고 그 해약을 만들기 시작한 것이오. 난 야율거공을 아주 오래전부터 알았기에 그가 어떤 방식으로 독을 만들었는지 짐작을 할 수 있었소. 물론 그럼에도 불구하고 해약을 만드는 데에는 몇 달의 시간을 허비하긴 했소."

"그린 사연이 있었구려."

제갈초가 허소산을 달래듯 말했다. 그리자 허소산이 다시 입을 열었다.

"난 그대들을 야율거공의 독에서 해방시켜 주는 대신에 그대들의 손으로 야율거공의 목을 베어오길 원하오."

"음……! 그를 베는 일이라면……."

제갈초가 말꼬리를 흐렸다. 아무리 독에서 풀려난다 해도 야율거공을 상대하는 일은 그리 쉬운 일이 아니다. 그런 제갈초에게 허소산이 다시 말했다.

"난 해약에 대한 분명한 대가를 원하오. 그런데 내가 앵속을 포함한 독 아닌 독에 대해 말한다면 당문에서도 해약을 만들 수 있을 것이오. 그리되면 내가 어찌 당신들과 거래를 할 수 있겠소?"

"그러나 그것들에 대해 말하지 않는다면 어찌 해약의 진위
여부를 알 수 있단 말이오?"

다시 당월이 소리쳤다. 그러자 허소산이 품속에서 작은 가
죽주머니를 꺼내 당월에게 던졌다. 가죽주머니는 마치 미풍에
날리는 홀씨처럼 사뿐하게 날아와 당월의 손에 올라왔다. 그
모습에 여섯 명의 고수는 내심 크게 놀랐다. 허소산이 가죽주
머니를 당월에게 전하는 수법은 상승의 절대고수가 아니면 절
대 시전할 수 없는 수법이기 때문이었다.

"그 안에 한 알의 해약이 들어 있소. 당신들 중 용기있는 자
가 있다면 그 해약을 복용해 보시오. 그러면 나의 해약이 진품
인지 아닌지 알 수 있을 것이오. 물론 날 의심하고 있을 테니
그 해약을 복용하기에는 큰 용기가 필요할 거요. 그러나 그 정
도 용기를 내지 않고서야 어찌 야율거공의 손아귀에서 벗어나
겠소?"

허소산이 자신이 할 말은 다했다는 듯 팔짱을 꼈다. 그러자
가죽주머니를 든 당월이 망설이는 눈으로 다른 다섯 사람을
둘러봤다. 그러나 다섯 사람 중 누구도 자신이 해약을 복용하
겠다고 나서는 사람이 없었다.

"우리 중 누군가는 시험을 해야 하오. 그렇지 않다면 아예
이 약을 포기해야 하오."

당월이 말했다. 그러자 위춘추가 의심스런 눈빛을 흘리며
말했다.

"지금 누가 그 약을 시험해 보겠소, 저자를 어찌 믿고!"

이들은 모두 일문의 우두머리였지만 역시 독을 앞에 두고는 두려운 빛을 내보이고 있었다. 그러나 그중에서 제법 강단이 있는 사람도 있었다.

"내가 시험해 보리다."

앞으로 나선 것은 제갈초였다.

"정말 제갈가주께서 시험해 보시겠소?"

당월이 걱정스런 표정으로 물었다.

"기왕에 여기까지 와서 저자를 만났으니 어찌 이대로 돌아갈 수 있겠소. 그리고 만약 그 해약이 효과가 있다면 어쩔 것이오. 이대로 돌아가면 평생 야율거공의 발을 핥다가 앵속의 기운에 폐인이 되어버릴 것이오. 그렇게 사느니 난 모험을 택하겠소."

제갈초가 당월의 손에서 가죽주머니를 빼앗듯 넘겨받았다. 그리고는 허소산을 보며 말했다.

"내가 이 해약을 시험하겠소. 혹 조심해야 할 것이 있소?"

그러자 허소산이 진지한 목소리로 대답했다.

"제갈가주께서는 역시 현명하시구려. 특별히 조심할 것은 없소. 하지만 해약을 복용한 후에는 적어도 이각 이상 운기를 해야 하오. 또한 약의 기운이 모두 흡수되어 야율거공이 하독한 독을 모두 없애는 데에는 하루 정도의 시간이 필요할 거요."

"하면 약의 효과를 내일 낮에나 알 수 있다는 것이오?"

제갈초가 의심스런 어투로 물었다. 그러자 허소산이 고개를
저었다.

"그건 아니오. 이각 동안 운기를 하면 즉시 해약의 효과를
알 수 있을 것이오. 단지 이미 그대들은 독에 중독된 지 오래
된 몸들이라 몸 곳곳에 미독이 남을 것이란 말이오. 그것들이
완전히 사라지는 하루가 걸린다는 의미요."

허소산의 말에 제갈초가 여전히 의심을 거두지 못하는 시선
으로 허소산을 바라보다 이내 결심을 한 듯 옆에 있는 바위에
엉덩이를 붙이고 앉았다. 그러자 위춘추가 급히 물었다.

"정녕 하시려오?"

"나 제갈초는 한 번 결심한 일은 되돌리지 않소."

제갈초가 단호하게 대답을 하더니 망설이지 않고 가죽주머
니를 열어 청색 환약을 입에 넣고 삼켰다. 그리고는 재빨리 가
부좌를 틀고 운기에 들어갔다.

스스스!

제갈초가 운기에 들어간 지 일각여가 지나자 그의 코에서
희미한 연무들이 흘러나오기 시작했다. 코에서 시작된 연무는
시간이 지나면서 그의 전신에서 흘러나왔다.

"음······!"

제갈초를 바라보고 있던 다른 고수들이 침음성을 발하며 몇
걸음 뒤로 물러났다. 제갈초에게서 흘러나오는 연무에 섞인
냄새가 너무 지독해서 가까이서 그 냄새를 맡고 있기가 어려

웠던 것이다.

그러나 제갈초는 다른 사람들이 어떤 행동을 하든 아랑곳없이 운기를 계속했다. 연무가 흘러나와 그의 몸을 감쌌다. 그런데 연무에 휩싸인 제갈초의 표정은 무척 편안해 보였다. 애초에 해약을 시험하려 할 때 가졌던 긴장감과 두려움도 사라진 표정이었다.

시간은 점점 이각을 향해 달려갔다. 한순간 폭풍처럼 몰려나오던 연무도 서서히 그 빛이 옅어지기 시작했다. 그렇게 순식간에 이각의 시간이 지나갔다.

제갈초는 이각이 지나고도 다시 일각여가 더 지난 후에야 운기를 끝냈다.

"후욱!"

한순간 제갈초가 깊게 숨을 들이쉬었다. 그러자 옅어졌던 연무들이 그의 입을 통해 체내로 다시 빨려들어 갔다. 그리고 그 순간 제갈초가 눈을 떴다.

"음……!"

눈을 뜬 제갈초가 나직하게 침음성을 흘렸다.

"어떻소? 효과가 있는 것 같소?"

가장 먼저 당월이 달려들어 물었다. 그러나 제갈초는 당월의 질문에 대답을 하는 대신 훌쩍 몸을 일으켜 허소산이 서 있는 바위 아래로 다가갔다.

"감사드리오!"

제갈초가 불쑥 허소산에게 포권을 해 보였다.

"독이 사라진 것 같소이까?"

허소산이 물었다. 그러자 제갈초가 고개를 끄덕였다.

"그렇소이다. 온몸의 독이 모두 사라진 듯하오. 해약은⋯ 진품이오!"

제갈초가 정중하게 대답했다. 그러자 허소산이 고개를 저었다.

"앞서 말했지만 사람의 몸이란 그 주인이라도 그 속의 사정을 모두 알 수가 없는 법이오. 지금 제갈가주께서는 독이 완전히 사라진 것처럼 느끼시겠지만 기실 미세한 혈맥에는 미독이 남아 있소. 그러니⋯ 하루 동안은 수시로 운기를 해주셔야 할 것이오."

"음, 알겠소이다. 명심하리다. 아무튼⋯ 그대의 해약이 진품임을 확인했으니 우린 제대로 된 거래를 할 수 있을 것 같소."

제갈초의 말에 어느새 그의 뒤로 다가선 다른 문파의 우두머리들이 기대에 찬 눈으로 허소산을 바라봤다. 그러자 허소산이 잠시 뜸을 들이다가 입을 열었다.

"나의 제안은 여전하오. 난 야율거공의 목을 원하오."

"물론 우리가 독에서 벗어난다면 가장 먼저 그를 칠 것이오."

남궁세룡이 굴강한 표정으로 대답했다. 본시 남궁세가의 고수들은 그 자존심이 특별해서 강호에서 영웅을 자처하는 사람들이었다.

"그러나 과연 그게 쉽겠소?"

허소산이 넌지시 물었다.

"우리가 그를 감당하지 못할 거란 말이오?"

남궁세룡이 약간의 노기를 드러냈다.

"그런 말이 아니오. 절대삼문과 사천맹이 힘을 합친다면 천하의 그 누군들 제거하지 못하겠소. 단지 내가 걱정하는 것은……."

허소산이 다시 말꼬리를 흐렸다. 그러자 다급해진 것은 육문의 수장이었다. 이미 해약의 효과를 눈으로 봤으므로 자신들에게 덧씌워진 굴레를 한시라도 빨리 벗어버리고 싶은 그들이었다.

"걱정하는 게 뭔지 말씀해 보시오."

이번에는 위츄추가 말했다. 그러자 허소산이 진중한 어조로 대답했다.

"본시 사람의 마음이란 간사해서 비록 과거의 적일지라도 당장 이득이 되면 다시 손을 잡게 마련이오. 비록 독에 중독되어 야율거공의 명에 따라야 하는 처지이기는 하지만 당금천하는 영웅맹의 것이오. 영웅맹은 곧 그대들 여섯 문파라고 할 수 있소. 비록 야율거공이 당신들의 머리 위에 있지만 말이오. 그런데 또한 영웅맹이란 세력은 야율거공이 있기 때문에 가능했소. 그가 없다면 그대들은 서로 반목하고 흩어질 것이오. 그러면 영웅맹도 사라지겠지. 더불어 영웅맹의 군림천하 시대도 끝이 날 것이오. 과연 그대들이 그러한 상황을 받아들일지 의문이구려."

허소산의 말에 제갈초가 눈을 가늘게 뜨며 물었다.

"우리가 야율거공을 제거하지 않을 거란 말이오?"

"그와 새로운 거래를 할 수도 있을 거요."

"절대 그런 일 없소. 그자는 대요를 중원에 끌어들이려는 수작을 부리고 있소. 아무리 우리가 관과 상관없이 사는 무림인들이라도 오랑캐의 앞잡이가 되지는 않소."

"글쎄올시다. 과연 다른 분들도 그러하실지……."

"우릴 믿지 못하겠다니 무척 불쾌하구려. 우린 강호의 대의를 따르는 사람들이오. 역대 이족의 침입에서 우리 여섯 문파는 언제나 은밀히 힘을 보태 그들과 싸웠소."

남궁세룡이 도도한 기세를 드러내며 말했다. 그러자 허소산이 고개를 끄덕였다.

"물론 강호의 역사가 그것을 증명하고 있다는 것은 아오. 그러나 사람의 일이란……."

여전히 허소산이 망설이는 듯 말했다. 그러자 제갈초가 다시 물었다.

"그럼 어찌하면 우릴 믿겠소?"

제갈초의 물음에 허소산이 잠시 생각에 잠겼다가 다시 품속에서 다섯 개의 가죽주머니를 제갈초에게 던졌다. 제갈초가 재빨리 그 가죽주머니들을 낚아챘다. 그러자 당월이 급히 허소산에게 물었다.

"우릴 믿기로 한 거요?"

"절반의 믿음을 가져 보기로 했소."

"절반의 믿음이라면……?"

"아마도 독에 중독된 사람은 당신들 여섯만이 아닐 거요. 절대삼문과 사천맹의 주요 고수들은 모두 독에 중독되어 있을 거요."

허소산의 말에 당월이 고개를 끄덕였다.

"맞소이다. 각 파에서 근 이십여 명씩의 수뇌가 중독되어 있소. 우리들만의 목숨이었다면 이미 야율거공을 제거했을 거요. 그러나 중독된 수뇌들이 사라지면 우리 여섯 문파는 멸문의 위기에 처할 것이오. 해서 감히 야율거공에게 반기를 들지 못한 것이오."

"그래서 난 그대들에게 하나씩의 해약만을 주기로 했소. 그 해약을 지금 이 자리에서 복용들 하시오. 그리고 야율거공의 목을 가지고 오시오. 그러면 그때 나머지 사람들을 해독할 수 있는 나머지 해약을 건네겠소. 이러면… 서로 공정한 거래가 아니오?"

허소산의 물음에 여섯 고수의 표정이 조금 굳어졌다. 그러나 허소산의 제안을 거절할 수도 없었다. 지금으로선 각 문파의 생존이 허소산의 해약에 달려 있기 때문이었다.

"좋소. 나 남궁세룡은 그대의 제안을 받아들이겠소."

남궁세룡이 가장 먼저 고개를 끄덕이고는 제갈초의 손에서 가죽주머니 하나를 받아 든 후 재빨리 해약을 복용하고 운기에 들어갔다. 그러자 망설이던 다른 사람들도 어쩔 수 없다는 듯 제갈초에게서 해약을 넘겨받은 후 독을 해독하기 시작했다.

다섯 명의 절대고수가 해독을 하는 모습은 한편으로 장엄하기까지 했다. 그들은 제각기 다른 모습으로 운기를 하고 있었는데 그건 아마도 각 문파에서 내려오는 운기법이 상이하기 때문일 터였다. 그렇게 다섯 사람이 해독을 하는 사이 제갈초가 조심스럽게 바위 앞으로 다가와 허소산에게 물었다.

"그대의 정체를 밝힐 수는 없소?"

그러자 허소산이 대답했다.

"야율거공을 목을 가져오면 알 수 있을 거요."

"음… 세상에 그대와 같은 기인이 있다는 것이 믿기지 않는구려. 야율거공의 독은 천하의 모든 독인과 명의들도 풀어내지 못했는데……."

"가끔 세상에는 천적이란 것이 존재하지 않소? 나야말로 야율거공의 천적이라고 할 수 있을 거요."

"우리에겐 무척 다행스런 일이오. 그대와 같은 사람을 만났다는 것이……."

"부디 이 인연이 선연으로 끝나길 바라오."

"그게 무슨 말이오? 설마 우리가 악연이 될 수도 있다는 말이오?"

"앞서 말했지만 권세란 앵속과 같아서 그 권세를 버리는 것이 쉬운 일은 아니지 않소?"

허소산이 의미심장한 어투로 말했다. 그러자 제갈초가 고개를 저으며 말했다.

"그런 걱정은 마시오. 우린 결코 그대를 배신하지 않을 것이오."

"당신들이 과연 천하의 패권을 버릴 수 있겠소?"

허소산의 의구심이 깃든 목소리로 물었다. 그러자 제갈초가 고개를 저었다.

"물론 우리 여섯 문파는 절대 강호의 패권에 대한 욕심을 버릴 수 없을 거요. 그러나… 그렇다고 영웅맹을 고집할 수도 없을 거요. 영웅맹은 누가 뭐래도 야율거공이 그 중심이오. 중심이 없어지면 결국 그 누각은 무너지게 되오. 이후에는 ……."

제갈초가 말꼬리를 흐렸다.

"다시 새로운 쟁투가 시작된다는 말이구려."

"맞소이다. 그때는 우리 여섯 문파가 서로의 적이 되어 다시 싸우게 될 것이오. 그게… 강호니까."

제갈초의 말에 허소산이 고개를 끄덕였다.

"듣고 보니 그대의 말이 옳구려. 나 또한 그 이후의 싸움에는 관여할 생각이 없소."

"음… 그대의 능력이라면 천하를 눈에 둘 수도 있을 터인데……."

제갈초가 슬쩍 허소산의 마음을 떠봤다. 그러자 허소산이 한줄기 미소를 지으며 대답했다.

"가끔 세상에는 천하의 권세 따위 한낱 떨어지는 낙엽보다도 못하게 생각하는 사람이 있다오."

"당신이 그렇다는 말이오?"

"후후, 좋을 대로 생각하시구려."

허소산과 제갈초가 조용히 대화를 나누는 사이 다섯 명의
절대고수가 서서히 운기에서 깨어나기 시작했다. 가장 먼저
독을 해독하고 정신을 차린 사람은 역시 당월이었다.

그는 독의 달인답게 채 이각이 지나지도 않아 운기를 마쳤
다. 운기를 마친 그가 제갈초 곁으로 단걸음에 다가왔다. 해독
을 마치자 그의 무공은 한층 고강해진 듯 보였다.

"괜찮소?"

당월을 보며 제갈초가 물었다. 그러자 당월이 고개를 끄덕
였다.

"아주 좋소. 독은 해독되었고, 원기도 충만하오. 이 해약에
는 보야의 효과도 있는 모양이구려?"

당월이 바위 위의 허소산을 보며 물었다. 그러자 허소산이
대답했다.

"본시 해독이란 어쨌거나 정기를 소모하는 일, 그에 따라 해
독과 동시에 보양을 하는 것은 의술의 기본이 아니오?"

허소산의 대답에 당월이 감탄하는 표정을 지으며 말했다.

"아, 그 이치는 평범하지만 사실 소홀하기 쉬운 일인
데……."

당월이 무언가 믿음이 생긴다는 듯 고개를 끄덕였다. 그사

이 차례로 운기를 마친 육문의 수장이 바위 아래로 다가왔다. 그들의 얼굴에선 하나같이 생기가 흐르고 있었다.

"모두들 만족하시오?"

허소산이 여섯 사람을 보며 물었다. 그러자 제갈초가 대답했다.

"그렇소. 그대의 해약은 완벽하오."

"좋소. 그럼 이제 그대들이 내가 원하는 일을 해줘야 할 때인 것 같구려. 닷새 후 다시 이 자리에서 만납시다. 물론 그때는 야율거공을 데려와야 할 것이오."

"산 채로 말이오?"

제갈초가 물었다.

"그건 그대들이 결정하시구려."

허소산의 대답에 제갈초가 고개를 끄덕였다.

"알겠소이다. 그리면 닷새 뒤에 봅시다. 모두들 가십시다."

제갈초의 말에 한결 생기가 도는 육문의 수장이 어둠 속으로 사라졌다. 그들이 사라지자 허소산이 나직하게 중얼거렸다.

"아주 잠깐이라도 야율거공의 기분을 좋게 해줘야겠군."

*　　　*　　　*

한 장의 서찰이 누각 위에 앉아 있는 야율거공에게 전해졌다. 서찰을 받은 야율거공이 오만한 표정으로 서찰을 읽었다.

그리고 잠시 후 그의 얼굴에 미소가 지어졌다.

"후후, 역시 장사치는 다르군. 시류를 안다니까."

야율거공의 말에 조치효가 재빨리 다가서며 물었다.

"만재방에서 대인의 제안을 수락했습니까?"

"그렇게 하겠다는군."

"잘 되었습니다. 사실 조금 걱정을 했습니다. 파금검 그자가 있어서……."

"후후후 파금검이라고 별 수 있나. 천하는 이미 내 수중에 들어왔는데. 파금검은 강호의 영웅은 될 수 있을지언정 패자는 될 수 없는 자네. 반면 전욱은 노련한 상인이지. 그가 내 제안을 거절했을 때 만재방에 불어 닥칠 파란을 모를 리 없지. 하하하!"

야율거공이 호탕한 웃음을 터뜨렸다. 그러자 조치효가 물었다.

"하면 이제… 북로를 열 수 있겠군요."

"그렇지. 만재방의 재물을 얻어낸다면 적어도 세 개의 길을 열 수 있을 거야. 북로가 열리면 천하는 우리 야율씨의 손에 들어온다."

"오직 대인만이 그 천하를 다스릴 수 있을 것입니다."

조치효가 머리를 조아리며 말했다. 그러자 야율거공이 빙그레 미소를 지으며 말했다.

"그건 나중의 일이지. 그리고 쉬운 일도 아니고……."

"이미 야문의 형제들이 모두 대인을 따르고 있습니다. 어려운 일이 아닙니다. 지금이라도 옥좌를……."

"아니, 아직은 아니야. 천하를 손에 넣은 후에 해도 늦지 않아. 다신… 황실에서 곱게 자란 놈들이 내 운명을 좌우하게 놓아두진 않겠다. 천하는 야문과 내 손에 들어오게 될 것이다."

"대요의 황좌가 곧 대인의 것이 될 것입니다."

"좋아. 그때가 되면 그대 역시 천하에서 가장 영예로운 자리에 있을 것이다."

"충성을 다할 뿐입니다."

조치효가 그 자리에 부복하며 머리를 조아렸다. 그러자 야율거공이 마치 황제가 된 듯 머리를 끄덕이더니 나직하게 명을 내렸다.

"장로들을 모으게. 북로를 열 계획은 세워야겠어!"

"알겠습니다."

조치효가 대답을 하고는 그 자리에서 사라졌다.

채 이각이 지나지 않아 야율거공 앞에 절대삼문과 사천맹의 수장들이 모였다. 더불어 몇 명의 절대고수 역시 누각 위에 올랐다. 야율거공은 천하명문의 수장들을 앞에 부르고도 앉은 자세 그대로 그들을 맞았다.

"모두 모였는가?"

"그렇습니다."

야율거공이 묻자 조치효가 대답했다. 그러자 야율거공이 누각에 모인 사람들을 스윽 둘러보고는 무거운 목소리로 말했다.

"모두 자리에 앉으시오."

야율거공의 태도는 신하를 대하는 황제와 같았다. 영웅맹의 장로들이 아무 말 없이 자리를 잡고 앉았다. 그러자 야율거공이 다시 잠깐의 침묵으로 좌중을 긴장시킨 후 천천히 입을 열었다.

"만재방에서 답이 왔소. 그들은 우리의 요구를 받아들였소. 해서… 난 지체없이 북로를 열 생각이오."

야율거공의 말에 장내 고수들의 표정이 일변했다. 그리고 그중에서 제갈초가 조심스럽게 입을 열었다.

"진정 무력으로 북로를 열 생각이신지요?"

"소림과 무당, 그리고 화산이 나의 제안에 답을 하지 않고 있소. 그건 곧 거절의 의미. 더 이상 망설일 이유가 없소."

"그러나 그들 뒤에는 하북와 하남, 그리고 섬서의 여러 문파들이 있습니다."

"설마 승산이 없다고 보시는 거요?"

야율거공이 차가운 안광을 쏘아내며 물었다.

"승산이 없지는 않지요. 그러나 우리 쪽의 피해도 만만치 않을 겁니다."

"대업을 성취하는 데 어찌 희생을 두려워하겠소. 강호무림을 온전히 손에 넣는 일이오. 그러니… 모두 내 뜻에 따라주시오."

야율거공의 서늘한 말에 장로들이 아무런 대답을 하지 못했다. 그러자 야율거공이 다시 입을 열었다.

"앞으로 보름 안에 영웅맹에 속한 각 파에서는 문파의 정예 육 할을 맹으로 모으시오. 그후 북로를 열기 위해 나설 것이오."

야율거공의 말에 장로들의 얼굴에 분기가 서렸다.

"지금 육 할이라 하셨습니까?"

다시 제갈초가 물었다. 그러자 야율거공이 고개를 끄덕였다.

"그렇소. 그 정도는 되어야 위엄이 서지 않겠소?"

"하지만 그리되어서는 각 파의 안위가……."

"하하하, 제갈문주는 생각보다 겁이 많구려. 이미 천하의 칠 할이 우리 손에 들어왔는데 누가 감히 영웅맹에 속한 문파를 공격하겠소. 그런 일은 걱정 마시오."

"하지만……!"

"설마 제갈가는 내 말을 따르지 않겠다는 것이오?"

야율거공이 살기를 담은 눈으로 제갈초를 쏘아보며 물었다. 그러자 제갈초가 무거운 어조로 입을 열었다.

"그럴 리가 있겠습니까? 다만… 후방이 든든해야 선봉의 싸움도 활기찬 법이라 그걸 걱정할 뿐입니다."

제갈초의 말에 야율거공이 미소를 지으며 말했다.

"하하하, 역시 제갈가주께선 모든 일에 신중하시구려. 하지만 이미 천하의 대부분이 우리 손에 들어와 있으니 육 할의 전력을 뽑아낸들 후방을 걱정할 일은 없을 것이오. 나도 그에 대해선 면밀히 검토를 한 후에 내린 결정이오."

야율거공의 말에 제갈초가 가볍게 고개를 숙이며 대답했다.

"대인께서 그리 판단하셨다면 더 이상 말씀드리지 않겠습니다."

"하하하, 고맙소. 모두들 명심하시오. 기한은 보름이오. 그 안에 전력을 모아 북로를 열어봅시다. 아마 소림과 무당을 따르는 문파들 역시 크게 반항하지는 않을 것이오. 대세란 거스를 수 없는 것이니."

야율거공이 자신감있는 표정으로 말했다. 그런데 그때 문득 당월이 은근한 목소리로 말했다.

"대인, 북로 원정에 대한 말씀이 끝나셨으면 제가 한말씀 올려도 되겠습니까?"

갑작스런 당월의 말에 야율거공이 의아한 표정으로 물었다.

"물론 오늘 내가 할 이야기는 모두 끝났소. 그런데 당문주께서 무슨 용건이 있으신 게요?"

그러자 당월이 조심스럽게 품속에서 하나의 옥함을 꺼내어 앞에 있는 서탁에 올려놓으며 말했다.

"최근에 저희 문도 한 명이 기이한 물건을 얻었습니다. 그런데 이 물건의 정체를 아무도 알 수가 없어 혹 대인이시라면 아실 수 있지 않을까 하여 가져와 봤습니다."

당월의 말에 야율거공이 호기심을 드러냈다. 본시 총명한 자들은 사물에 대한 호기심이 강한 법이다.

"도대체 어떤 물건인데 그러시오?"

"당문의 문도 중 당사악이라는 친구가 있지요. 본시 천성이 한 곳에 머물기를 싫어할 뿐 아니라 불도에 심취하여 서장을 주로 여행하였지요. 그자가 이번에 서장에서 돌아오면서 이 물건을 가져왔습니다. 그런데 기이한 것이 열기와 한기가 함께 깃든 물건이 아니겠습니까?"

"양기와 음기가 공존한다?"

"그렇습니다. 저로서는 도대체 이 물건의 정체를 알 수가 없더군요. 여기 제갈문주 역시 이 물건의 정체는 모르겠다고 합니다. 해서……."

"음, 어디 한 번 가져와 보시오."

야율거공이 마치 진상을 받는 황제처럼 명을 내렸다. 그러사 당월이 조심스런 움직임으로 옥함을 들고 야율거공 앞으로 다가갔다. 그리고는 공손하게 옥함을 야율거공에게 건넸다.

옥함을 건네받은 야율거공이 천천히 옥함을 열었다. 그러자 과연 옥함 안에서 한쪽은 음기가 도는 푸른빛이, 다른 한쪽은 양기가 충만한 붉은빛을 머금은 투명한 돌덩이가 모습을 드러냈다.

"아, 이것 정말 신기한 물건이군."

야율거공도 옥함에서 나온 기이한 돌덩이에 탄복하며 중얼거렸다.

"혹 그 물건의 정체를 아시겠습니까?"

당월이 조심스럽게 물었다. 그러자 야율거공이 고개를 갸웃하며 대답했다.

"글쎄올시다. 나도 이런 물건은 처음 보는 것인데. 보자, 좀
더 자세히 봐야겠군."

야율거공의 옥함 안에서 돌덩어리를 꺼내 들었다. 그런데
그 순간이었다. 돌덩이가 들어 올려지자 갑자기 그 아래쪽에
서 녹색 연무가 피어오르기 시작했다.

第四章
깨어진 약속

"낭월! 네, 네놈이?"

야율거공이 당황한 표정으로 훌쩍 뒤로 물러나며 소리쳤다.

"야율거공 너의 운명도 오늘이 끝이다!"

당월이 물러나는 야율거공을 향해 일장을 터뜨리며 소리쳤다. 그러자 그의 손에서 흘러나온 푸르스름한 독장이 야율거공의 가슴을 향해 짓쳐들었다.

"놈!"

야율거공의 입에서 노성이 터져 나왔다. 그리고는 벼락처럼 천명검을 뽑아 들어 다가드는 당월의 장력을 베어냈다.

푸스스!

독을 머금은 당월의 장력이 와해되면서 녹색 독무가 안개처럼 피어올랐다.

"이놈!"

순간 야율거공의 뒤쪽과 누각의 위쪽에서 동시에 노성이 터져 나오면서 세 명의 흑의인이 도검을 꺼내 들고 당월을 덮쳐왔다. 이들이 바로 당금무림에서 악명을 떨치고 있는 야율거공의 서른 마리 늑대 중 일부였다.

"훙!"

야율거공의 수하들이 반격을 가해오자 당월이 더 이상 무리하지 않겠다는 듯 뒤로 물러났다. 그러자 야율거공이 벼락처럼 소리쳤다.

"모두 놈을 잡앗!"

야율거공이 소리치자 마치 야율거공의 명을 따르려는 듯 위춘추를 비롯한 영웅맹의 장로들이 각자 병기를 빼 들었다. 그리고는 뒤로 물러나는 당월의 뒤쪽에서 도검을 휘둘렀다.

"컥!"

"악!"

단말마의 비명 소리가 누각을 울렸다. 순간 야율거공의 얼굴이 경악으로 물들었다. 그의 눈에 믿고 싶지 않은 광경이 펼쳐지고 있었다. 당월의 뒤쪽에서 도검을 빼 든 영웅맹의 장로들이 물러나는 당월을 스치고 지나 오히려 당월을 공격하던 자신의 수하들을 베어 넘겼던 것이다.

부지불식간에 일어난 생각지 못했던 공격인지라 야율거공의 수하들은 속수무책으로 영웅맹 장로들의 도검에 쓰러졌다.

그것이 전부가 아니었다. 어느새 야율거공의 늑대들을 베어 넘긴 영웅맹의 고수들이 누각의 뒤쪽으로 날아가 야율거공의 퇴로를 막아섰다.

"이놈들……!"

위급한 와중에도 야율거공은 장내의 상황이 어떻게 돌아가는지 재빨리 파악하고 있었다. 사천맹과 절대삼문의 수뇌들이 자신을 향해 반란의 검을 들어 올린 것이다. 그리고 이들이 반란을 일으켰다면 필시 자신의 영웅맹은 무너질 것이다.

그러나 이해할 수 없는 것이 있었다. 이들이 자신을 배신했다는 것은 곧 자신들의 목숨을 포기했다는 것이다. 아니, 자신들뿐 아니라 각 파의 수뇌 상낭수의 목숨을 포기해야 가능한 반란이었다.

"야율거공, 이런 날이 올 줄은 몰랐을 게다."

남궁세룡이 당혹해하는 야율거공을 비웃듯 바라보며 입을 열었다.

"네… 놈들이… 감히 배신을!"

"후후후, 이런 어리석은 놈을 보았나? 배신이라니. 우리가 언제 네놈을 진심으로 따른 적이 있었더냐? 그건 네놈 자신이 더 잘 알고 있지 않더냐?"

순간 야율거공의 볼이 씰룩였다. 남궁세룡의 말처럼 이들은 단 한 번도 마음으로 자신을 따른 적이 없는 자들이었다. 그러나 그는 이들에게 그 마음이라는 못 믿을 괴물보다 더 확실한 덫을 걸어놓지 않았던가.

"네놈들이 스스로 목숨을 포기할 용기가 있는지 몰랐군."

야율거공이 자신을 둘러싼 장로들을 둘러보며 말했다. 그러자 이번에는 제갈초가 대답했다.

"물론 그런 용기는 지금도 없소."

순간 야율거공의 눈이 가늘어졌다.

"날 배신하고도 설마 살기를 바라는 것이냐? 혹 이리하면 내게서 해약을 얻어낼 줄 알았더냐?"

야율거공이 어느새 평정심을 회복한 모습으로 물었다. 이들이 해약을 놓고 거래를 하자고 한다면 자신에게 여전히 기회가 있다고 생각했던 것이다. 그러나 제갈초의 입에서는 그가 기대했던 대답이 나오지 않았다.

"앵속이 스며 있는 그대의 해약은 더 이상 필요없소!"

제갈초의 대답에 야율거공이 흠칫한 표정을 지었다. 독과 해약에 앵속을 넣은 것을 알아챘다는 것이 믿을 수 없었던 것이다. 그가 해약에 포함시킨 앵속은 극히 미미한 양이어서 적어도 수년은 복용해야 그 부작용이 나타날 수 있었다. 독의 가문 당문이라 할지라도 그 기운을 알아낼 수 없는 정도의 양이었다. 그런데 이자들이 어떻게 앵속의 존재를 알았단 말인가? 그리고 앵속의 존재를 알아냈다는 것은 이들이 자신의 독에 대해 해법을 찾았다는 말일 수도 있었다.

"설마… 해약을……?"

"후후후, 그래, 우린 네놈의 덫을 벗어났다!"

남궁세룡이 차가운 웃음을 흘리며 대답했다.

"어떻게? 당문이라 할지라도 해약을 만드는 것은 불가능한 일인데……?"

야율거공이 믿을 수 없다는 듯 중얼거렸다. 그러자 제갈초가 대답했다.

"세상에 불가능한 일이란 없소. 그대가 오랑캐의 땅에서 중원으로 내려와 천하무림을 장악하기도 하는 시대가 아니오?"

제갈초의 차가운 대답에 야율거공의 눈에 노기가 흘렀다. 그리고는 협박하듯 말했다.

"좋아. 해약을 찾았다고 인정하지. 그러나 그렇다고 날 감당할 수 있겠는가?"

"후후후, 네가 무슨 천하무적이라도 되는 줄 아느냐?"

남궁세룡이 다시 비웃음을 흘렸다.

"나의 그림자들이 어떤 자들인 줄 모른단 말이냐? 모두 나서라!"

야율거공이 누각 주변이 울릴 정도로 큰소리로 소리쳤다. 그러자 누각 곳곳에서 수십 명의 흑의인이 모습을 드러냈다. 앞서 장로들의 검에 세 명이 죽기는 했으나 여전히 그의 충실한 늑대들은 건재한 상태였다.

"흥, 어차피 네놈들도 모두 베어줄 생각이었다!"

이번에는 위춘추가 모습을 드러낸 야율거공의 수하들을 보며 싸늘하게 말하더니 한순간 길게 새소리를 냈다. 그러자 사방에서 근 이백에 달하는 사람이 누각을 향해 몰려오기 시작했다.

"모든 것을… 준비했구나!"

몰려오는 자들이 사천맹과 절대삼문의 고수들임을 알아챈 야율거공이 중얼거렸다.

"오늘 영웅맹의 주인은 바뀐다. 한편으로는 고맙기도 하군. 영웅맹이 오늘날 천하의 패자로 우뚝 선 것은 모두가 그대의 공이니…… 그 일만큼은 그대의 공적을 인정하지. 그런 의미에서, 스스로 무공을 폐하고 항복을 한다면 목숨만은 살려주마!"

남궁세룡이 오만한 표정으로 말했다. 그러자 야율거공이 서늘한 안광을 쏟아내며 말했다.

"좋아. 오늘 내가 큰 낭패를 당한 것은 인정하지. 그러나… 이 사실을 알아야 한다. 날 베기 전에는 절대 끝난 일이 아니라는 것을! 나에겐 여전히 천명검이 있다."

우우웅!

야율거공이 노기와 함께 진기를 주입하자 그의 천명검이 용음을 터뜨렸다. 그런 야율거공을 보며 당월이 말을 건넸다.

"힘을 너무 무리하게 쓰지 마시오. 그대는 이미 당문의 지왕독에 중독되었소. 지왕독은 심맥을 타고 들어가기 때문에 진기를 끌어올릴수록 그대의 몸은 위험해질 것이오. 물론… 지왕독의 해약은 내 품에 있소. 그대가 스스로 무공을 폐한다면 해약을 주리다!"

당월의 말에 야율거공이 문득 묘한 눈빛을 흘렸다. 잠시 후 야율거공이 살기를 거두고 들어 올렸던 천명검을 내리며 자신을 둘러싼 장로들을 에게 말했다.

"이건… 뭔가 이상하군."

순간 장로들이 어리둥절한 표정을 지었다. 야율거공의 행동을 너무 뜻밖이기 때문이었다.

"무슨 소리를 하려는 것이냐?"

남궁세룡이 차갑게 물었다. 그러자 야율거공이 미소를 지으며 대답했다.

"이제 보니… 해약은 그대들이 만든 것이 아니군."

야율거공의 말에 장내 고수들의 표정이 일변했다. 야율거공이 비범한 자임은 이미 알고 있었지만 어떻게 해약이 장로들 스스로 만든 것이 아님을 알아챘는지 놀라울 뿐이었다.

"왜 그리 생각하시오?"

제갈초가 물었다.

"가장 쉽게 생각하자면 내가 그대들을 중독시킨 독은 그대들이 결코 해약을 만들 수 없는 독이기 때문이고, 좀 더 깊이 생각하면 그대들이 날 굳이 죽이려 하지 않기 때문이지. 보통의 경우라면 그대들이 나에게 살 기회를 줄 리 없어. 단번에 내 목을 베려 했겠지. 그런데 그대들은 무공만 폐하면 날 살려줄 수도 있다고 했단 말이야. 그대들이 날 살려두려는 데는 분명 이유가 있을 것이다."

야율거공의 말에 장로들이 아무 대답을 하지 못하고 야율거공을 노려만 봤다.

"후후, 부인하지 못하는 것을 보니 사실인 모양이군. 좋아.

그대들에게 해약을 준 자가 누구냐?"

야율거공이 물었다. 한순간 잃었던 절대자의 풍모가 다시 드러났다. 그러나 누구도 그에게 답을 해주는 사람은 없었다.

"밝힐 수 없는 자라는 건가?"

"좋소. 우리에게 해약을 준 사람이 따로 있다고 칩시다. 그런데 그게 왜 우리가 그댈 살려두려 하는 이유란 말이오?"

제갈초가 물었다.

"뭐 두 가지 정도 이유가 있지. 하나는 그가 날 산 채로 데려오길 원하기 때문일 수도 있고, 다른 하나는… 음, 기실 난 두 번째 이유가 그럴 듯하게 생각되기는 한데……."

"두 번째 이유는 뭐요?"

"두 번째 이유는 그대들이 그를 믿지 못하기 때문인 것이지. 만약의 경우 살아 있는 나를 두고 그와 다시 거래를 할 수도 있다고 생각하는 것 아닌가?"

야율거공의 말에 제갈초의 얼굴에 탄복의 표정이 드러났다. 그리고는 나직하게 탄성을 흘렸다.

"아, 당신은 정말… 뛰어난 사람이오."

"후후, 내 짐작이 맞나 보군."

"맞소. 우리에게 해약을 준 사람은 따로 있소. 그러나 그가 당신을 산 채로 데려오길 원하는 것은 아니오. 당신의 생살여탈권은 우리에게 있다는 말이오."

"아니지. 아직은 내 검에도 남아 있지."

야율거공이 다시 천명검을 들어 올렸다. 그러자 제갈초가 고개를 저었다.

"더 이상 당신이 할 수 있는 것은 아무것도 없소. 이미 영웅 맹은 우리 육문의 고수들이 접수했을 것이오."

"내 무공을 너무 얕보는군. 몸 하나 빼는 것에 오 할의 승부 를 볼 수 있지."

그러자 이번에는 당월이 말했다.

"지왕독에 중독된 이상 당신은 도주할 수 없소. 지왕독의 기 운이 그대를 연옥의 사자처럼 끌어들일 테니까. 그대는 곧 모 든 공력을 상실하게 될 것이오. 운이 좋으면 눈이나 귀가 멀 것이고 운이 나쁘면 죽겠지. 그리고 해약은 오직 나만이 가지 고 있소."

당월의 밀에 야율거공이 웃으며 말했다.

"아직도 나에 대해 모르는군. 내가 강호무림을 어떻게 손에 넣었는지 벌써 잊었단 말이냐? 무공도 필요없다. 물론 눈과 귀 가 없어도 돼. 오직 나의 이 머리만 있으면 어디서든 너희들에 게 복수를 할 수 있지."

야율거공의 말에 제갈초 등이 두려운 빛을 흘려냈다. 야율 거공의 말은 허언이 아니었다. 지금껏 영웅맹을 강호무림의 패자로 만든 것은 그의 무공이 아니었다. 오직 그의 머리가 지 금의 영웅맹을 만든 것이다. 그 사실에 생각이 닿아서일까. 문 득 남궁세룡이 다른 장로들을 보며 물었다.

"이대로 베어버리는 것이 좋지 않겠소?"

그러자 제갈초가 물었다.

"그를 믿는단 말이오?"

"그는 오직 이자에 대한 개인적인 원한이 있을 뿐이라고 했소. 이자의 머리를 가져가면 그와의 거래는 순조롭게 끝날 수도 있소."

"하지만 만약 그의 마음이 변한다면 어쩌겠소? 우린 다시 그의 노예가 될 수밖에 없을 것이오."

제갈초의 말에 남궁세룡이 무겁게 고개를 끄덕였다. 해독을 한 것은 그들 여섯 명의 문주가 전부 아니던가. 남궁세룡의 대답이 없자 제갈초가 다시 말을 이었다.

"이자를 산 채로 데려가야 하오. 그래야 그와 거래를 할 수 있소."

제갈초의 단호한 말에 다른 장로들도 고개를 끄덕였다. 장로들의 동의를 얻자 제갈초가 다시 야율거공에게 말했다.

"그대의 사지를 끊어서라도 그대를 산 채로 데려가야겠소. 물론 그대의 머리는 남겨두리다. 그래야 그대가 가치가 있으니까. 어쩌겠소? 순순히 우리를 따라 나서겠소? 아니면… 헛!"

한순간 제갈초가 헛바람을 흘려내며 번개처럼 뒤로 물러났다. 어느새 다가온 야율거공의 천명검이 제갈초의 가슴을 가르고 있었다.

깡!

제갈초가 본능적으로 들어 올린 검이 야율거공의 천명검에 단번에 잘려 나갔다. 오릉삼보 천명검의 위력이 유감없이 발휘되는 순간이었다.

"놈!"

한순간 야율거공의 옆쪽에서 남궁세룡의 노성이 터져 나왔다. 그가 제갈초의 검을 잘라내고 재차 제갈초의 가슴에 검을 찔러 넣으려는 야율거공의 허리를 베어갔다. 그러자 야율거공이 번개처럼 허리를 틀더니 천명검을 들어 남궁세룡을 내려쳤다.

쩡!

강력한 출동음이 일어났다. 야율거공의 검과 남궁세룡의 검이 강력한 일 합의 격돌을 만들어냈다. 그러나 이번에는 야율거공도 남궁세룡의 검을 잘라내지 못했다. 앞서 제갈초의 검을 자른 것은 천명검의 날카로움도 있었지만 제갈초가 야율서공의 급습에 대비하지 못해 미처 검에 공력을 싣지 못했기 때문이었다. 그러나 남궁세룡은 잔뜩 공력을 머금은 검으로 야율거공을 상대했기 때문에 천명검도 그의 검을 잘라낼 수는 없었다.

그럼에도 불구하고 야율거공의 천명검은 놀라운 위력을 발휘했다. 야율거공의 천명검이 허공을 가를 때마다 그를 둘러싼 영웅맹의 장로들이 하나같이 위기에 빠졌다. 비록 야율거공을 포위하고는 있었지만 그의 무공과 천명검이 너무 대단해서 제갈초 등은 감히 그를 제압할 엄두를 내지 못하고 있었던 것이다.

그러나 야율거공의 무공과 천명검의 날카로움에도 한계가 있었다. 당문의 지왕독이 서서히 그의 심맥을 파고들기 시작하자 야율거공의 움직임이 둔해지기 시작했다. 그 기회를 타고 영웅맹 장로들의 공세는 한층 치열해졌다. 그리고 급기야 위춘추의 검이 야율거공의 허벅지를 번개처럼 베어냈다.

팟!

위춘추의 검에 베인 야율거공의 허벅지에서 붉은 피분수가 솟구쳤다.

"음!"

야율거공의 입에서 나직한 신음성이 흘러나왔다.

"놈!"

비틀거리는 야율거공을 향해 이번에는 남궁세룡이 뒤에서 그의 등에 길게 검상을 만들었다.

"큭!"

야율거공이 다시 신음성을 토해냈다.

"목을 베어주마!"

남궁세룡이 재차 야율거공을 향해 검을 휘두르려는 찰나 제갈초가 급히 남궁세룡을 만류했다.

"참으시오."

제갈초의 만류에 야율거공의 목 앞에서 남궁세룡의 검이 멈춰 섰다.

"그래도 역시 이자를 살려두어야 한단 말이오?"

"아직은 죽일 때가 아니란 걸 아시지 않소?"

제갈초의 말에 남궁세룡이 분기를 참으면서 검을 거둬들였다. 그러자 제갈초가 바람같이 날아들어 야율거공의 혈도를

짚었다. 순간 야율거공이 거목이 넘어가듯 그 자리에 무너져
내렸다.

*　　*　　*

"굳이 따라오실 필요가 있소이까?"

허소산이 자신의 뒤를 따르는 강초를 보며 물었다. 그러자
강초가 대답했다.

"그자는 야문의 수뇌지. 구주에서 요가 몰살을 당한 이후 요
의 기세가 한풀 꺾였다 해도 야문의 활동은 항상 위험하오. 지
금도 개경에선 야문의 첩자들이 분주히 활동하고 있을 것이
오. 그러니 내가 어찌 그의 최후를 확인하지 않겠소."

"추룡사의 일은 참으로 번거롭소이다."

"허허허, 추룡사가 된 이상 어쩔 수 없는 일이오."

강초가 허허롭게 웃었다. 이럴 때 보면 그가 그 서슬 퍼런
추룡사의 수장이란 사실이 믿기지 않았다.

"개경으로 돌아가면 말이오."

허소산이 화제를 돌렸다.

"말해보시오."

"음… 피를 좀 봐야 할 수도 있소."

허소산의 말에 강초가 고개를 끄덕였다.

"짐작하고 있소. 황실을 위협하는 일이 아닌 이상 난 관여치
않겠소."

강초가 대답했다. 이 정도면 추룡사로서는 무척 많이 양보
한 것이었다. 그러자 허소산이 다시 물었다.

"황보가는 어떻소?"

"음… 황보가와 구원이 있다는 것은 들었소. 황보가라. 골
치 아프군."

강초가 말꼬리를 흐렸다. 누가 뭐래도 황보가는 개경 최고
의 권문세가일 뿐 아니라 태자비의 본가였다. 그러니 황실과
아무 관련이 없다고는 할 수 없었다.

"개경의 소식을 듣자하니 최근 들어 태자비에 대한 태자의
정이 많이 식었다고 하더이다만……."

"물론 그런 말이 있기는 하오. 태자께서도 여인에 대한 정으
로 대사를 처리할 나이는 아니시고, 기실 그동안 황보가문의
행보가 지나친 면이 있었소. 가끔은 황실의 종친조차도 무시
하는 언행을 했으니까. 해서 지금은 태자비에 대한 태자님의
정도 많이 식었다고 할 수 있소. 특히… 세월은 흐르고 여인의
아름다움도 세월을 이기지는 못하는 법 아니오? 더군다나 태
자비께서는 본래부터 병약하셨고……."

강초의 말에 허소산이 미소를 지으며 대답했다.

"태자의 호색은 제법 유명하지요?"

"영웅은 삼처사첩을 마다치 않으니까."

강초는 어디까지나 황실 편에서 생각하는 듯 보였다. 그러
자 허소산이 고개를 끄덕이며 입을 열었다.

"태자가 영웅인지는 모르겠소. 하지만 적어도 아직은 왕씨

가 해동의 주인인 것은 부인할 수 없다는 걸 알고 있소. 해서… 황보가 정도에서 일을 마무리 짓는 것이 좋을 것 같다는 생각이오."

허소산의 말에 강초가 무거운 안색으로 고개를 끄덕였다.

"파 대협의 뜻은 잘 알겠소. 내 개경으로 돌아가면 이 일에 대한 재가를 받아보겠소."

"아마… 반드시 받아내야 할 거요."

"후후, 지금 날 협박하는 거요?"

"뭐 좋을 대로 생각하시오. 하하하!"

허소산이 웃음을 흘렸다. 그러는 사이 두 사람은 어느새 육문의 주인들을 만나기로 한 계곡에 이르렀다.

"주변에 매복은 없는 것 같소."

허소산이 바위에 올라 잠시 기다리자 주변을 살핀 강초가 훌쩍 허소산 곁으로 날아오르며 입을 열었다.

"그들이 함부로 날 적대시하지는 못할 거요. 아직 그들 손에 해약이 들어간 것은 아니니까."

"그들이 야율거공의 목을 가져올 것 같소?"

"글쎄……. 모르겠소. 그들이 어떤 선택을 하게 될지……."

허소산이 고개를 저으며 말했다. 허소산 역시 이제는 사람의 마음이란 것이 단 일 푼도 짐작하기 어렵다는 것을 세월의 경험으로 알고 있었다. 그런데 그때 문득 서쪽 숲이 흔들리는가 싶더니 절대삼문과 사천맹의 우두머리들이 계곡에 모습을 드러냈다.

"어서들 오시오!'

허소산은 재빨리 얼굴을 가리며 여섯 문파의 우두머리를 맞
아들였다. 그러자 육문의 문주들 중 제갈초가 앞으로 나서며
말했다.

"벌써 나와 계시는구려. 우리가 늦었소이다."

"아니오이다. 내가 좀 빨리 온 것뿐이오. 그런데… 일은 어
떻게 되었소?'

허소산의 은근한 어조로 물었다. 그러자 제갈초가 대답했
다.

"일은… 성사되었소!'

순간 허소산의 눈이 조금 커졌다.

"야율거공을 제거했소?"

"죽이지는 않았소. 그는 지금 우리 손에 있소."

순간 허소산이 살짝 눈을 가늘게 뜨며 물었다.

"데려왔소?'

"그렇소."

제갈초가 고개를 끄덕였다.

"그럼 좀 봅시다."

"그 전에… 약속한 해약을 주시오."

제갈초의 말에 허소산이 눈살을 찌푸렸다.

"설마 지금 날 못 믿는 거요?"

"그게 아니라 거래를 확실히 끝내자는 말이오."

"그렇다면 더더욱 그를 이곳으로 데려오시오. 물건도 보지 않고 금자를 내주는 사람이 어디 있겠소."

허소산이 냉랭하게 말했다. 허소산의 말에 제갈초가 잠시 생각에 잠겼다가 고개를 끄덕였다.

"좋소. 그를 데려오겠소."

대답을 한 제갈초가 뒤를 돌아보며 고개를 끄덕이자 상관악이 재빨리 숲으로 사라지더니 한 사람을 옆구리에 끼고 나타났다.

쿵!

장내에 도착한 상관악이 데리고 온 사람을 거칠게 바닥에 내려놓았다. 허소산이 땅 위에 나뒹구는 사람에게 시선을 주었다. 헝클어진 머리, 곳곳에 묻어나는 핏자국, 씻지 않은 얼굴은 저자를 헤매는 거렁뱅이를 보는 듯했다.

"그가 야율거공이오?"

허소산이 물었다. 그러자 남궁세룡이 앞으로 나오더니 야율거공의 머리채를 잡고 얼굴을 들어 올렸다.

"보시오. 그대가 야율거공을 본 적이 있다면 이자가 그임을 알 수 있을 것이오."

후욱!

한순간 남궁세룡의 곁에 있던 당월이 횃불 하나를 밝혔다. 그러자 곤궁한 야율거공의 모습이 적나라하게 드러났다.

"그는… 말을 할 수 있소?"

허소산이 물었다. 그러자 제갈초가 고개를 끄덕이더니 재빨리 야율거공의 아혈을 풀었다.

"커억!"

오랫동안 아혈이 제압당해 있었던지 혈도를 풀자 야율거공이 구역질을 해댔다.

"커커컥!"

야율거공의 구역질이 제법 오래 이어지더니 한순간 잠잠해졌다. 구역질을 멈춘 야율거공이 천천히 고개를 들어 주위를 둘러봤다. 그러다가 바위 위의 허소산을 발견하고는 복면 안쪽의 얼굴을 알아보려는 듯 날카로운 시선으로 살폈다.

"눈빛은 살아 있군."

허소산이 심드렁하게 말했다. 그러자 야율거공이 살기를 품은 어조로 말했다.

"네놈이냐, 이 모든 일을 꾸민 놈이?"

"오해를 하고 있군. 난 그저 저들에게 해약을 전한 것뿐이야. 그대를 여기에 끌고 온 사람들은 저들이고…….'

"네놈……! 정체가 뭐냐?"

"그걸 알려주려 했다면 얼굴을 가리지 않았겠지?"

허소산이 심드렁하게 대답했다.

"도대체 내게 무슨 원한이 있길래 이런 일을 저지른 것이냐?"

"그대는 자신을 잘 모르는군. 그대가 강호에 뿌린 원한이 어디 셀 수 있겠는가? 말해줘도 모를 거야."

허소산의 말에 야율거공이 눈을 가늘게 떴다. 그리고는 다시 한동안 허소산을 노려봤다. 그러다가 문득 자신의 뒤쪽에 서 있는 여섯 문파의 문주를 돌아보며 말했다.

"그대들은 조심해야 할 거야. 저자는… 나보다도 더 위험한 인물일지 모르니……."

야율거공의 경고에 제갈초 등이 허소산을 바라봤다. 야율거 공의 경고가 아니더라도 이들은 이미 허소산을 처음 만난 순간부터 경계하고 있었다. 해약을 쥐고 있는 자는 곧 그들의 생살여탈권을 쥐고 있는 것이나 마찬가지기 때문이었다.

"후후후, 역시 야율거공이군. 이 지경에서도 이간계를 쓰고 있으니. 하하하. 역시 그대는 살려두기엔 너무 위험한 인물이야. 아니 그렇소이까?"

허소산이 여섯 문주들을 보며 물었다. 그러자 제갈초가 나직하게 입을 열었다.

"물론 그는 살려두기엔 너무 위험한 인물이오. 하지만 우리 입장에선 그대 역시 두려운 사람임에 분명하오."

"벌써 그의 이간계에 넘어간 거요?"

"그런 말이 아니오. 단지 그대와의 거래를 좀 더 확실하게 매듭지을 필요가 있다는 거요."

"좋소. 뭐, 복잡할 것이 없는 거래 아니겠소? 그를 제거하시오. 그러면 해약을 주리다."

허소산의 말에 제갈초가 고개를 저었다.

"아니아니……. 그것으로는 안 되오."

"그게 무슨 말이오? 그의 목숨과 해약, 이것이 거래의 내용 아니었소?"

허소산이 차갑게 말했다. 그러자 제갈초가 무겁게 입을 열었다.

"물론 그런 약속이 있었지만 우린 좀 더 확실한 방법을 찾기로 했소."

"확실한 방법이라. 말해보시오."

"해약 대신 이자가 만든 독의 비밀과 그 해약의 제조법을 말해주시오. 단지 해약만 얻는 것으로는 안심할 수가 없소."

"후후, 해약의 제조법이라……."

허소산이 나직하게 중얼거렸다. 그러자 당월이 입을 열었다.

"이자의 독에 대한 비밀이 드러나지 않는 이상 우린 언제든 그 독에 다시 중독될 수 있소. 그런 위험을 안고 살아갈 수는 없는 일이오."

"그게… 그자의 목숨을 내놓는 대가요?"

"그렇소."

제갈초가 고개를 끄덕였다.

"내가 거절한다면?"

허소산의 말에 제갈초가 차가운 안공을 흘리며 말했다.

"부디 그런 실수를 하지 않기를 바라오. 우리에게는 두 가지 패가 있소. 하나는 야율거공 이자의 입을 열어 독의 비밀을 알아내는 것, 다른 하나는 그대를 제압해 독의 비밀을 알아내는 것이오. 그 둘을 동시에 시도할 수도 있소."

제갈초의 협박에 허소산이 고개를 저으며 말했다.

"후후후, 아마도 당신들은 그 두 가지 패를 모두 사용할 수 없을 거요."

"어째서 말이오?"

"그자의 입을 여는 것은 다시 그의 수하가 되기 전에는 불가능한 일일 거요. 그자는 죽음 따위를 두려워할 사람이 아니니까. 아니 그렇소?"

허소산이 야율거공에게 물었다. 그러자 야율거공이 웃음을 터뜨렸다.

"하하하, 정말 궁금해. 그대의 정체가 무엇인지. 나를 이렇게 잘 알다니……. 맞는 말이다. 내 입을 여는 것은 불가능하지. 왜냐하면 네놈들이 결국 날 죽일 거라는 걸 아니까."

야율거공의 말에 제갈초의 얼굴이 붉어졌다. 그러자 허소산이 다시 입을 열었다.

"그리고 두 번째 방법도 불가하오. 그대들은 날 제압할 수 없어."

"우리 모두를 상대할 자신이 있다는 거요?"

남궁세룡이 차갑게 물었다. 그러자 허소산이 고개를 끄덕였다.

"물론 그대들을 상대할 자신도 있지. 그러나 그것보다 만약 날 제압하려 한다면 그나마 내 품에 있는 해약을 모두 없애 버릴 것인데 감히 날 위협할 수 있겠소? 해약을 모두 없앤 후 이곳을 벗어나 차후 그대들 문파의 수뇌들이 독의 고통 속에 죽

는 것을 구경하는 것도 나쁜 일은 아니지. 어차피 야율거공 그
자를 살려두는 일은 이제 그대들이 선택하기에는 너무 위험한
모험일 테니까. 하하하! 애초에 그대들의 말은 거래가 안 되는
일이었소. 그러니… 더 이상 날 화나게 하지 마시오. 이 모든
조건을 뒤로 물린다 해도 난 손해날 것이 없으니까."

"그대에게 과연 이곳을 벗어날 능력이 있을까?"

차앙!

남궁세룡이 검을 빼 들며 소리쳤다. 그러자 허소산이 한기
가 흐르는 표정을 짓더니 이내 품속에서 하나의 전낭을 꺼내
손에 올렸다. 그러자 다음 순간 그의 손에 들린 전낭이 푸스스
소리를 내며 한줌 재로 변했다.

"방금 그대들은 아까운 해약 열 알을 잃었소. 저자에게 중독
된 사람이 몇이나 될지 모르지만 열 개의 해약은 결코 적은 숫
자가 아니오. 이제 내게 해약은 채 일백 개도 남지 않았소: 선
택은 그대들의 몫이오!"

단호한 허소산의 말에 남궁세룡이 주춤했다. 이대로 해약이
사라져서야 그들이 얻는 이득은 하나도 없을 뿐더러 각 문파
의 근간이 되는 절정고수들 수십을 잃을 수밖에 없었다. 그런
데 그때 야율거공이 입을 열었다.

"하하하, 답답들 하군. 지금 이곳에 모인 영웅맹의 고수들이
모두 몇인데 저자 하나를 사로잡지 못한단 말인가. 일단 저자
를 제압한 후 거래를 하는 것이 우선일 것인데."

야율거공의 충동질에 육문 문주들의 눈빛이 다시 변했다.

그런데 그때 갑자기 허소산이 바위 위에서 사라졌다.

"엇!"

그를 주시하고 있던 육문의 문주들이 모두 놀라 허소산을 찾으려 할 때 귀신처럼 허소산의 신형이 야율거공 앞에 나타났다. 그리고는 번개처럼 그의 등에 손을 댔다.

"커억!"

야율거공이 자신도 모르게 신음성을 흘렸다,.

"뭣 하는 짓이냐?"

갑작스런 허소산의 행동에 놀란 남궁세룡이 번개처럼 허소산을 향해 일검을 휘둘렀다. 순간 허소산이 빙글 신형을 돌리더니 비호처럼 검을 꺼내 남궁세룡의 검을 후려쳤다.

캉!

"웃!"

날카로운 파열음과 함께 남궁세룡이 사오 장 뒤로 물러났다. 그리고는 경악스런 눈으로 허소산을 바라봤다. 그 사이 허소산은 어느새 몸을 날려 애초 그가 있던 바위 위로 되돌아갔다.

"무슨 짓을 한 것이냐?"

허소산이 물러나자 야율거공이 땅에 쓰러질 듯 몸을 기울이며 물었다. 그러자 허소산이 냉랭하게 말했다.

"이 지경이 되어서도 간계를 부리니 그 대가를 치러준 것이다. 지금 그대의 혈맥은 독의 기운으로 가득 차 있을 것이다. 그 기운은 고통 속에서 서서히 그대를 죽게 만들겠지. 그러나 그대의 죽음이 그리 쉽지는 않을 거야. 아주 천천히 온몸의 정기가 사그라들며 죽어갈 것이니까."

허소산의 말에 야율거공의 얼굴이 노기로 일그러졌다.

"이 잔혹한 놈!"

"글쎄. 지금까지 그대가 살아온 삶을 돌아보면 나의 행동을 잔혹하다고 할 수 있을까? 오늘 그대에게 일어난 일은 모두 자업자득이다. 이 지경에서도 그 간교한 머리를 쓰려 하다니. 그렇지 않았다면 편한 죽음을 선물해 줬을 텐데. 이제 천하의 그 누구도 그댈 살릴 수 없다. 누군가 그대에게 은혜를 베푼다면 일찍 죽여주는 것이 전부일 것이다. 그리고!"

허소산이 잠시 말을 끊고 육문의 우두머리들을 쏘아보았다. 여섯 명의 고수는 눈 깜짝할 사이에 보여준 허소산의 무공에 놀라 두려운 눈으로 그를 바라볼 뿐 어떤 말도 하지 못했다.

"그대들도 그대들이 행한 일의 대가를 치러야 할 거요."

"그게… 무슨 소리요?"

제갈초가 물었다.

"그대들이 감히 나와의 약속을 어기로 날 핍박하려 했으니 그 대가를 치러야 한다는 말이오."

"해약을 주지 않겠다는 것이오?"

당월이 급히 물었다. 그러자 허소산이 대답 대신 품속에서 다섯 개의 전낭을 꺼내더니 한순간에 그 전낭들을 재로 만들어 버렸다. 그리고는 나직하게 입을 열었다.

"애초에 난 이곳에 여섯 개의 해약 주머니를 가져왔소. 그대들 여섯 명 각자의 몫이었지. 그런데… 그대들은 나와의 약속을 어겼소. 더군다나 날 협박했지. 난 결코 누군가의 협박을 듣고 사는 사람이 아니오. 그러니… 이제 우리의 약속은 이 해약들처럼 재가 되어버렸소. 참으로 아쉬운 일이오."

허소산이 고개를 저으며 말했다. 그러자 여섯 문주의 얼굴이 파랗게 질렸다. 그래도 그나마 침착한 제갈초가 급히 물었다.

"정녕… 해약을 모두 없앤 것이오?"

"난 다른 사람들처럼 누굴 시험하지 않소. 없애면 없애는 것이지. 음… 그러나 그대들이야 이미 해약을 복용했으니 불행 중 다행 아니겠소? 그대들 문파의 고수들이 죽더라도 그대들이 살아 있으니 결국 문파도 재건될 것이오. 물론 시간은 좀 걸리겠지. 그동안 고초도 겪을 것이고. 아쉬운 일이오. 하지만 그대들이 선택한 운명이니 어쩔 수 없는 일이지. 그럼, 난 이만 가보겠소. 어쨌든 야율거공 저자에게 복수를 했으니 나로서는 만족할 거래였소. 그럼 잘들 가시오."

하소산이 차갑게 작별을 고했다. 그러자 육문의 문주들 얼굴에 낭패의 기색이 역력하게 드러났다. 이대로 허소산을 보내서는 그들이 치러야 할 희생이 너무 컸다. 그렇다고 이제 죽을 날을 받아놓은 야율거공이 독의 비밀을 말해줄 리도 없었다. 유일한 방법은 허소산밖에 없었다.

"잠깐, 잠깐만 기다려 주시오!"

제갈초가 급히 입을 열었다.

"더 할 말이 있소?"

허소산이 냉정하게 물었다. 그러자 제갈초가 급히 포권을 해 보이며 고개를 숙였다.

"먼저 약속을 깬 것을 사과드리오."

"음, 그대들은 대가를 치렀으니 사과할 필요 없소."

허소산의 대답은 여전히 냉정하다.

"대협! 부디 우리의 무례를 용서하고 우리 육문에 호생지덕을 베풀어주시오."

"호생지덕이라……. 그건 군자입네 하는 자들이나 찾는 것이고. 난 군자가 아니오. 의협은 더욱 아니지."

허소산이 고개를 저었다.

"대협, 대협이 이대로 가시면 강호의 동량 수백이 죽소. 그들이 죽어서는 무림에 큰 혼란이 올 것이오."

"당신들 육문의 고수들이 죽는다고 해서 강호가 무너지지는 않소. 누군가 그 자리를 채우게 될 테니까. 그게 강호 아니오? 아니, 설혹 그대들 육문이 무너져 천하가 혼란에 빠져도 난 관심이 없소. 천하의 대사란 남의 일 참견하기 좋아하는 자들이나 걱정하는 것이오. 난 그런 사람이 아니오. 더 할 말이 있소?"

허소산이 묻자 이번에는 당월이 앞으로 나서며 말했다.

"대협, 부디 이자가 뿌려놓은 독의 정체라도 밝혀주시오. 나머지 독물에 대해서만 알려주신다면 우리 당문에서 해약을 만들겠소. 그렇게만 해준다면 우리 육문은 자자손손 대협의 후

손을 은인으로 기억하고 따를 것이오."

당월의 말에 허소산이 한줄기 미소를 지었다.

"하하, 자자손손이라……. 내 한 몸 챙기기도 바쁜 세상살이인데 후손까지 걱정할 일이 뭐가 있소. 그리고 당신들은 단 며칠의 약속도 지키지 못하고 약속을 파했는데 자손을 건 약속이야 무슨 쓸모가 있겠소?"

허소산의 말에 당월이 차마 변명을 하지 못하고 얼굴을 붉혔다. 그러자 허소산이 다시 입을 열었다.

"일단 오늘은 그냥 돌아가겠소. 난 곧 강호를 떠날 거요. 그 안에 내 생각이 바뀌면 그대들에게 해약의 비법을 전해주리다. 그러나… 내 마음이 어떻게 변할지는 나도 잘 모르겠구려. 내가 워낙 괴팍한 사람이라서……."

허소산의 말에 육분의 문주들의 표정이 더욱더 조급해졌다. 그런데 그때 땅에 몸을 뉘고 있던 야율거공이 힘겹게 땅을 짚어 몸을 일으키며 소리쳤다.

"그렇다. 너의 말은 모두 맞다. 네놈은 천하에서 가장 괴팍한 놈이니까!"

순간 모두의 시선이 야율거공에게로 향했다. 그도 그럴 것이 야율거공은 허소산의 정체를 알아챈 듯 보였기 때문이었다.

"그걸 당신이 어찌아오?"

허소산이 물었다.

"흐흐흐, 내가 어찌 그걸 모르겠느냐? 천하에서 날 상대할 자는 오직 단 한 명, 너뿐이란 걸 미처 생각지 못했을 뿐이다. 더군다나 자신을 시험하는 것을 극히 싫어하는 그 오만함까지…… 하하하. 넌 바로 파금검이 아니더냐?"

第五章
배를 띄우다

"파금검!"

육문의 분수들 입에서 놀란 음성이 흘러나왔다. 복면을 벗은 파금검의 얼굴이 어둠 속에서도 확연하게 드러났다.

"정말… 네놈이었구나!"

야율거공도 자신의 생각이 사실로 드러나차 놀란 표정을 지으며 소리쳤다.

"맞소. 이 모든 일은 나 파금검이 한 일이오."

"네놈이 어찌……!"

"후후, 그대가 욕심을 부리지 않았다면 이런 일은 없었겠지. 감히 나 파금검을 무시하고 만재방에까지 그 알량한 힘을 과시하려 드니 그냥 두고 볼 수가 있어야지. 내가 누누이 말하지 않았소. 날 건드리는 자는 그냥 두지 않는다고."

허소산이 차갑게 말했다. 그러자 야율거공이 살기 가득한 눈으로 허소산을 노려보면서도 아무런 말을 하지 못했다. 그러자 이번에는 제갈초가 물었다.

"그런데 어째서 정체를 숨긴 것이오?"

제갈초의 물음에 허소산이 가벼운 웃음을 흘리며 대답했다.

"만약 내가 정체를 밝히고 그대들을 불러냈다면 과연 해약을 받으러 나왔겠소?"

허소산이 되묻자 제갈초가 잠시 생각에 잠겼다가 고개를 끄덕였다.

"그대의 말이 맞소. 아마도 우린 그대를 의심했겠지."

"맞소이다. 나도 강호에서 날 어떻게 평가하는지 잘 알고 있으니까. 해서 내 정체를 숨긴 것이오. 그러나 어쨌든 일은 이리 되었고, 상황이 변한 것은 없소. 난 그만 돌아가리다."

허소산의 말에 제갈초가 다급하게 소리쳤다.

"진정 해약을 주지 않을 생각이오?"

"그건 그대들 스스로가 거부한 것 아니오?"

"음, 약속을 지키지 못한 것은 사과드리오. 그러나……!"

그러자 허소산이 잠시 생각에 잠겼다가 입을 열었다.

"좋소. 그렇다면 내가 한 가지 방책을 말해주리다."

"무엇이오?"

제갈초가 화색을 띠며 물었다.

"사실 이 해약을 만드는 데는 나뿐만 아니라 여러 사람의 힘이 필요했소. 그리고 그중 한 명이 적화궁의 궁주요."

"아, 적화궁!"

제갈초가 나직하게 탄성을 흘렸다.

"적화궁만이 아니라 생사련의 모든 문파가 힘을 보탰소. 당신들이 야율거공 저자의 손에 놀아나 천하무림을 욕심내고 있을 때 생사련의 고수들은 당신들의 해약을 만들기 위해 몸을 숙이고 당신들이 군림천하 하는 것을 지켜보고 있었던 거요. 그리고 따지고 보면 당신들이 천하에 군림하게 된 것 역시 우리 생사련이 풍월령을 상대로 건곤일척의 승부를 결했기 때문이오. 그런데도… 당신들은 무림천하의 주인을 자처하며 생사련의 한 축인 만재방을 억압하려 했소."

허소산이 냉엄하게 꾸짖자 제갈초가 얼른 변명했다.

"그건… 우리가 아니라 이자가 한 일이오."

제갈초의 손이 야율거공을 가리켰다.

"물론 잘 알고 있소. 그러나 과연 그대들의 마음속에 군림천하의 욕망이 전혀 없었다고는 말할 수 없을 거요."

허소산이 추궁에 이번에는 제갈초도 입을 열지 못했다. 그러자 허소산이 재차 말을 이었다.

"더군다나 그대들은 이자의 말에 따라 북로를 열려고 했소. 북로를 연다는 것이 어떤 의미인지 모르지 않을 거요. 북로를 연다는 것은 결국 대요의 정병들에게 중원의 행로를 열어준다는 의미요. 아무리 독에 중독되어 있었다고는 하나 그 일을 도우려 한 것은 비난을 피하기 어려운 일일 거요."

"으음……."

허소산의 매서운 질책에 제갈초를 비롯한 육문의 문주들 얼굴이 붉게 물들었다.

"그러니 더 이상 무림천하에 욕심내지 마시오. 그저 해독을 한 것으로 만족하시구려."

"하면 해약을 주시겠다는 말이오?"

당월이 급히 물었다.

"해약은 이미 타고 없어졌으니 지금 줄 수는 없소. 그리고 난 곧 이 항주를 떠날 거요."

"그럼 어떻게 하란 말이오?"

위춘추가 간절한 목소리로 말했다.

"해약은 적화궁주에게서 찾으시기 바라오. 내 그녀에게 해약을 남기고 떠나리다. 그러나 아마도 그녀에게서 해약을 얻으려면 새로운 거래를 해야 할 거요."

"설마… 우리보고 적화궁, 아니, 생사련 밑으로 들어가라는 말이오?"

"그걸 원했다면 내가 복면을 하고 당신들에게 해약을 주려 했겠소?"

"하면……?"

"아마 약간의 손해는 감수해야 할 거요. 일이 이렇게 된 이상 생사련의 각 파들은 이 기회에 자신들의 안위를 확실하게 확보하려 할 테니까. 아무튼 향후의 일은 적화궁과 상의하시오. 난 그만 물러가리다. 이런 일은 골치가 아파서 일단 내 정체가 드러난 이상 더 관여키 싫구려. 그리고… 이보시오, 야율 대인!"

허소산이 야율거공을 불렀다. 그러자 야율거공이 노기를 담은 눈으로 허소산을 노려봤다.

"그대는 왜 내 충고를 듣지 않았소. 무창에서부터 내 누이이 말하지 않았소? 날 시험하려 들지 말라고. 그런데 끝까지 날 시험하더구려. 그러니 오늘 당신이 이 지경이 된 것은 결국 모두 당신 탓이오. 날 원망치 마시구려."

"해약을 내놔라!"

야율거공이 소리쳤다. 그러자 허소산이 서늘한 표정으로 말했다.

"미안하군. 천하의 모든 독의 해약을 만들 수는 있어도 당신을 해독할 해약은 없다. 왜냐하면 당신을 중독시킨 독은 독이 아니기 때문이다. 그대 역시… 저들에게 독이 아닌 독을 썼지?"

"그건……!"

"그러나 내가 그대에게 쓴 독은 당신이 저들에게 쓴 독보다도 훨씬 신비한 독이지……. 마치… 마음의 독처럼 말이야! 그럼 잘 가시구려. 대인!"

허소산이 정중하게 포권을 취해 보이고는 어느새 그의 뒤쪽에 다가서 있는 강초에게 눈짓을 했다. 그러자 강초가 가볍게 고개를 끄덕였다. 순간 두 사람의 신형이 그 자리에서 사라졌다.

"파금검!"

순간 야율거공의 처절한 외침이 숲을 뒤흔들었다.

"그에게 쓴 독이 도대체 무엇이오? 정말 해약이 없는 그런 독이오?"

숲을 걸으며 강초가 허소산에게 물었다. 그러자 허소산이 대답했다.

"결코 해약을 찾지 못할 것이오."

"음, 강호에 무형지독이란 것이 있다고는 하지만……."

"무형지독보다 더 무서운 독이지요."

"도대체 어떤 독이오?"

강초가 다시 물었다. 그러자 허소산이 나직하게 대답했다.

"그는… 심독에 중독되었소이다."

"심독?"

"그렇소이다. 사실대로 말하자면 내가 그에게 쓴 독은 독에 조예가 있는 사람이라면 누구나 쉽게 해약을 찾을 수 있는 평범한 것이오."

"하지만 해약이 없다고……?"

강초가 어리둥절한 표정으로 되물었다. 그러자 허소산이 눈빛을 빛내며 말했다.

"해약이 없는 것도 맞소. 왜냐하면 그들 중 누구도, 야율거공 자신조차도 해약을 찾으려는 시도를 하지 않을 테니 말이오. 그들은 아마도 내가 무형지독이라도 썼을 거라 생각할 거요. 내 말을 듣고 지레 해약이 없는 독에 중독되었다는 믿음이 생겨 해약을 찾을 생각조차 하지 않을 거란 말이오. 야율거공이 중독된 것은 바로 그 마음의 독이오. 자신이 절대 해약을 찾을 수 없는 독에 중독되었다는 생각, 그 생각이 그를 죽음으로 몰고 갈 거요."

"아!"

강초가 믿을 수 없다는 듯 허소산을 바라봤다.

"세상에서 가장 무서운 독이 무엇인 줄 아시오?"

허소산이 물었다.

"모르오."

강초가 고개를 저었다. 그러자 허소산이 대답했다.

"세상에서 가장 무서운 독은 심독이오. 야율거공은 오늘 바로 그 심독에 당한 거요. 그러니… 해약이 있겠소?"

"파 대협, 그대는… 정말 무서운 사람이구려."

강초의 말에 허소산이 씁쓸한 미소를 지었다.

"내가 무서운 게 아니라 사람의 마음이 무서운 것이오."

"그러나 그대가 말한 그 심독이란 것을 마음대로 쓸 수 있는 사람은 오직 천하에 파 대협 한 명뿐일 것이오."

강초가 두려운 눈으로 허소산을 보며 말했다.

*　　*　　*

"어영차!"

그르륵!

"어서 서둘러! 오늘 중으로 짐을 모두 실어야 한다!"

창룡곡의 포구가 근 며칠째 부산하게 움직이고 있었다. 그리 크지 않은 포구에 십여 척의 상선이 정박해 있었는데 보통 때와 달리 상선들은 며칠 동안 포구를 떠나지 않고 있었다.

만재방의 대행수들은 하루 종일 포구와 장원을 오가며 상선에 물건을 싣는 일을 지휘하고 있었다. 그렇게 분주한 창룡곡의 포구는 왠지 모를 기대감에 휩싸여 있었다. 만재방이 드디어 귀향의 준비를 하고 있었던 것이다.

"다른 배로 가겠다고?"

장원 앞에 나와 분주한 포구를 바라보고 있던 전욱이 놀란 표정으로 고개를 돌려 허소산과 전조명을 바라봤다.

"예."

허소산이 대답했다.

"이유가 뭐지? 난 함께 벽란도로 들어가고 싶구나."

"조용히 여행을 하고 싶습니다."

"맞아요, 아버지. 저도 그래요."

전조명이 허소산 곁에서 맞장구를 쳤다. 그러자 전욱이 조금 실망스런 표정으로 말했다.

"음……. 호젓한 여행을 즐기고 싶어 하는 것은 알겠지만 그래도 조금 서운한걸."

"몇 가지 걸리는 일도 있습니다. 감 녹사님의 일도 그렇고……."

"그건 그렇군. 하지만 조심해야 한다."

"알겠습니다."

허소산이 가볍게 고개를 숙여 보였다.

"언제 가려느냐?"

"본대의 출항이 내일 정오이니… 내일 아침에 떠나겠습니다."

"알겠다. 하지만 난 걱정이 조금 되는걸? 천하제일고수가 곁을 지켜주지 않겠다니……."

전욱이 미소를 지으며 농을 했다. 그러자 허소산이 웃으며 대답했다.

"구룡문이 바닷길을 지켜주기로 했으니 걱정하실 일은 없지요."

"하하하, 구룡문이 아니더라도 걱정하지 않는다. 이제 감히 누가 만제방을 도발하겠느냐? 파금검이 사위인데. 하하하!"

전욱이 호탕한 웃음을 터뜨렸다. 그런데 그때 누군가가 급히 세 사람이 있는 곳으로 다가왔다.

"경주!"

설도우다.

"오셨어요?"

허소산이 반갑게 설도우를 맞이했다. 그러자 설도우가 정색을 하며 말했다.

"그가… 그가 죽었답니다."

순간 허소산의 표정이 변했다.

"결국… 죽었나요?"

"아마도 육문의 문주들이 손을 쓴 것 같습니다."

"역시 그렇게 되었군요."

허소산이 고개를 끄덕였다. 죽은 사람은 야율거공 바로 그였다.

"육문이 영웅맹을 장악했고, 야율거공을 따르던 자들은 모두 주살되었다고 합니다. 더불어 천하에 드리운 영웅맹의 그물들이 빠르게 와해되고 있습니다."

"육문이 서로 다투지 않는 것만 해도 다행이지요."

허소산의 말에 설도우가 고개를 저었다.

"웬걸요. 이미 장강 상류에선 절대삼문과 사천맹이 팽팽한 신경전을 벌이고 있다고 하더군요."

설도우의 말에 허소산이 살짝 인상을 찌푸렸다.

"아직 해독약도 얻지 못한 사람들이 벌써부터……."

"적화궁주와는 이야기가 잘 되어가는 모양입니다. 애초에 영웅맹과 풍월령이 강호에 나오기 이전의 판세대로 돌아가는 것으로……."

"다시 팔황의 시대인가요?"

"오래 가지는 않겠지요. 한번 무너진 탑은 다시 쌓기 힘든 법이니까요."

"그렇군요. 몇 년 후면 강호도 크게 변하겠군요."

허소산이 고개를 끄덕였다. 그러자 설도우가 조심스럽게 물었다.

"진정 떠나실 생각이신지요?"

"처음부터 알고 계셨던 사실 아닙니까?"

"하지만······."

설도우의 표정이 조금 어두워졌다. 독경의 주인이 등장함으로써 신황림은 새로운 시대를 맞이하고 있었다. 그런데 그 구심점이 사라지면 신황림이 어떻게 변할지 예측할 수 없었다. 설도우의 마음을 알고 있는 허소산이 입을 열었다.

"신황림은 이미 변하고 있어요. 죽음의 기운이 걷히고 생기가 돌고 있지요. 적어도 백여 년은 평화로울 겁니다."

"그 이후에는 어찌 될지······."

"하하······. 신노께서는 수백 년을 사실 생각이신가요?"

허소산의 웃음에 설도우가 당황한 표정을 짓다가 이내 실소를 흘리며 말했다.

"후후, 그렇군요. 그때 일은 그 시대 아이들의 몫이지요. 알겠습니다. 그러나 한두 번은 들러주시기 바랍니다. 이 늙은이가 죽기 전에 다시 뵙고 싶군요."

"알겠습니다. 그렇게 하지요."

허소산이 빙그레 미소를 지었다. 그러자 설도우가 잠시 망설이는 듯하다가 허소산에게 나직하게 말했다.

"그리고 특별히 청이 하나 있습니다."

"말씀하세요. 신노의 부탁이라면 뭐든 들어드리지요."

"그게······."

설도우가 슬쩍 전조명의 눈치를 살폈다. 그러자 전조명이 이미 설도우의 내심을 짐작하고 있다는 듯 차갑게 말했다.

"걱정 마세요. 소림주에 대한 것이지요?"

전조명의 말에 설도우가 고개를 끄덕였다.

"그렇습니다. 사실 아원 그 아이가 아직 이곳에 남아 있는 것은 경주님 때문이지요. 그러니 잠깐이라도 그 아이에게 시간을 내어주시면 고맙겠습니다. 물론 전 소저의 승낙이 필요한 일이지요."

"흥, 그건 소산 마음이지 저완 상관없어요."

"그래도……."

설도우가 말꼬리를 흐리자 전조명이 큰 인심을 쓰듯 말했다.

"소산, 만나고 와."

"그래도 될까?"

"설마 이상한 짓이야 하겠어?"

전조명이 퉁명스레 물었다. 그러자 허소산이 가볍게 미소를 지으며 대답했다.

"생각보다 마음이 넓으시군요. 전 낭자!"

허소산의 농에 전조명이 주먹을 말아 쥐며 말했다.

"하지만 이번 한 번뿐이야!"

"여부가 있겠습니까?"

그날 밤 허소산은 정아원과 꽤 오랜 시간 동안 창룡곡 포구를 거닐었다. 전조명은 만재방의 정원에 드리워진 어둠 속에서 그런 두 사람을 감시하듯 살폈으나 그들이 오랜 담소를 끝내고 장원으로 돌아올 때까지 방해하지 않았다. 그리고 마지막 밤이 지나고 새벽이 찾아왔다. 떠나야 할 시간이 된 것이다.

*　　　　*　　　　*

갈매기 십여 마리가 배를 따라오다 동쪽에서 떠오르는 태양이 두려운지 다시 뭍으로 날아갔다. 배가 포구를 떠난 지 이미 한시진이 지나고 있었다. 갈매기는 볼 수 있을지 몰라도 사람의 눈에는 더 이상 뭍이 보이지 않았다.

허소산과 허산왕 그리고 전조명은 배의 앞머리에 서서 바다를 붉게 물들이는 일출을 보고 있었다. 그들 뒤에는 김천홍의 세 가족이 서 있었는데 태양에 눈이 부신 건지, 아니면 뱃길이 감격스러운 건지 눈에 이슬이 맺힌 듯도 보였다.

"정말 돌아가는 건가?"

허산왕이 믿을 수 없다는 듯 손을 들어 태양빛을 가리며 중얼거렸다.

"그러게 말이에요. 저도 믿기지가 않아요."

전조명이 허산왕의 말에 맞장구를 쳤다. 허소산은 그런 두 사람의 대화를 들으며 태양이 흘려내는 온기를 온몸으로 받아들이고 있었다. 마치 어린 시절 그를 품에 안아주던 어머니의 온기처럼 그렇게 태양이 허소산을 부드럽게 감쌌다.

"소산, 돌아가면 어디로 갈 거지?"

문득 전조명이 물었다. 그러자 허소산이 대답했다.

"그들을 만나야지."

"그들이라니?"

"우리가 미리 보내놓은 사람들!'

"누굴 말하는 거야?"

"삼호방의 세 방주!'

"아, 그 사람들! 그런데 그들이 과연 우릴 반길까?'

"글쎄. 그건 두고 봐야지. 그들이 벽란도에서는 삼우방이라는 이름으로 장사를 한다고 했지."

"삼우방? 홍, 제법 우정이 돈독한 모양이군."

"그래도 생사를 함께한 사람들이니까."

허소산이 미소를 지으며 대답했다. 그러자 이번에는 허산왕이 감천홍을 보며 물었다.

"감 녹사는 어찌하시려나?'

"글쎄요……."

감천홍이 말꼬리를 흐렸다.

"조정으로 돌아가지 않을 생각인가?"

"반겨줄지 그게 의문이군요. 공격했던 자들이 여전히 건재하다면……."

"음, 그렇군. 그럼 일단 몸을 숨기고 정황을 살피는 게 좋겠군. 그… 호욕한이라는 자가 문제라고 했지?"

"그렇지요."

김천홍의 말에 허산왕이 고개를 끄덕였다. 그러자 허소산이 감천홍을 보며 물었다.

"어느 절이라고 했지요?"

"대마사 말이냐?"

"네. 대마사요. 모든 것은 거기서 시작되어야 하는 건가요?"

"음, 그래야지. 그곳과 호욕한의 관계를 살피던 차에 일이 그렇게 되었으니. 상호방의 세 방주에게 그곳을 살펴달라고 당부를 해두었으니 뭔가를 알아냈겠지."

"그들이 아무 일도 하지 않았을 수도 있어요. 사실은 겁이 많은 사람들이에요."

"후후, 그렇긴 하지. 거칠어 보여도 겁이 많은 사람들이지. 하지만 한 명은 다르다."

감천홍이 단호하게 말했다.

"주걸루, 그 사람 말이군요."

"그렇다. 그는… 야인 출신이시. 야인은 본래 겁이 없단다."

"그렇지요. 그는 조금 다르지요."

허소산이 고개를 끄덕였다.

"어쨌든 그 삼호방의 세 방주가 일을 얼마나 준비해 놓았느냐에 따라 우리의 행보도 달라지겠지."

감천홍이 말을 하는 사이 문득 배 안쪽에서 망산오선의 두 사람인 주오요와 이세교가 걸어왔다.

"무슨 말들을 그렇게 심각하게 나누고 있소이까?"

주오요가 물었다. 그러자 허산왕이 미소를 지으며 대답했다.

"고향으로 돌아가려니 마음이 설레어 이런저런 이야기를 하고 있었지요."

"하하하 한 팔 년 만이가요?"

"그렇지요."

허산왕이 대답했다. 그러자 주오요가 부드러운 표정으로 허소산을 보며 말했다.

"마음이 좋구나. 떠나 올 때는 널 잃어서 무척 힘들었는데 이렇게 함께 돌아가게 되어서……."

모든 사람이 주오요의 마음과 같았다. 허소산을 잃고 고려를 떠나올 때의 심정은 모두 지옥으로 뛰어드는 것 같은 심정이었다. 과거의 그 아픔이 아련하게 떠오르는지 사람들이 침묵을 지켰다. 그런데 그때 멀리서 한 척의 배가 모습을 드러냈다. 돛대 위에 신룡의 깃발을 펄럭이던 배는 허소산 등을 발견하자 빠르게 다가오기 시작했다.

"구룡문의 배군."

이세교가 말했다. 그러자 허소산이 대답했다.

"괜찮다고 했는데 구룡문주께서 기어이 배를 보낸 모양이에요."

"아무튼 그들이 길을 안내해 주면 편하긴 하지. 대해를 항해하는 것도 그렇지만 벽란도로 들어갈 때에도 사람들의 시선을 피할 수 있을 게다."

항해는 순조로웠다. 구룡문의 배는 가장 빠르고 편안한 조류를 탈 수 있도록 허소산 일행을 안내했다. 덕분에 허소산 등은 바닷길 걱정 없이 귀향의 즐거움을 만끽할 수 있었다.

그렇게 순풍을 타고 며칠을 이동하자 드디어 공기가 변하기 시작했다. 탁한 대륙의 기운이 사라지고 청량한 바람 냄새가 불어오기 시작했다. 그건 또 다른 육지의 내음이었다.

그리고 공기의 냄새가 변한 지 하루 만에 드디어 일행은 그들이 그토록 그리워하던 땅을 보았다.

육지에서 흘러나오는 예성강이 바다와 만나는 지점에 거대한 포구가 펼쳐져 있었다. 벽란도다. 강 하구의 남쪽과 북쪽으로 나뉘어 펼쳐진 벽란도의 시전들이 찬란한 햇살 아래 눈부시게 반짝였다.

"왔구나!"

허산왕이 감개무량한 표정으로 말했다. 그러자 그 옆에서 전조명이 소리쳤다.

"그래요. 드디어 돌아왔어요."

"이곳에 다시 터를 잡고 살 수 있을까?"

허산왕이 한편으로는 두려운지 입을 열었다.

"반드시 그럴 수 있을 거예요. 아니, 우린 백두로 간다고 하지 않았나요?"

전조명이 허산왕에게 물었다. 그러자 허산왕이 미소를 지으며 대답했다.

"하하! 그렇기는 하구나."

"이곳의 일이 끝난 후의 일이지요."

허소산이 미소를 지으며 대답했다.

구룡문의 배는 수월하게 벽란도 외곽을 순행하는 관선에게서 통과의 허락을 얻어냈다. 일행은 구룡문의 배를 따라 포구로 진입해 들어갔다. 남쪽과 북쪽의 포구 중 일행이 향한 곳은 북쪽 포구였다.

포구가 가까워지자 구룡문의 문도 한 명이 허소산 일행의 배를 포구 한쪽에 만들어진 제법 튼튼해 보이는 접안대로 인도했다. 그 접안대 위에는 대여섯 명의 사람이 나와서 허소산 일행이 배를 대기를 기다리고 있었다.

쿵!

허소산 일행이 탄 배가 접안대에 충돌하며 멈춰 섰다. 그러자 포구에서 기다리고 있던 사람들이 배 아래로 다가서며 물었다.

"어느 분께서 파 대협이신지요?"

중년의 굴강해 보이는 사내였는데 그 모습에서 호탕한 기운이 물씬 느껴졌다. 사내의 물음에 허소산이 앞으로 나섰다.

"내가 파금검이오."

허소산의 대답에 사내가 정중하게 포권을 해 보였다.

"인사드립니다. 이사금이라 합니다."

그러자 허소산 곁에 있던 이세교가 아는 척을 했다.

"아, 대협이 바로 구룡칠웅의 한 분이신 이사금 대협이구려."

이세교의 말에 사내가 얼굴에 사람 좋은 미소를 지으며 대답했다.

"미명을 알아주시니 영광입니다. 그런데 노사께서는……?"

"난, 이세교라 하오!"

순간 이사금의 얼굴에 놀람의 빛이 떠올랐다.

"설마 망산오선의……?"

"맞소. 내가 바로 그 이세교요."

이세교의 대답에 이사금이 화들짝 놀라며 다시 한 번 고개를 숙였다.

"망산오선의 명성은 전설처럼 듣고 있었습니다. 그런데 이렇게 실제로 뵙다니 큰 영광입니다."

"나 또한 이 대협을 만나 반갑소. 일단 하선을 하지?"

이세교가 허소산에게 말했다. 그러자 허소산이 고개를 끄덕였다.

"그러지요. 모두 하선합시다."

허소산의 말에 일행이 빠르게 배에서 내렸다. 그러자 이사금이 얼른 다가서며 말했다.

"머물 곳을 준비해 놓았습니다. 가시지요."

"그럴까요?"

허소산이 미소를 지으며 걸음을 옮기기 시작했다.

　마치 시간을 되돌린 것 같았다. 아니, 어쩌면 그들이 중원에서 보낸 시간이 하룻밤의 꿈처럼 느껴졌다. 사람들은 여전히 분주히 시전을 오가며 장사를 하고 있었고, 아이들은 고삐 풀린 망아지처럼 이곳저곳을 뛰어다녔다. 누구는 목청이 터져라 싸움을 하고 있었고, 또 다른 곳에서는 왈패들이 어슬렁거리며 상인들을 위협하기도 했다. 떠날 때의 그 모습 그대로 벽란도는 일행 앞에 펼쳐졌다.

일행은 감개무량한 표정으로 시전을 바라보며 이사금의 뒤를 따랐다. 이사금은 능숙하게 시전 골목골목을 빠져나가더니 한 채의 작은 장원 앞에 이르렀다.

"지난 수년 사이 구룡문은 벽란도에 서너 채의 장원을 마련했습니다. 이곳은 그중에서 가장 작은 곳인데 사람들의 이목을 피하기에는 적당한 것 같아 이리로 모셨습니다."

이사금의 말에 허소산이 만족한 표정을 지으며 말했다.

"적당한 것 같군요. 며칠 신세를 지겠습니다."

"필요하시면 언제까지라도 머무십시오. 문주님의 특별한 당부가 계셨습니다."

"말씀만이라도 고맙습니다. 그런데… 한 가지 부탁이 있습니다."

"무엇이라도 말씀하십시오."

"혹, 벽란도 내외에서 삼우방이라는 곳을 찾을 수 있을까요?"

"삼우방이라……. 알아보겠습니다."

이사금이 고개를 끄덕였다.

이사금이 삼우방의 소식을 가져오는 데에는 그리 오랜 시간이 걸리지 않았다. 이사금은 채 반나절이 지나기 전에 삼우방의 소식을 듣고 허소산 일행을 찾아왔다. 허소산 일행은 마침한 곳에 모여 차를 마시고 있던 중이었다.

"모두 모여 계셨군요."

일행이 모여 있는 곳으로 다가온 이사금이 사람 좋은 웃음을 흘리며 일행에게 다가섰다.

"차 맛이 아주 좋군요."

"하하, 그렇습니까? 남해에서 나는 차입니다. 맛이 깔끔하지요. 그나저나 부탁하신 사람들을 찾았습니다."

"아, 그런가요? 그래, 어디에 있습니까?"

"벽란도 북쪽 유행촌이라는 곳에 자리를 잡고 있디고요. 제법 능력있는 장사치들이라고 하던데……. 그들과 거래를 하십니까?"

"아닙니다. 그저 약간의 인연이 있는 사람들이지요. 내일한번 만나봐야겠습니다."

"제가 길을 안내하지요."

"아닙니다. 벽란도는 저희에게도 익숙한 곳이지요. 몇 년이지났다고 크게 변한 것은 없는 것 같군요."

허소산의 말에 이사금이 미소를 지으며 대답했다.

"알겠습니다. 그럼 편하신 대로 하시지요. 귀향에 피곤하실터이니 편히 쉬십시오. 전 일이 있어서……!"

"신경 써주셔서 고맙습니다. 내일 뵙지요."

허소산의 대답에 이사금이 정중한 포권을 해 보이고는 장내에서 물러났다.

"후후, 재밌는 사람들이야."

이사금이 물러가자 허산왕이 웃음을 흘렸다.

"누가요?"

"그 세 명의 친구 말이다. 항주에선 삼호방이라더니 이곳에선 삼우방이라……. 하하하!"

허산왕이 다시 웃음을 터뜨렸다. 그러자 전조명이 새초롬하게 말했다.

"재밌는 것이 아니라 모자란 사람들이죠. 삼호방에서 삼우방으로 이름을 바꾸면 뭐 누가 찾지 못하나? 촌스럽게!"

*　　*　　*

항주에서 삼호방을 접고 벽란도에 정착한 추안과 주걸루, 그리고 소발은 벽란도 북쪽 유행촌이란 조금 한적한 곳에 새로운 장원을 세우고 상가를 열었다.

그들의 재력이라면 능히 벽란도 시전의 중심에 상가를 세울 수도 있었지만 그들은 사람들의 시선을 피해 유행촌으로 찾아들었다. 이유는 단 하나, 비록 허소산 등이 안심을 시키기는 했지만 언제라도 항주 통판 왕대계가 보낸 살수들이 들이닥칠지도 모른다는 불안감 때문이었다.

한적한 곳에 상가를 세웠으니 장사가 잘 될 턱이 없었다. 그저 손해나 안 보고 살아가는 정도, 그런데 그런 삼우방에 엄청난 거래의 청이 들어왔다. 그러나 이문이 많이 남는 장사일수록 위험이 따르게 마련, 오늘 세 사람은 갑자기 찾아든 행운을 받아들일지 아니면 거절할지를 고민하고 있었다.

"그놈들 참 지독하네. 어찌해야 하나……?"

추안이 살짝 아미를 좁히며 말했다. 그러자 소발이 고개를 끄덕이며 맞장구를 쳤다.

"그러게 말이우. 거래 한 번에 우리 전 재산을 걸라니……. 지독한 놈들 같으니라구."

"하지만 그만큼 이문이 많이 남는 장사가 아닌가?"

주걸루가 무표정한 얼굴로 말했다.

"그래서 주 아우는 이 거래를 받아들이자는 말인가?"

추안이 주걸루에게 물었다.

"어차피 피할 수 없는 거래 같습니다. 만약 우리가 이 거래를 거절하면 그들은 분명 우릴 적대시 할 겁니다. 벽란도에서 금가와 척을 지고 장사를 할 수는 없지요."

"음… 그렇긴 한데……. 너무 찜찜해. 물건이 무엇인지도 말하지 않고……."

"추안 형님 말이 맞소. 만약 그 물건들이 관에서 거래를 금하는 것들이라면… 아니, 분명 그런 물건일 거요. 그렇지 않다면 은밀히 우리에게 그 물건들의 운송을 맡길 리가 없지 않소? 자기들이 하면 그뿐인데……."

소발이 고개를 저으며 말했다. 그러자 주걸루가 소발에게 물었다.

"그렇다면 소 아우의 생각은 무엇인가?"

주걸루의 물음에 소발이 고개를 낮추며 말했다.

"일단 말이우. 그 물건들이 어떤 물건들인지 그걸 먼저 알아냅시다."

"어떻게 말인가?"

추안이 물었다.

"그 물건들이 지금 대마사에 있다고 하지 않았습니까?"

"그렇지."

"그런데 우린 대마사의 땡중들을 제법 잘 알지 않습니까?"

"음 그도 그렇지. 감 녹사, 그의 부탁으로 놈들을 살피고 있었으니까."

"그러니 우리가 대마사로 가서 그 물건들이 뭔지 알아보면 될 것 아닙니까?"

"아서게. 그 땡중들이 보통 중들이 아님을 알고 있지 않나? 팔 할이 무승들이야."

"내가 그걸 모르겠수? 하지만 그 정도 위험은 감수해야지 어쩌겠소. 이대로 금가의 요청을 수락해 그 물건들을 운송하다가 자칫하며 목이 잘릴 수도 있을 텐데."

"음… 위험한 일인데."

추안이 여전히 망설였다. 그러자 소발이 다시 입을 열었다.

"내 대마사의 사미승 한 명을 꼬여놓은 것은 알고 있지요?"

"그 개풍이라는 사미 말인가?"

"맞습니다. 그 사미 놈이 제법 술을 밝히지요."

"그래서 놈을 꼬일 수 있었던 것 아닌가?"

"놈을 이용하면 그 물건이 무엇인지 알 수 있을 겁니다."

"제길, 만약 정말 위험한 물건이면 어쩌지?"

추안이 불안한 표정으로 물었다. 그러자 소발이 대답했다.

"그때는 어쩔 수 없지요. 거절할 밖에."

"그 다음에는?"

추안이 다시 물었다. 금가의 청을 거절한 이후 그들의 보복을 감당할 자신이 없는 추안이었다. 그러자 주걸루가 입을 열었다.

"그때가 되면 어쩔 수 없지요. 떠나야지."

"떠나? 또 어디로? 소산은 어쩌고?"

"이 천지에 갈 데가 왜 없겠습니까. 재물도 있겠다. 어딜 가나 편히 살 수 있을 거요. 소산이를 기다리는 문제는⋯ 음, 뭐 그 아이가 언제 올지도 모르는데 마냥 기다리고 있을 수만은 없는 문제 아닙니까? 더군다나 목숨이 왔다 갔다 하는 판국에."

주걸루의 말에 추안이 고개를 끄덕이면서도 의기소침한 목소리로 중얼거렸다.

"두 번 배신하고 싶지는 않은 사람들인데⋯⋯."

"형님, 이건 배신이 아닙니다. 우리 목숨이 위험해 떠나는 것 아니오? 소산이나 원 노사께 특별히 해를 끼치는 것도 아니고⋯⋯."

"음, 그건 그렇네만……."

추안이 고개를 끄덕였다. 그러자 소발이 눈을 반짝이며 입을 열었다.

"뒷일은 뒷일이고, 일단 대마사의 그 물건들을 조사해 봅시다. 혹시 아오? 걱정과 달리 우리에게 큰 복이 될 물건인지."

"그도 그렇지. 알겠네. 그럼 일단 소 아우가 그 사미 놈을 구슬러 보게."

"알겠습니다. 그런데 참 이상하지요?"

"뭐가?"

"그 대마사의 땡중들 말이우. 정말 중이 맞긴 한 것 같수?"

소발이 고개를 갸웃하며 물었다. 그러자 주걸루가 입을 열었다.

"이상하긴 하네. 아무리 그들이 밀교의 교리를 잇는 승려들이라 해도 하는 짓이 여간 해괴한 것이 아니야. 특히나 그 사미가 술추렴을 즐기는 것도 그렇고……. 설마 입에서 나는 술냄새를 대마사의 다른 승려들이 맡지 못할까?"

"둘째 형 말이 맞수. 더군다나 놈들의 대부분은 무승이란 말이오. 무승이 술 냄새를 못 맡을 리 없지."

소발이 의뭉스런 표정으로 말했다. 그러자 추안이 이마를 짚으며 투덜거렸다.

"아이고, 이거 머리가 아파서……. 왜 그런 괴팍한 놈들을 감시하라고 시켜서는……!"

추안이 혀를 찼다. 문득 감천홍에 대한 원망이 일어났던 것이다. 그런데 그때 장원의 입구에서 문지기를 하는 추 노인이 급히 달려왔다.

"대인님들!"

"무슨 일이오?"

추안이 제법 위엄을 보이며 물었다. 그러자 추노인이 고개를 조아리며 말했다.

"손님이 찾아왔습니다."

"손님?"

추안이 경계의 빛을 보이며 되물었다.

"그렇습니다."

"누구라고 하더이까?"

"그것이 항주에서 온 친구들이라고……."

"항주!"

노인의 말이 채 끝나기도 전에 추안이 자리에서 벌떡 일어났다. 주걸루와 소발 역시 놀란 얼굴로 급히 자리를 박차고 일어났다.

"그래, 행색이 어떻더이까?"

추안이 급히 물었다. 항주에서 온 자들이라면 오직 두 가지 부류가 있을 뿐이다. 하나는 그들이 기다리고 있는 허소산 일행이고, 아니면 통판 왕대계가 보낸 자들이든지. 어느 쪽 손님이냐에 따라 세 사람의 인생이 달라지게 되어 있었다.

"잘 생긴 젊은 청년과 중년의 선비 모습을 한 사내, 그리고 사냥꾼 모습을 한 노인 한 명이었습니다."

순간 추안이 반색을 했다.

"그렇다면… 소산일 것 같지 않은가?"

추안이 주걸루를 보며 물었다. 그러자 주걸루가 고개를 끄덕였다.

"인상착의로 봐서는 분명한 듯합니다."

"허어, 이것 참! 정말 때마침 왔군. 가보세."

추안이 훌쩍 마당으로 내려서더니 추 노인을 앞세우고 정문 쪽을 향해 뛰어가기 시작했다.

第六章
암류

독경
讀經

"장원이 아주 좋군요."

허소산이 추안을 따라 걸음을 옮기며 말했다. 허소산의 말
대로 추안 등 삼 인이 거처하는 장원은 무척 안락했다. 유행촌
은 한적한 마을이기에 벽란도의 시전처럼 혼잡스럽지도 않았
고, 또한 장원 뒤쪽으로 펼쳐진 송림이 맑고 청아한 소나무향
을 장원으로 전해주고 있었다. 삼우방의 세 방주에게는 어울
리지 않은 청량함이 느껴지는 장원이었다.

"허험, 그, 그런가? 솔직히 말하자면 우리하곤 맞지 않는 곳
이지. 너무 조용하니까."

추안이 겸연쩍은 표정을 지으며 대답했다.

"그런데 왜 이런 곳에 자리를 잡은 건가?"

뒤따르던 감천홍이 물었다. 그러자 추안이 공손하게 대답했다.

"애초에 몸을 숨겨 살아야 하는 놈들 아닙니까? 고려에서도 떳떳치 못한 신분이고, 또한 혹시 왕대계가 사람을 보낼지 몰라서……."

"생각보다 겁이 많군. 그 고난을 겪고도 아직 두려운 것이 있는가?"

"본시 나락에 떨어져 본 사람이 더욱더 그 쓴맛을 두려워하는 법이지요."

"그도 그렇군."

감천홍이 이해한다는 듯 고개를 끄덕였다.

"여깁니다."

문득 앞서서 걸음을 옮기던 소발이 걸음을 멈추고 허소산 등을 돌아보며 말했다. 어느새 일행 앞에 소나무향이 채 가시지 않은 한 채의 건물이 서 있었다. 집 주변으로는 제법 귀한 나무와 꽃들이 심어져 있었고, 뒤쪽으로 이어지는 송림으로 산책을 다닐 수 있는 소로도 나 있었다. 삼우방의 장원으로 보자면 동북쪽에 위치한 곳이었다.

"음, 새로 지었나?"

"혹시라도 돌아오시면 장원이 작을 듯하여……."

감천홍의 물음에 추안이 얼른 대답했다.

"이거 고맙군."

"그런 말씀 마십시오. 우리도 염치는 있습니다."

추안이 다시 머리를 조아렸다.

"너무 그렇게 어려워 마시게. 들어가 볼까?"

감천홍이 허소산을 보며 말하자 허소산이 고개를 끄덕이고
는 건물 안으로 걸음을 옮겼다.

사방으로 난 여덟 개의 들창을 걷어 올리자 대청이 빛으로
가득했다. 은은한 살색으로 빛나는 소나무로 지어진 건물은
밝고 따뜻했다. 일행은 대청 중앙에 있는 피나무로 된 탁자에
둘러앉았다.

"그런데 언제 오셨습니까?"

자리에 앉자 문득 소발이 물었다.

"욤, 이제 왔네."

"그럼 어제는……?"

"벽란도에 아는 사람들이 좀 있네. 그들의 거처에서 묵었
네."

"그러셨군요. 그럼 오늘부터는 이곳에 머무시지요."

"그래도 되겠나?"

감천홍이 웃으며 되묻자 소발이 얼른 고개를 끄덕였다.

"이르다 뿐입니까? 애초에 이 집은 녹사님과 소산, 그리
고… 그런데 원 어르신은……?"

소발들은 그제야 원보가 보이지 않은 것을 이상하게 생각하
고는 불쑥 질문을 던졌다. 그러자 감천홍이 대답했다.

"원 어르신은 다른 곳으로 가셨네."

"아니, 어디로……?"

"글쎄, 그분의 행적은 나도 알 수가 없군. 하지만 종종 벽란도에 들리신다 했으니 오래지 않아 얼굴을 뵐 수 있을 걸세."

"아, 그렇군요. 아쉽군요. 뵙고 싶었는데……."

소발이 중얼거렸다. 그러자 감천홍이 미소를 지으며 물었다.

"그 말 정말인가?"

"무슨 말씀이신지……?"

"자네들은 원 어르신을 두려워하지 않았는가?"

"무, 물론 그렇긴 하지만 그래도……."

"한편으로는 의지가 되는 양반이다?"

"그렇습니다."

"맞네. 그분이 아니었으면 우리 모두 남만의 어딘가에서 노예로 살고 있을지도 모르지."

"그, 그럼요. 우리가 이렇게 살아 있는 것은 모두 원 어르신 덕분이지요."

추안이 고개를 끄덕이며 말했다. 그러자 감천홍이 잠시 뜸을 들였다가 물었다.

"그래, 이곳의 상황은 어떤가?"

감천홍의 물음에 추안이 기다렸다는 듯 입을 열었다.

"그게 참 복잡 미묘합니다. 그래서 언제 오시나 오시기를 고대하고 있었습니다."

"복잡 미묘하다? 조용하진 않단 말이군."

"조용하긴요. 아주 북새통이지요."

"그래 그럼 저간의 사정을 들어올까?"

감천홍이 정색을 하며 말하자 추안이 나직한 목소리로 그간의 사정을 털어놓기 시작했다.

"그러니까… 대마사에 있는 물건을 운송해서 개경 성내로 가져가라?"

근 이각여 정도 이어진 추안의 말이 끝나자 감천홍이 물었다.

"그렇습니다. 마침 우리가 매월 보름에 북방에서 내려오는 물건들을 개경 성내로 가져가지요. 그때 함께 가져가 달라는 겁니다. 그러면 향후 금가의 표물 중 삼 할을 맡기겠다고……."

"삼 할이라……. 그야말로 호박이 넝쿨째 떨어진 겪이군."

"그래서 더욱 두려운 것이지요. 본래 이문이 큰 거래에는 위험이 뒤따르는 법이니……."

"하하하, 자넨 정말 노련한 장사치가 다 되었군. 그렇게 신중할 수 있다니 말이야."

"예전의 우리는 아니지요."

추안이 미소를 지으며 대답했다. 그러자 감천홍이 허소산에게 물었다.

"어떻게 생각하느냐?"

그러자 허소산이 잠시 생각에 잠겼다가 입을 열었다.

"평소 대마사를 살피고 있었지요?"

"그렇지. 감 녹사님의 당부가 있었으니까."

"혹 그곳에 금가의 인물들이 드나들었나요?"

그러자 이번에는 소발이 고개를 저었다.

"아니, 그런 일은 없었네. 그래서 더욱 의문이 들었다네. 갑자기 대마사의 물건이라니……."

"하면 혹 조정에서 대마사에 드나드는 관리는 없었습니까?"

"음……. 본시 대마사가 밀교승들이 머무는 절이라 귀화인들이 주로 찾는다네. 특히… 앞서 말했듯이 현 조정의 실세라고 할 수 있는 호욕한 그자가 한 달에 한 번은 들렀지."

"그 호욕한과 금가의 관계는 알아보셨나요?"

"당연히 밀접한 관계가 있지. 금가는 대부분의 조정 관리들을 매수하고 있다네. 덕분에 금가는 현재 고려 최고의 상가로 군림하고 있네. 웬만한 관리는 금가의 가주를 정승처럼 대하지. 그러니 당연히 조정의 주요 권력가인 호욕한과도 왕래가 잦지."

추안의 대답에서 허소산이 감천홍을 보며 물었다.

"그 물건을 살펴볼 필요가 있겠어요."

허소산의 말에 감천홍이 고개를 끄덕였다.

"나도 그렇게 생각되는구나. 마침 소발 이 친구에게 방법이 있다니 먼저 그 물건의 정체를 알아보도록 하자꾸나."

감천홍의 말이 끝나자 추안이 물었다.

"그럼 금가에 이 일을 승낙한다는 기별을 넣을까요?"

"그렇게 하시게."

"알겠습니다. 그럼 그렇게 하겠습니다."

"그리고… 그 태자비에 관한 일을 좀 더 알아보시게."

"알겠습니다."

"그리고 우린 거처를 역시 이리 옮기도록 하지."

감천홍의 말에 허소산이 고개를 끄덕였다.

"그렇게 하지요. 그게 편하겠어요."

그날 허소산 일행은 모두 삼우방의 장원으로 이동했다. 구룡문의 이사금은 무척 아쉬워했지만 허소산 일행을 잡아둘 수는 없었다. 일단 거처를 삼우방으로 옮긴 허소산 일행은 그날부터 분주하게 움직이기 시작했다.

* * *

벽란도 북변에 십여 척에 이르는 거대한 상선이 모습을 드러낸 것이 오 일 전이었다. 천하의 대상들이 모여드는 벽란도라 할지라도 한 번에 십여 척의 상선을 이끌고 들어오는 상단은 거의 없었기에 이 상단의 정체를 두고 며칠간 벽란도의 상인들 사이에 이런저런 이야기가 오갔다.

그런데 그 며칠이 지난 후부터 한 가지 놀랄 만한 소문이 벽란도의 상인들 사이로 퍼져 나가기 시작했다. 십여 척의 대상단을 이끌고 벽란도로 들어온 사람들이 다름 아닌 팔 년여 전 모역의 죄를 쓰고 몰락한 만재방의 상인들이란 소문이었다.

그러나 그 소문이 처음 퍼졌을 때에는 누구도 쉽게 그 말을 믿으려 하지 않았다. 역모란 당대뿐 아니라 자자손손 그 죄업이 이어지는 중죄다. 그 자손들은 평생을 노비로 살거나 숨어 지내야 하는 것이 역모의 죄였다. 그런데 그런 역모의 죄명하에 몰락한 만재방의 사람들이 버젓이 상선을 이끌고 벽란도로 들어올 것이라고는 누구도 생각할 수 없는 일이었기 때문이었다.

그런데 오 일째 되던 날 아침 설마 했던 사람들의 의구심을 떨쳐 버리는 일이 생겨났다. 관부 최고의 기관이라는 삼성 중 하나인 상서성의 좌복야가 벽란도를 찾았던 것이다.

좌복야 유청은 육위 중 금오위의 병사 삼십여 명의 호위를 받으며 벽란도를 방문했는데 그들이 벽란도에서 만난 사람들이 바로 오 일 전 벽란도로 입항한 대상단의 상인들이었다.

좌복야 유청은 정체 모를 상단의 상인들과 반나절 가량을 함께 있다가 돌아갔는데 사람들을 더욱 놀라게 한 것은 그가 돌아가며 선포한 황명이었다. 그리고 그 황명에 상단의 정체가 들어 있었다.

만재방, 수년 전까지만 해도 해동 제일의 상가이던 만재방이 다시 벽란도에 섰다. 그들에게 덧씌워졌던 역도의 누명은 좌복야 유청이 가져온 칙령에 의해 걷어졌다. 그뿐이 아니었다. 개경의 황제는 친히 글을 내려 만재방주 전욱을 위로했다고 하니 만재방은 온전히 과거의 굴레를 벗었다고 할 수 있었다.

그렇게 극적으로 벽란도로 돌아온 만재방은 순식간에 벽란
도에 단단한 뿌리를 내리기 시작했다. 아무리 팔 년 전까지 벽
란도 최대의 상가였다고 해도 만재방이 벽란도에 정착하는 속
도는 사람들을 경악시킬 만큼 빨랐다. 그리고 그제야 사람들
은 알 수 있었다. 만재방이 사실은 아주 오래전부터 벽란도에
자신들의 기반을 마련해 오고 있었음을.

그렇게 만재방은 상선을 이끌고 벽란도에 들어온 지 얼마
되지 않아 과거보다 더 강력한 상가로서 군림하기 시작했다.
그러자 자연스럽게 사람들의 이목은 금가로 향했다.

금가는 지난날 만재방이 벽란도를 떠나 중원으로 도주한 후
해동 상권의 패자로 등극했다. 만재방의 모든 상권은 금가의
수중으로 들어갔고, 벽란도에서 금가의 뜻을 거슬러 장사를
할 수 있는 상인은 더 이상 존재하지 않았다. 해서 사람들은
개경에는 황제가, 벽란도에는 금가의 가주 석문도가 있다는
말을 공공연히 할 정도였다.

그러니 만재방의 화려한 귀환은 필연적으로 금가와의 충돌
을 가져올 수밖에 없었다. 그 싸움은 결국 벽란도의 주인을 결
정하는 싸움이 될 터이고, 상인들은 물론 해동 무계와 개경 권
문세가까지 얽혀드는 큰 싸움이 될 터였다.

그렇게 벽란도에 광풍이 몰아치는 사이 예상치 못한 손님들
이 저녁 어스름한 무렵 새롭게 태어난 만재방의 장원을 찾아
왔다.

"누구라고?"

전욱이 믿을 수 없다는 표정으로 물었다. 그러자 칠대행수 이덕송이 대답했다.

"분명 황보중명이라 했습니다."

"황보중명! 그자가 감히 여길 와? 왜?"

"방주께 인사를 드리겠다고……."

이덕송이 말꼬리를 흐렸다.

"여전히 본 방을 업신여기는 건가?"

한순간 전욱의 눈에 노기가 서렸다. 황보중명이 누구던가. 팔 년 전 만재방이 누명을 쓰고 벽란도를 떠날 때 가장 결정적인 역할을 했던 가문이 바로 황보가였다. 황보중명은 바로 황보가의 장손으로 지금의 가주인 황보승의 아들이자 태자비 황보설화의 오라비였다. 그런 자가 자신을 찾아왔다는 것은 그야말로 후안무치한 행동이 아닐 수 없었다.

더군다나 그는 과거 전조명과 혼담까지 오갔던 인물, 감히 전욱을 찾아올 수 없는 자였다.

"일단… 만나 보시지요."

문득 전욱의 곁에서 늙은 목소리가 흘러나왔다. 총관 공우보가 노구를 의자에 기댄 채 한 말이었다.

"그를… 만나야 한단 말입니까?"

전욱이 마땅치 않은 기색으로 물었다. 그러자 공우보가 미소를 지으며 말했다.

"만나보십시오. 대저 어떤 자가 불편한 사이임에도 불구하고 인사를 오는 것은 원하는 것이 있기 때문이지요. 그러니 그들이 원하는 것이 무엇인지 듣는다면 그들의 약점을 알게 되겠지요. 제 발로 찾아와 제 입으로 자신들의 약점을 말하겠다는데 거절할 이유가 없지 않습니까?"

공우보의 말에 전욱이 얼굴에서 노기를 걷으며 고개를 끄덕였다.

"듣고 보니 총관의 말이 맞군요. 총관이 아니었다면 내 그만 실수를 할 뻔했습니다."

"후후, 늙은이의 말도 가끔은 쓸모가 있지요."

공우보가 희미한 미소를 지었다.

"그나저나 좀 쉬십시오. 이렇게 나와 계시다가 몸이라도 상하실까 걱정입니다."

전욱이 공우보를 보며 말했다. 그러자 공우보가 고개를 저었다.

"괜찮습니다. 항주에서 소산이 내 몸을 살펴봐 준 이후로 한결 거동하기가 수월합니다. 아마도… 죽을 때까지 사지를 움직일 수 있을 듯합니다. 더군다나 고향에 돌아왔는데 방에 누워 있을 수만은 없지요."

공우보의 고집에 전욱이 어쩔 수 없다는 듯 고개를 끄덕이고는 이덕송을 보며 말했다.

"그를 만재루로 들게 하게."

"알겠습니다."

이덕송이 고개를 숙여 보이고는 얼른 자리를 벗어났다.

도도한 인상의 중년 사내가 만재루의 문턱을 넘었다. 만재루 중앙에는 전욱이 몇 명의 만재방 수뇌와 함께 앉아 있었다. 사내가 들어서자 전욱이 무겁게 자리에서 일어났다. 그러자 사내가 전욱 앞으로 다가서더니 가볍게 고개를 까딱이며 입을 열었다.

"오랜만에 뵙습니다, 방주!"

"그렇구려. 팔 년 만이구려. 그래, 황보 대인께서는 안녕하시오?"

전욱의 물음에 사내가 고개를 끄덕였다.

"아버님께서는 정정하십니다. 방주님께 안부를 전하셨지요."

사내가 대답했다. 사내는 현 황보가의 가주인 황보승의 아들 황보중명이었다.

"음, 고마운 말이구려. 이 늙은이에게 관심을 다 두시고…… 그런데 황보 형께서는 이부의 판사직에 오르셨다고 하던데… 감축드리오."

이부의 판사라면 육부의 수장 중 하나다. 종이품의 벼슬로 관의 요직 중 하나라고 할 수 있었다. 황보중명의 나이로 보아서는 아직 그 위치에 올라갈 나이는 아니다. 그러니 아마도 황보가에서 태자비를 배출하였기에 가능한 일이었을 터였다.

"능력이 부족함에도 황제께서 큰 은혜를 베푸셨지요. 부끄

러울 따름입니다."

이부의 판사라면 만재방과 같은 상가의 가주는 눈 아래로 볼 수도 있는 위치였다. 그럼에도 황보중명은 전욱을 무척 공손하게 대하고 있었다. 그것이 과거 황보가가 만재방에 저지른 잘못 때문만은 아니라는 것을 전욱은 금세 눈치챘다.

"육부의 수장이 되는 일이 어디 능력없이 가문의 힘만으로 가능한 일이겠소? 모두 다 판사께서 능력이 출중하기에 가능한 일이었을 것이오. 자, 아무튼 잘 오셨소. 이리로 앉으시구려."

전욱이 황보중명에게 자리를 권했다. 그러자 황보중명이 무겁게 신형을 움직여 의자에 앉았다.

"그래, 이부의 일을 보려면 무척 바쁘실 디인데 이찌 이곳까지 걸음을 하신 것이오?"

황보중명이 자리에 앉자 전욱이 정색을 하며 물었다. 그러자 황보중명이 잠시 침묵을 지키다가 입을 열었다.

"몇 가지 여쭐 것과… 어려운 부탁을 드릴 것이 있어서……."

황보중명이 말꼬리를 흐렸다.

"부탁이라……. 우리 두 가문이 서로 부탁을 주고받을 사이는 아니지 않소이까?"

전욱이 차갑게 말했다. 그러자 황보중명이 살짝 아미를 모으며 대답했다.

"과거의 일은 모두 오해에서 벌어진 일입니다. 그 일은 아버님께서도 무척 후회하고 계시지요. 기회가 되면 직접 방주께 사과를 드리겠다고 하셨습니다."

"그럼… 과거 본 방이 겪었던 수난이 억울한 누명에 의한 것임을 인정하는 것이오?"

전욱의 물음에 황보중명이 고개를 끄덕이며 말했다.

"이미 황제께서도 그 일이 잘못된 것임을 공표하셨는데 어찌 다른 이견이 있을 수 있겠습니까?"

"음……. 오해를 풀었다니 참으로 다행한 일이구려."

"해서 앞으로라도 본 가는 다시 예전처럼 만재방과 깊은 우의를 나누기를 바라고 있습니다."

황보중명의 말에 전욱이 슬쩍 고개를 돌리며 말했다.

"오해를 풀었다 한들 과거에 흘린 피가 사라지는 것은 아니오. 그저… 서로에게 관심을 두지 않고 살아가는 것이 좋을 듯싶소이다만……."

순간 황보중명의 표정이 살짝 변했다. 한줄기 오기 같은 것이 그의 눈을 스치고 지나갔다. 그러면서 차갑게 말을 뱉었다.

"비록 만재방이 과거의 죄업에서 벗어났다고는 하나 이 고려 땅에서 장사를 하기 위해서는 본 가의 도움이 필요할 것입니다."

"글쎄올시다. 본시 우리 만재방은 관의 도움을 받아 장사를 하는 곳이 아니라서……."

"관을 멀리해서는 다시 어떤 위험이 발생할지 알 수 없지요."

명백한 협박이다. 그러나 전욱의 황보중명의 협박을 호탕한 웃음으로 받아넘겼다.

"하하하, 그런 걱정은 마시구려. 우리 만재방은 이젠 다시는 과거와 같은 일을 겪지는 않을 테니까 말이오. 자, 그건 그렇고, 알고 싶다는 건 뭐요? 부탁하고자 하는 일을 또 뭐고?"

전욱이 마치 빚쟁이를 몰아치듯 물었다. 그러자 황보중명이 노기를 보이면서도 그 분기를 억지로 참으며 입을 열었다.

"과연 방주시군요. 그런 자신감을 가지신 분은 아마도 이 고려 땅에 전 방주님밖에 없을 겁니다."

"칭찬 고맙소."

"그래서 제가 알고 싶은 것은 바로 방주님의 그 자신감이 어디에서 비롯되었나 그것입니다."

황보중명의 물음에 전욱의 살짝 아미를 모았다.

"무슨 말을 하는 건지 잘 모르겠구려."

"분명 얼마 전만 해도 만재방은 역도의 가문이었지요. 그런데 단 며칠 사이에 만재방은 과거의 누명을 벗었고, 또한 황제의 사면을 얻어냈지요. 이건… 폐하와 연결되는 특별한 인연이 없으면 불가능한 일이지요. 더군다나 만재방의 사면에 대해서는 조정에서 논의를 한 적도 없을 뿐 아니라, 폐하의 명이 있기 전에는 누구도 눈치를 채지 못했지요. 그래서 제가 알고 싶은 것은……."

"누구의 도움으로 폐하의 사면을 얻어냈느냐는 것이오?"

전욱의 미소를 지으며 물었다. 그러자 황보중명이 고개를 끄덕였다.

"그렇습니다. 아버님께선 그 일을 무척 궁금해하셨지요."

황보중명의 말에 전욱이 다시 호탕한 웃음을 터뜨렸다.

"하하하, 이제 보니 황보 대인께서도 참으로 순진한 분이셨구려."

"그게 무슨 말씀이십니까? 설마 아버님을 비웃는 겁니까?"

황보중명이 차갑게 물었다. 그러자 전욱이 고개를 저으며 말했다.

"아니오, 아니오. 내가 어찌 태자의 장인이신 황보 대인을 비웃을 수 있겠소. 다만 내게서 그 답을 얻으리라 생각하셨다니 그 마음이 참으로 재미있어서 웃은 것이오."

"뭐가 재미있다는 겁니까?"

황보중명이 곧이라도 자리를 박차고 일어날 것 같은 기세로 물었다. 그러자 전욱의 정색을 하며 물었다.

"본 방과 황보가는 적이요, 친구요?"

"……?"

전욱의 질문에 황보중명이 아무런 대답을 하지 않았다. 아무리 황보중명이라도 만재방과 황보가가 친구라고는 할 수 없었다.

"난 말이오. 황보가와 본 방은 친구가 될 수 없다고 생각하오. 그러기에는 과거에 흘린 피가 너무 많소. 오히려 본 방이 벽란도에 다시 정착하는 데 황보가가 방해를 하지 않을까 그게 걱정될 뿐이오. 그런데… 적이 될 수도 있는 황보가에 우리 쪽 패를 보이라면 그게 가능한 일이라고 생각하오?"

전욱의 물음에 황보중명이 얼굴을 붉힐 뿐 대답을 하지 못했다. 그러자 전욱이 축객령을 내렸다.

"그만 돌아가시오. 우리 사이에는 더 이상 할 말이 없을 것 같소."

전욱의 말에 황보중명이 차가운 어조로 말했다.

"정말 황보가와 척을 지겠다는 것입니까?"

"이미 우리 두 가문은 그 관계가 훼손된 지 오래 아니오? 새삼스럽게 양 가문이 더 틀어질 상황은 아니지 않소?"

"황보가의 저력을 무시하는 겁니까?"

"고려 땅에서 황보가를 무시할 자가 누가 있겠소? 다만 우리 두 가문의 현실을 말하고 있을 따름이오."

"지금이라도 본 가의 가병을 이끌고 벽란도로 올 수 있습니다."

황보중명이 살기를 드러내며 협박했다. 그러자 전욱도 노기를 드러냈다.

"황보가의 세력이 고려제일이라지만 조정의 관리로서 참으로 험악한 말을 하는구려. 만약… 황보가의 가병이 움직인다면 이번에야말로 필시 역모의 죄를 받게 될 것이오."

"본 가의 충심은 황제께서 가장 잘 아시지요."

"그 충심이란 것이 과연 임의로 가병을 움직여 황제께 도움을 드리는 상가를 치는 것이라면 과연 황제께서 그 충심을 믿겠소?"

순간 황보중명의 눈이 번쩍였다.

"지금 황제께 도움을 준다고 하셨습니까?"

황보중명의 물음에 전욱이 아차 하는 표정을 지으며 싸늘하게 대답했다.

"그만합시다. 더 이상 그대에게 우리의 일에 대해 말하고 싶지 않소. 그만 물러가 주시오."

차가운 축객령에 황보중명이 잠시 침묵을 지키다가 이번에는 제법 부드러운 어조로 입을 열었다.

"오늘 나의 방문이 무례했다는 것은 인정합니다. 또한 만재방의 내밀한 일을 말해달라고 떼를 쓴 것 역시 사과드리지요."

갑작스레 태도가 변한 황보중명을 전욱이 뚫어지게 바라봤다. 그러자 황보중명 자신도 겸연쩍은 면이 있었던지 전욱의 시선을 피하며 말을 이었다.

"하나 본 가에 무척 중한 일이 있어 물러가기 전에 하나만 더 여쭙겠습니다."

황보중명의 말에 전욱이 인상을 찌푸리며 물었다.

"또 무엇이 알고 싶은 거요?"

"그것이… 음……."

황보중명이 쉽게 입을 열지 못하고 말꼬리를 흐렸다. 그러자 전욱의 표정도 살짝 변했다. 노기를 벗어내고 호기심이 드리워졌다. 아마도 지금 말하려는 것이 총관 공우보가 충고했던 황보가의 약점과 연결되어 있을 가능성이 커 보였다.

"말해보시오. 도대체 뭘 알고 싶은 것인지……?"

전욱의 재촉에 황보중명이 입술을 한 번 깨물고는 입을 열었다.

"혹시… 그 주 노사의 소식을 알 수 있겠습니까? 아니면 팔
년 전 보가를 방문했던 그 의원이라도……."

"주 노사라면 누굴 말하는 것이오?"

"그… 태자비마마를 치료했던……."

이제 보니 황보중명은 망산오선 주오요를 찾고 있었다. 더
불어 당시 황보설화를 진맥했던 의원 조송복을 찾는 것으로
보아 황보가에 중병을 앓는 사람이 있음이 분명했다.

"그 사람들은 무슨 일로 찾으시오? 혹 이제라도 다시 황보
가의 뇌옥에 잡아 넣으시려는 거요?"

과거 의원 조송복과 주오요는 허소산과 함께 황보설화를 치
료하기 위해 나섰지만 오히려 그녀에게 독을 하독한 범인으로
의심받아 황보가의 옥에 갇힌 신세가 되었었다. 그 일을 황보
중명 역시 잘 알고 있었으므로 황보중명의 얼굴에 부끄러운
기색이 깃들었다.

"설마 그럴 리가 있겠습니까?"

"하면 무슨 일로 그들을 찾는 거요?"

전욱이 다시 물었다. 그러자 황보중명이 잠시 망설이다가
입을 열었다.

"그것이… 태자비마마를 다시 한 번 진맥해 주실 수 있나 해
서……."

"그게 무슨 소리요? 설마 태자비께서 어디가 편찮으시오?"

"음… 사실 태자비께서 몇 해 전부터 무척 몸이 쇠약해지셨

지요. 황실의 어의가 백방으로 노력을 했으나 태자비마마의 몸은 점점 더 약해지고 계십니다. 어의들도 특별한 이유를 찾지 못하는 실정이지요. 해서……."

"그래서 조 의원과 주 노사가 필요하다?"

"그렇습니다. 염치없지만 과거에도 그 두 사람이 태자비마마의 짐독을 해독했으니……."

"허허! 정말로 뭐라 할 말이 없구려. 이제 와서 그들에게 다시 도움을 청할 생각을 하다니……."

"저로서도 그 일은……. 음!"

황보중명이 차마 말을 잇지 못하고 시선을 돌렸다. 그러자 전욱이 싸늘하게 입을 열었다.

"이제 보니 그대는 우리에게 도움을 청하러 오셨구려."

"그렇다고 할 수 있지요."

그래도 명문의 자존심이 있어서인지 황보중명이 에둘러 대답했다. 그러자 전욱의 말이 더욱 싸늘해졌다.

"그렇다면 그대는 큰 실수를 한 것 아니오? 부탁을 하러 온 사람에게 협박을 먼저 했으니……."

"음, 앞서 제 말이 과했던 것은 사과드리지요."

"뭐, 사과를 받자고 한 말은 아니오. 그리고 어쨌든 지금은 그 두 사람을 황보가에 보내줄 수도 없구려. 조 의원은 항주에 남아 있고, 주 노사는 우리와 다른 길로 고려로 돌아왔으니 말이오."

"혹 그 두 사람을 불러 오실 수는……?"

황보중명이 떼를 쓰는 아이처럼 물었다. 그러자 전욱이 차갑게 고개를 저었다.

　"그것도 어렵소. 주 노사의 행방은 우리도 찾을 수 없고, 조 의원의 경우는… 설혹 부른다 해도 시간이 오래 걸릴 뿐 아니라, 고려에 들어와 무슨 일을 당할지 어찌 알고 들어오겠소?"

　"그에게 아무런 해가 없을 거란 걸 제가 약속드리지요."

　"사람의 약속처럼 허황된 것이 또 있겠소?"

　전욱의 말에 황보중명이 살짝 입술을 깨물었다. 그러나 지금 약자는 전욱이 아니라 황보중명이었다.

　"물론 걱정하시는 바는 잘 알지만……. 부탁드립니다."

　황보중명이 정중하게 고개를 숙여 보였다. 이부의 판사일 뿐 아니라 대황보가의 장손이 고개를 숙인다는 것은 그야말로 상상도 하지 못한 일이었다. 아무리 전욱이 과거 그의 장인이 될 뻔한 사람이라도. 그런 그가 이렇게 고개를 숙이는 것은 그만큼 황보가의 상황이 급박하다는 의미였다. 그런 황보중명을 전욱의 눈을 가늘게 뜨고 바라보다 입을 열었다.

　"좋소. 태자비마마라면 나도 폐하의 은총을 생각하면 모른 체할 수 없으니 한번 알아보리다. 그러나 확답을 드릴 수는 없소. 그들 일신의 안위가 걸린 문제이니 결정은 그 두 사람이 하게 될 거요."

　순간 황보중명이 반색을 하며 다시 고개를 숙여 보였다.

　"방주께선 진정 호인이십니다. 고맙습니다."

　"아직은 모르는 일이니 고마워할 것 없소."

"방주께서 힘을 써주신다면 어찌 일이 성사되지 않겠습니까? 아버님께서도 크게 고마워하실 것입니다."

그러자 전욱의 조금 냉랭한 표정으로 대답했다.

"황보가와는 관계로 보면 어려운 일이나 폐하의 은덕을 생각하면 모른 척할 수 없어 하는 일이니 고마워할 필요는 없소. 우리 두 가문의 사이가 달라질 것은 없으니 말이오."

전욱의 냉랭한 말에도 불구하고 황보중명의 얼굴에선 미소가 떠나지 않았다. 이미 자신들의 부탁을 들어준 이상 만재방과의 일도 황보가의 의도대로 풀릴 것이라 생각하는 모양이었다.

"그럼 전 이만 돌아가 보겠습니다. 부디… 좋은 소식이 오기를 기다리겠습니다."

"알겠소. 그럼 조심해서 돌아가시구려."

마중도 나서지 않은 전욱에게 황보중명을 정중하게 허리를 굽혀 보이고는 만재루를 벗어났다. 그러자 그 모습을 보고 있던 전욱의 나직하게 중얼거렸다.

"태자비의 몸이 쇠약하다? 음… 황실의 상황을 알아볼 필요가 있겠군."

*　　*　　*

어스름한 밤길을 허소산과 허산왕, 그리고 감천홍이 소발을 앞세우고 걷고 있었다. 초승달이 있어 밤길을 밝히고 있었지만 워낙 숲이 무성해서 보통사람이 걷기에는 쉽지 않은 길이었다. 그럼에도 불구하고 소발은 능숙하게 일행을 안내했다. 한두 번 다녀본 길이 아니어서 눈을 감고도 갈 수 있는 길이기 때문이었다.

"얼마나 남았는가?"

허산왕이 한시진을 넘게 이어진 야행이 지루한지 소발에게 물었다. 그러자 소발이 얼른 대답했다.

"거의 다 왔습니다. 일각이 채 걸리지 않을 겁니다."

"그럼 조심해야겠군."

허산왕이 말했다. 그러자 소발이 득의한 미소를 지으며 대답했다.

"저들의 눈은 걱정 마십시오. 그 사미 녀석이 길을 열어놓는다고 했습니다."

"그 개풍이란 사미 말인가?"

"그렇습니다. 녀석이 동료들을 한쪽으로 모아 술추렴을 하고 있을 겁니다. 하니……."

"그런데 그 사미도 대마사의 승려인데 이렇게 외인의 출입을 위해 번을 서는 자들을 빼돌리다니…… 정말 믿을 수 있는 자인가?"

"그건 걱정 마십시오. 대마사의 중들 중에는 개경 출신의 어린 사미들도 여럿 있는데 주로 허드렛일을 시키기 위해 뽑은 아이들이지요. 개풍이 녀석도 그런 사미 중 한 명입니다. 그러니 대마사의 본모습을 모르고 있을 겁니다. 더군다나 그 녀석은 사실 배가 고파 사미가 된 것이지 본래부터 중이 될 생각도 없는 녀석입니다. 술에 더해 넉넉한 금자를 약속했지요. 중노 릇을 하지 않아도 될 만큼…….”

소발의 대답에 허산왕이 고개를 끄덕이며 말했다.

“그래도 방심하면 안 되네. 만약 짐작대로 금가와 대마사가 밀접한 관련이 있다면 그 절에 머무는 자들의 경계가 허술할 리 없네.”

“아, 알겠습니다. 그럼 조심하지요.”

소발이 얼른 대답을 하고는 조금 속도를 늦춰 조심스럽게 걷기 시작했다.

일행이 다시 일각여를 전진하자 드디어 깊은 산중에 호젓하 게 서 있는 절이 눈에 들어왔다. 다섯 채의 건물이 들어서 있 는 절은 제법 단단한 모습을 하고 있었다.

“확실히 보통 절과는 다르군.”

어둠 속에서 대마사를 살피던 허산왕이 말했다. 그러자 감 천홍이 나직하게 입을 열었다.

“팔 년 전과는 또 다르군요.”

“그게 무슨 말인가?”

“그때는 건물이 세 채였지요.”

“그런가? 그럼 그 사이 두 채가 늘었군. 다시 말해 사람이 늘 었다는 말인데…….”

허산왕이 말꼬리를 흐리며 다시 대마사에 시선을 주었다.

그러자 소발이 조심스럽게 입을 열었다.

"물건은 동쪽 건물에 들어 있다고 합니다."

소발의 말에 따라 일행의 시선이 동쪽 건물로 향했다. 그러자 건물 주변에서 번을 서고 있는 오륙 명의 중이 아련하게 보였다.

"제법 감시가 단단하군."

"개풍이 녀석이 절 안으로 들어가는 길을 열 수 있어도 저 건물을 지키는 중들을 따돌릴 수는 없다고 하더군요."

소발이 마치 자신의 잘못인 것처럼 말했다. 그러자 침묵을 지키고 있던 허소산이 입을 열었다.

"절 안으로 들어갈 수 있는 것만 해도 큰 도움이 되요. 일단 가보죠."

허소산의 말에 소발이 얼른 고개를 끄덕이고는 일행을 이끌고 대마사 동쪽으로 움직였다.

"이쪽으로……!"

대마사의 북동쪽 담장 한 곳에 거대한 밤나무가 어둠을 드리우고 있었다. 대마사 주변으로도 몇 명의 승려가 번을 서는 듯 보였지만 밤나무 근처에는 중들의 모습이 보이지 않았다.

"저곳입니다. 개풍이 녀석이 과연 길을 만들어놓았군요."

아마도 소발 등에게 회유당한 사미 개풍이 번을 서는 중을 꾀어낸 듯 보였다. 허소산 등은 잠시 밤나무 주변을 살피다가 인기척이 없음을 확인하고는 훌쩍 몸을 날렸다. 그러자 네 사람이 순식간에 밤나무가 만든 어둠을 타고 대마사의 담장을 날아 넘었다.

비호처럼 대마사 안으로 들어선 허소산 일행이 어둠을 헤치고 무승들이 지키고 있는 동쪽 건물을 향해 이동했다. 그리고는 담장 근처에 자란 커다란 은행나무 밑에 몸을 숨겼다.

"경계가 제법 삼엄한데?"

건물 주변을 지키고 있는 무승은 멀리서 보던 것과 달리 여덟 명이나 되었다. 그들은 서로간에 십여 장의 간격을 두고 사방을 주시하며 서 있었는데 사미 개풍에 의해 자리를 비운 자들과 달리 한 치의 방심도 허용치 않을 것 같았다.

"이젠 어쩌지? 저들과 싸울 수도 없고……."

소발이 벌써 두려운 기색을 드러내며 허소산에게 물었다. 그러자 허소산이 담담한 목소리로 대답했다.

"안으로 들어가 봐야지요."

"그러니까 어떻게? 경계가 저리 심한데……."

소발은 당장에라도 돌아가자고 말하고 싶은 기색이 역력했다. 그러나 그를 제외한 나머지 사람들은 전혀 돌아갈 생각이 없었다.

"저들의 주위를 다른 곳으로 돌릴 필요가 있겠구나."

감천홍이 말했다.

"방법이 있을까요?"

허소산이 감천홍에게 묻자 대신 허산왕이 대답했다.

"혹시나 해서 가지고 왔는데 쓸모가 있겠구나."

허산왕이 말을 하면서 어깨에 둘러맸던 각궁을 꺼내 들고 있었다.

"설마 저들을 화살로 죽이시려 하십니까?"

소발이 화들짝 놀라 물었다. 그러자 허산왕이 미소를 지으며 대답했다.

"저들을 죽이는 것이 어려운 일은 아니나 그렇게 해서는 일이 안 되지. 오늘 우리가 이곳을 살피고 간 것을 저들이 몰라야 일이 제대로 되지 않겠는가?"

"하면 어쩌시려고……?"

소발이 여전히 두려운 빛을 보이며 물었다. 그러자 허산왕이 허소산에게 물었다.

"아주 잠깐이면 되겠지?"

"그럼요. 그리고 제가 건물로 들어간 뒤 다시 일각 뒤에 기회를 만들어 주세요."

"오냐. 알겠다. 그럼 준비하거라!"

허산왕의 말에 허소산이 고개를 끄덕이고는 조금 더 건물 쪽으로 다가갔다. 그러자 허산왕이 슬쩍 담장 곁으로 붙더니 기이하게 생긴 화살을 각궁에 걸었다. 허산왕이 준비한 화살은 그 끝부분에 구멍이 뚫린 둥근 모양의 촉이 매달려 있었다.

허산왕이 신중하게 시위를 당겼다. 그리고는 재빨리 담장 위를 향해 화살을 날렸다.

삐이익!

시위를 떠난 화살이 담장을 따라 밤하늘 높은 곳으로 날아갔다. 순간 건물을 지키던 무승들의 자세가 흐트러졌다.

"무슨 일이지?"

누군가의 목소리가 들려왔다.

"남쪽에 무슨 일이 있는 것 같은데."

"음, 잠시 다녀오게."

"알겠네. 너희들은 나를 따르거라."

무승 중 한 명이 경계를 서는 다른 승려들에게 말을 하고는 남쪽 담장 쪽으로 달려갔다. 그러자 순식간에 세 명의 무승이 자리를 벗어났다. 그 찰나의 혼란을 틈타 허소산이 바람처럼 처마 아래 어둠 속으로 날아들었다.

건물 내부는 커다란 창고와 같았다. 여러 가지 물건이 산더미처럼 쌓여 있었는데 확실히 보통의 절에선 볼 수 없는 모습이었다. 허소산은 빠르게 물건들 사이를 이동하며 검은 천으로 덮여 있는 물건들을 살폈다. 어느 것은 곡식들이었고, 또 두툼한 천막들도 눈에 들어왔다.

'도대체가 이유를 알 수 없는 물건들이로구나.'

허소산이 내심 의구심을 드러내며 이번에는 조금 더 안쪽에 있는 물건에 손을 댔다. 그런데 그 순간 허소산의 손에 서늘한 한기가 느껴졌다.

'이건!'

허소산의 눈빛이 반짝였다. 그리고 다음 순간 허소산이 재빨리 검을 천을 걷어내고 안쪽의 물건을 살폈다.

"이건… 병장기들이 아닌가? 가만, 그렇다면 여긴……."

허소산이 고개를 들어 주변을 살폈다. 그리고는 무거운 목소리로 중얼거렸다.

"설마 이자들이 전쟁을 준비하는 것인가?"

第七章
입성(入城)

독경
讀經

"그를 만나야 할 것 같습니다."

허소산이 감천홍에게 말했다.

"정말 역모라고 보는 것이냐?"

"역모가 아니라 전쟁이라는 게 맞겠지요."

"전쟁?"

"대마사의 중들 중 대부분이 고려인이 아니라 귀화인이고 또한 호욕한과 밀접한 관련이 있습니다. 거기에게 계림의 부활을 꿈꾸는 김류의 잔당 금가라면… 이건 역모 수준이 아니지요."

"음……. 듣고 보니 그렇구나. 서둘러야겠구나."

"금가에서 대마사 병장기의 운송을 부탁한 날짜가 보름이니 겨우 열흘 정도의 시간밖에는 없군요. 그리고… 어쩌면 이 일로 우리의 모든 은원이 종결될 수도 있겠어요."

"그렇구나. 나 또한 대마사와 호욕한을 조사하던 중 그 일을 당했으니 말이다."

"은밀히 진행해야 해요. 생각 외로·그들의 뿌리가 깊을 수 있어요. 녹사 어르신의 행보를 파악하고 공격할 정도면 어사대에도 그들의 사람이 있을 수 있어요. 그러니 녹사 어른이 어사대의 동료분들께 나서실 수도 없지요. 결국 강초 그 어른 말고는……."

"걱정 말거라. 강초 어른을 만나는 일은 그들도 눈치챌 수 없을 테니."

"전 만재방엘 다녀와야 할 것 같아요."

"만재방엘?"

이번에는 허산왕이 물었다.

"방주님을 만나 뵙고 향후의 일을 논의해야 할 것 같아요."

"음… 그렇구나. 이거 갑자기 일이 바빠지네."

다음 날 저녁 허소산은 조심스럽게 만재방을 찾았다. 전욱과 만재사신이 허소산을 맞이했다. 그런데 그곳에서 허소산은 뜻밖의 소식을 전해들을 수 있었다.

"태자비가 퇴출될 수도 있단 말인가요?"

허소산이 놀란 표정으로 전욱에게 물었다. 그러자 전욱이 고개를 끄덕였다.

"그렇다는구나. 그래서… 황보가에서 수모를 무릅쓰고 날 찾아왔던 것이다. 사람의 정이란 참으로 알 수가 없어. 팔 년 전 태자비를 살리겠다고 응양군을 풀어 우리 만재방을 공격했던 태자였는데 지금은 그 태자비를 버리려 하니……."

전욱이 혀를 찼다.

"그 정도 인품밖에 안 되는 사람이었나요?"

"태자 말이냐?"

전욱의 물음에 허소산이 고개를 끄덕였다. 그러자 전욱이 조심스럽게 다시 입을 열었다.

"본시 현 태자비를 만나기 전에도 호색한 면이 있었지. 그 기질이 태자비를 만나고 없어졌나 했더니……. 역시 사람의 본성을 버리기 힘든 모양이다. 더군다나 태자비가 병약해 혼인 이후 급격하게 노쇠해 버렸으니 더더욱 태자의 마음을 잡아두기 힘들었을 게다. 혹시 황자라도 출산했다면 또 이야기가 달라지는데 그도 아니고……. 그래서 황보가에서 태자비의 건강을 회복시켜 태자의 총애를 다시 얻으려고 주 노사와 조의원을 찾았던 모양이다."

그러자 허소산이 고개를 갸웃했다.

"조금 이상하군요."

"뭐가 말이냐?"

"팔 년 전 제가 태자비의 몸에서 짐독을 해독할 때까지만 해도 태자비의 몸은 무척 건강했습니다. 물론 짐독으로 인해 약해져 있었지만 짐독이 해독된 이상 보통 사람 이상으로 건강해야 하는데…….”

허소산의 말에 전욱이 의외라는 듯 되물었다.

“정말 태자비가 건강한 상태였더냐?”

“그렇습니다. 그 당시에는……. 음!”

허소산이 가벼운 침음성과 함께 생각에 잠겼다. 그러자 만재사신 최항이 무겁게 입을 열었다.

“소산의 말이 맞다면 이건 음모가 있을 수도 있습니다.”

“음모라면 어떤……?”

“당시 짐독으로 태자비를 중독시켰던 자들이 다시 독을 풀었을 수도 있지 않습니까?”

“하지만 그건 우릴 덫에 걸리게 만들기 위해 한 일이 아니던가?”

“물론 그렇기는 합니다만 한편으로는 황보가를 자신들 쪽으로 끌어들이려고 저지른 일이기도 했지요. 그런데 만약 황보설화가 태자비가 된 후 황보가가 그들을 멀리했다면, 그들이 다시 일을 꾸몄을 가능성은 충분하지요.”

최항의 말에 전욱이 잠시 생각에 잠겼다가 고개를 끄덕였다.

“듣고 보니 그럴 수도 있겠군요. 그럼 결국 금가와 황보가가 등을 돌렸을 수도 있다는 말인데……. 하지만 이상하군요. 알아본 바에 의하면 금가와 황보가는 여전히 좋은 관계를 유지하고 있는 것으로 보이던데…….”

“겉으로 보는 것과 그 안의 사정은 다르니 그들 사이에 무슨 일이 있는지는 모르지 않겠습니까?"

"그렇긴 하지요. 음… 문제군. 시간이 부족해."

전욱이 고개를 저으며 말했다. 그러자 허소산이 차분하게 입을 열었다.

"금가와 황보가가 여전히 긴밀한 관계를 유지하고 있다면 이번 일에서 황보가도 자유로울 수 없겠지요."

"설마 태자비의 가문인 황보가가 반역을 꾀한다는 말이냐?"

"황보가에서 금가의 정체를 어느 정도 알고 있는지는 모르겠으나 만약 태자의 마음이 태자비에게서 떠나 태자비의 위치가 위태롭다면 극단적인 선택을 할 수도 있지 않겠습니까?"

"자신들의 권세를 유지하기 위해 반역을 돕는다?"

"그들은 금가가 계림의 부활을 꿈꾸고 있는지는 모를 수도 있을 겁니다."

"음……. 듣고 보니 그렇구나. 최근 들어 중주 유씨 가문이 조정의 실세로 떠오르고 있다고 하더구나. 저번에 황제의 칙명을 가지고 왔던 좌복야 유청도 바로 그 중주 유씨 가문 출신이지. 조정에서 보이지 않게 중주 유씨와 황보가의 세력다툼이 치열하다더니, 황보가가 태자의 외척 지위를 잃을 것을 우려해 먼저 선수를 치려 할 수도 있겠구나."

"지금으로선 정확한 사실을 알 수 없지요. 그러나 만약 그들이 이 일에 개입되어 있다면 그들로서는 스스로 무덤을 파는 꼴이 되는 것이지요."

"어찌하면 좋겠느냐?"

전욱이 허소산에게 물었다.

"일단 강초 어른의 이야기를 들어보고 향후의 일을 결정하지요."

"추룡사를 이 일에 끌어들인다? 그러면 우리의 행보가 어려워질 수도 있을 텐데?"

"그러나 관의 도움 없이 그들을 상대하는 것도 위험한 일이지요. 아무리 이유가 타당해도 도성 근처에서 칼부림을 하는 것은⋯ 저들도 도성 안으로 병장기를 들이는 것이 위험하다는 것을 알고 있기에 삼우방에 청탁을 한 것이지 않겠습니까?"

"그렇긴 하다만⋯⋯. 난 왠지 이젠 조정의 관리들을 신뢰할 수가 없어서⋯⋯."

전욱이 불안한 표정으로 말했다. 그러자 허소산이 대답했다.

"다른 관리들이라면 몰라도 반역에 관여된 추룡사의 약속이라면⋯ 믿을 수 있겠지요."

"알겠다. 그럼 이 일은 네가 강 노사와 상의해 결정을 하거라. 난 네 결정에 따르마."

"알겠습니다."

"각별히 조심하고."

"걱정 마십시오. 아마도⋯ 이번에 과거의 모든 은원을 털어버릴 수 있을지도 모르겠습니다."

"그리되면 나야 더 이상 바랄 것이 없지."

강초가 난감한 표정을 지었다. 허소산은 그런 강초를 바라보며 끈기있게 그의 대답을 기다렸다. 잠시 후 강초가 한숨을 쉬며 말했다.

"물론 좋은 계책이기는 하네. 그러나 도성 안에 역도들을 들이는 일은… 음……."

"그렇지 않다면 고기를 한 번에 그물을 담을 수 없을 겁니다. 이미 보름이 가까워지고 있으니 다른 방법을 강구할 시간도 없고, 또한 이런 기회가 아니면 이 일에 관련된 자들이 한자리에 모이는 일도 없지 않겠습니까?"

"그렇긴 하네만……. 이 일은 폐하의 윤허가 필요한 일일세."

"일이 밖으로 새어 나갈 수도 있습니다. 특히… 호욕한 그자의 귀와 눈이 궁 곳곳에 있다고 들었습니다만! 특히 폐하의 총애가 깊은 자이니……."

"걱정 말게. 폐하께서 그자를 가까이한 것은 북방의 정세에 밝기 때문이거니와 태조 대부터 내려온 권문세가의 힘을 견제하려는 의도셨네. 다른 이유가 계셨던 것은 아니야. 그자가 발톱을 숨긴 이리라면 폐하께서도 단호히 버리실 걸세."

"그러면 가부 여부를 빠른 시간 내에 알려주십시오. 그에 따라 필요한 준비를 해야 할 겁니다."

"알겠네. 그리고 윤허가 내리면 나도 사람들을 모아보지."

"추룡사 이외의 사람을 말입니까?"

"사실 추룡사는 그리 많지 않네. 겨우 수십이지. 그것도 도성을 비우는 경우가 많네. 해서 위급할 때를 대비해 무인들과 인연을 맺어놓기도 한다네."

"목산원이나 봉황문은 안 됩니다."

"물론 나도 알고 있네. 풍월령에 속했던 가문을 어찌 끌어들이겠나. 그러나 만약 함정을 판다면 무계의 사람들보다는 정병을 움직여 그 두 문파를 제압할 걸세."

"알겠습니다. 그리되면 금가의 손발이 묶이게 되겠지요."

허소산이 고개를 끄덕였다. 그러자 강초가 근심스런 표정으로 말했다.

"그러나 저러나 부디 황보가가 이 일에 깊이 관여하지 않았기를 바라야겠군. 아무리 태자께서 태자비께 마음이 떠났다고 해도 황실의 외척이 아닌가? 더군다나 황보가는 태조 이래 황실의 충복이기도 했지. 만약 그들이 이 일에 관여한 것으로 드러난다면 폐하께서도 무척 상심이 크실 걸세."

"그건… 두고 봐야겠지요."

허소산의 말에 강초가 무겁게 고개를 끄덕였다.

*   *   *

시간이 빠르게 흘러갔다. 어느새 밤을 밝히는 달이 점점 더 둥글게 변하고 있었다. 보름이 다가오고 있었다. 허소산 일행과 만재방은 그 사이 무척 분주하게 움직였다.

만재방의 장원에는 수시로 사람들이 출입했다. 과거의 인연을 따라 새로 거래를 트려는 상인들부터 가끔 도검을 패용한 무인들도 드나들었다. 그러나 사람들은 만재방의 분주함에 다른 의심을 두지는 않았다. 상가란 본래 사람이 많이 오가게 마련이고, 더욱이 만재방은 이제 막 귀환하여 벽란도에 새로운 터전을 마련하는 처지였다. 그러니 만재방에 사람의 왕래가 많은 것은 당연한 일이었다.

금가도 침묵했다. 그것은 분명 의외였다. 만재방이 벽란도로 귀환해 빠르게 벽란도의 상권을 잠식해 가는 데에도 그동안 벽란도 제일상가의 자리를 지키고 있던 금가는 조용했다.

그들의 눈앞에서 만재방의 상선과 표물들이 수없이 오가고 있음에도 금가는 만재방을 향해 어떤 행동도 취하지 않았다. 혹자는 그것이 만재방이 황실과 밀접한 관련을 맺고 있기 때문일 거라고 추측하기도 했으나 그럼에도 금가의 움직임을 지나치게 조용했다.

그렇게 벽란도의 상계가 사람들이 예상치 못한 상황으로 변해가는 사이 황보중명이 다시 만재방을 찾았다. 그러나 황보중명은 이번엔 단 일각도 만재방에 머물지 않았다. 만재방을 나선 그의 얼굴을 벌겋게 달아올라 있었는데 만재방에서 큰 모욕을 당한 듯한 표정이었다.

만재방을 벗어난 황보중명은 만재방의 장원을 오랫동안 노려보고는 이내 말머리를 돌렸는데 기이하게도 그가 향한 곳은 개경으로 이어진 관도가 아니라 금가였다.

"역시… 황보가도 이 일에 관여되어 있는 것일까?"

금가로 들어가는 황보중명을 바라보며 허산왕이 중얼거렸다. 그러자 허소산이 고개를 끄덕였다.

"지금까지는 고민을 했을지 몰라도 오늘로서 이 일에 참여하기로 결정했을 거예요. 그래서 즉시 금가를 찾은 거고요."

"흠, 방주께서 주 노사와 조 의원을 보내줄 수 없다고 답을 했으니 태자비의 몸을 회복시켜 태자의 총애를 되찾는 것이 불가능하다고 생각했을 거란 말이구나. 그래서 결국 다른 길을 택할 것이라는 것이고."

"그렇지요."

허소산이 대답했다.

"이건… 우리가 그들을 역모의 길로 내몬 것이 아닌가 싶은데……."

"그래도 결정은 그들이 한 것이지요. 설마 우리가 다시 태자비의 병세를 살펴줄 거라고 기대한 것부터가 염치없는 짓이고요."

"그렇긴 하지. 그자들 스스로 판 무덤이지. 자, 그럼 이제 우린 대마사로 가야 하는 거냐?"

"예, 물건이 움직이는 날이니까요."

"허허, 팔자에 없는 표사 노릇을 하게 생겼군."

"가요. 아버지!"

"오냐, 가자. 어떤 일들이 벌어질지 두고 보자꾸나."

준비된 마차는 모두 열다섯 대였다. 각기 두 마리씩의 말이 끌고 있었으므로 벽란도에서도 보기 드물게 많은 마차의 행렬이었다. 가끔 대상들이 포구로 들어왔을 때 수십 대의 마차가 개경으로 움직이는 경우는 있기는 했기에 딱히 이상한 행렬은 아니었지만 그래도 사람들의 눈길을 끌 만한 행렬임에는 분명했다.

열다섯 대의 마차는 사람들의 시선을 받으며 벽란도를 빠져나와 북쪽 산길을 따라 이동했다. 그리고 한 시진 정도 이동한 끝에 도착한 곳은 벽란도 북쪽에 위치한 대마사였다.

"어서 오십시오. 시주님들!"

마차의 행렬이 대마사 앞에서 멈추자 중년의 승려 한 명이 일행을 맞았다.

"안녕하십니까, 무형 스님!"

삼우방의 제일방주 추안이 진득한 목소리로 인사를 건넸다.

"추 대인께서 직접 오셨군요."

무형이란 법호를 지닌 승려가 미소를 지으며 인사를 받았다.

"보통 큰 거래가 아니니까요."

"그렇지요. 금가의 물건을 운송하는 일이니. 그런데 금가와는 어떤 인연으로 이렇게 큰일을 맡게 되신 겁니까? 아주 운이 좋으십니다."

"하하하, 그러게 말입니다. 나도 사실은 얼떨떨합니다. 기실 우리 삼우방과 금가는 큰 왕래가 없었지요. 그런데 이렇게 큰일을 맡게 되다니. 어허허! 이제 삼우방의 앞날도 좀 피려나 봅니다."

추안이 짐짓 너스레를 떨었다. 그러자 무형이 부드러운 미소를 지으며 고개를 끄덕였다.

"아마도 그런 모양입니다. 금가와 일단 거래를 트면 삼우방의 앞날은 탄탄대로라고 할 수 있지요."

"그렇지요, 그렇지요. 아무튼 부처님께 시주한 덕을 보나 봅시다."

"후후후 그런가 봅니다. 그동안 추 대인께서 보통 정성은 아니셨지요."

"하하하, 자, 그럼 물건을 보러 갈까요?"

"그러지요. 이리로……!"

승려 무형이 추안과 일행을 대마사 안으로 이끌었다.

허소산이 한밤중에 월담을 해 살폈던 건물 앞에는 제법 많은 수의 승려와 장사치 차림의 사람들이 모여 있었다.

"삼우방에서 사람들이 왔습니다."

승려 무형이 건물 앞에서 기다리고 있던 사람들 중 노승 한 명에게 말했다. 그러자 노승이 고개를 끄덕이고는 추안에게 시선을 돌렸다.

"추 대인께서 직접 오셨구려."

아마도 추안과 안면이 있는 사람인 듯싶었다.

"이렇게 큰 거래에 제가 아니 올 수 없지요."

추안이 공손하게 대답했다.

"직접 운송을 해주신다니 고마울 뿐이오. 들으셨는지 모르겠지만 오늘 운송할 물건들은 한 달 뒤로 다가온 개경의 팔관회에서 쓰일 물건들이라오. 대부분 곡식과 천막들인데 금가에서 시주한 것들이지요."

"하하, 역시 금가군요."

추안이 고개를 끄덕였다. 그러자 노승이 미소를 지으며 답했다.

"그렇지요. 참으로 고마운 일이지요. 팔관회에 쓰일 막대한 물건들을 시주했을 뿐 아니라. 이렇게 개경까지의 운송을 주선했으니 우리로서야 고마울 뿐이지요."

"그런데 그럼 주지께서도 함께 가시렵니까?"

노승이 바로 대마사의 주지 요광이었다.

"아니올시다. 운송에는 열 명의 본 사 무승과 금가에서 니온 다섯 분의 호위무사가 동행할 것입니다."

"개경 구룡사라 하셨지요?"

추안이 확인하듯 물었다.

"그렇소이다."

대마사의 주지 요광이 고개를 끄덕였다. 그러자 추안이 다시 입을 열었다.

"알겠습니다. 그럼 즉시 일을 시작하지요. 오늘 출발을 하며 중간에 하루를 쉬고 내일 개경 성내로 들어가도록 하겠습니다."

"음, 그렇게 하시구려."

"모두 짐을 실을 준비를 하라."

추안이 뒤를 돌아보며 말하자 열다섯 대의 마차를 따라왔던 삼우방의 일꾼들이 짐을 옮길 준비를 하고는 건물 앞으로 다가섰다. 그러자 주지 요광이 문을 지키고 섰던 승려들에게 고개를 끄덕이며 입을 열었다.

"문을 열고 너희들도 함께 짐을 옮겨라. 팔관회에 쓸 물건들이니 각별히 조심하고!"

요광의 지시를 받은 승려들이 고개를 숙여 보이고는 건물의 문을 열었다. 그러자 산더미 같은 물건들이 사람들 앞에 모습을 드러냈다.

'변했군.'

허소산은 금세 건물 안의 물건들 모습이 변했다는 것을 알아챘다. 특히 건물 안쪽에 쌓여 있던 무기들은 거짓말처럼 사라지고 없었다. 아마도 곡식과 천막 등 다른 짐들 사이에 병장기를 숨긴 것이 분명했다.

"귀한 것들이니 조심해서 옮겨주시구려."

요광이 추안에게 당부를 했다. 요광의 부탁이 있자 삼우방 사람들과 대마사의 승려들이 건물 안으로 들어가 조심스레 짐을 내어 마차에 싣기 시작했다.

'그들이 들어내는 짐들 속에 병장기가 들어 있음이야.'

허소산은 승려들이 들어내는 짐들을 눈여겨 살피고 있었다.

승려들은 자신들이 들고 나온 짐들을 서너 대의 마차에 집중적으로 싣고 있었다. 그렇게 반 시진 정도 짐을 내어 싣자 물건들로 가득했던 건물이 어느새 텅 비었다.

"모두 끝냈수, 형님!"

소발이 손을 털며 추안과 요광 앞으로 다가와 말했다. 그러자 추안이 고개를 끄덕이고는 요광을 보며 말했다.

"짐을 모두 실었으니 그만 가보겠습니다."

"그렇게 하시구려. 부디 잘 부탁드리오."

"걱정 마십시오. 하루 이틀 다닌 길도 아니고……. 그럼!"

추안이 정중하게 합장을 해 보이고는 삼우방의 사람들을 보며 소리쳤다.

"모두 출발 준비를 해라."

"옛, 방주!"

삼우방의 일꾼들이 일제히 고개를 숙여 대답했다. 그러자 추안이 만족한 듯 고개를 끄덕이고는 다시 소리쳤다.

"자, 모두 출발하라!"

추안의 명이 떨어지자 열다섯 개의 마차가 길게 늘어서서 대마사를 떠나기 시작했다. 대마사의 주지 요광은 삼우방의 마차들이 모두 떠날 때까지 절 입구에 서서 마차의 행렬을 지켜보고 있다가 나직하게 중얼거렸다.

"이제 시작인 건가? 과연… 어찌 될지……."

웬일인지 요광의 얼굴에 희미한 그늘이 지워져 있었다.

대마사를 떠난 일행은 빠르지도 느리지도 않은 속도로 관도를 따라 개경을 향해 이동했다. 길을 서두르면 벽란도에서 개경까지는 엎어지면 코 닿을 거리지만 일행은 여유를 두고 길을 가고 있었다.

"구룡사라……. 그럼 그곳도 놈들의 소굴일까?"

문득 한 대의 마차 뒤를 따르고 있던 허산왕이 허소산에게 나직하게 물었다. 그러자 허소산이 고개를 저으며 대답했다.

"모르는 일이지요. 듣기로 구룡사는 고려가 서기 전부터 있었던 절이라던데……."

"음, 그럼 가능성이 전혀 없는 것은 아니구나. 그 절이 고려 이전부터 있어온 것이라면 금가와 인연이 있을 수도 있는 것 아니냐?"

"그렇죠."

허소산이 고개를 끄덕였다. 그런데 그때 문득 추안이 슬쩍 허소산 곁으로 다가오더니 다른 사람들을 살피며 말했다.

"이쯤에서 쉬어 갈까? 장소가 좋아."

어느새 해가 뉘엿뉘엿 산을 넘어가려 하고 있었다. 눈앞에는 예성강이 펼쳐져 있고 강을 건너면 바로 개경이다.

"그러죠. 여기가 좋겠어요."

"알겠다."

추안이 고개를 끄덕이고는 뒤를 따르고 있는 열 명의 대마사 승려 중 한 명에게로 다가갔다.

"스님! 오늘은 이쯤에서 쉬어가려 합니다만……."

추안의 말에 그의 말을 들은 승려가 재빨리 주변을 살폈다. 아마도 지형의 유불리를 살피는 모양이었다. 잠시 후 승려가 고개를 끄덕였다.

"좋군요. 산 도둑을 피하기에 적당한 장소인 것 같소."

승려의 말에 추안이 너털웃음을 터뜨렸다.

"하하하, 무령 스님께선 농담도 잘 하십니다. 이렇게 커다란 상단을 공격할 산적이 개경 근처에 있기나 하겠습니까?"

그러자 무령이란 법호를 쓰는 승려가 미소를 지으며 대답했다.

"그런가요? 하긴 감히 삼우방의 행단을 공격할 산적은 없겠지요."

무령의 말에 추안이 조금 거드름을 피며 말했다.

"그럼요. 걱정 마십시오. 우리 삼우방은 지금껏 단 한 번도 산적들 따위에게 당한 경우가 없었습니다. 그러니 걱정 마시고 편히 쉬십시오. 자, 모두들 이곳에서 하루 야숙한다. 숙영지를 구축하라."

추안의 명에 삼우방의 식솔들이 마차를 멈추고 분주하게 하룻밤 노숙할 준비를 하기 시작했다.

차가운 강바람이 예성강에서 불어왔다. 아스라이 개경 성내의 불빛들이 별빛처럼 눈에 들어왔다. 허소산 부자는 강과 개경이 한 눈에 내려다보이는 곳에 천막을 친 후 나란히 앉아 요기를 하고 있었다.

"내일이면 모든 게 끝날까?"

"아마도요."

"흠……. 내일 많은 피가 흐르지 않았으면 좋겠구나."

"저도 그래요. 결국은 몇 사람의 야망을 위해 일어난 싸움이니까요."

"그런데 참 알 수가 없구나."

"무엇이요?"

허소산이 허산왕을 돌아봤다.

"본시 항주에서의 일은 계림공 김류가 주도하지 않았느냐?"

"그렇죠."

"그런데 일이 성공했을 때 그가 천하의 일인자가 되려 했던 것일까? 아니면 다른 누군가를 세상의 가장 위에 세우려 했었을까?"

"갑자기 왜 그런 생각을 하세요?"

"보거라. 그가 없는데도 여전히 이곳에선 금가의 무리가 계림의 부활을 위해 대사를 진행시키고 있다. 그건 결국 김류가 그들의 중심이 아닐 수도 있다는 의미 아니겠느냐?"

허산왕의 말에 허소산이 고개를 끄덕였다.

"아버지 말씀을 듣고 보니 그럴 수도 있겠네요. 하지만 적어도 금문이 천하에 뿌려놓은 씨앗을 주도하는 것은 김류였을 거예요. 물론⋯ 그들이 세우려는 새로운 계림의 황제는 김류가 아닐 수도 있지요. 계림의 황혈을 이은 자들은 아마도 철저히 보호되고 있을 거예요."

"그렇겠지?"

허산왕이 되물었다.

"이번 일은 그저… 한 세대의 난이 끝을 보는 일이겠지요. 몇십 년이 지나면, 아니 단 몇 년이 지나도 다시 금문은 세상에 씨를 뿌리기 시작할 거예요."

"결국은 혹수의 금문을 멸문시키지 않는 한 이런 일이 반복된다는 의미구나."

"그들을 토벌한다 해도 또 어딘가에서 새로운 금문이 성장하겠지요."

"아이구, 은원은 끝이 없다더니 정말 그렇구나."

"그러거나 말거나 우리에겐 이번이 마지막이 될 거예요. 그이후에… 백두로 가요."

"옳거니. 그거야말로 내가 바라던 바다."

"백두에서 얼마간 지내다가 이번에는 정말 우리만의 배를 만들어서 여행을 떠나봐요."

"또?"

"이번에는 제대로요. 지금까진 여행이 아니었잖아요."

"후후, 그렇긴 하지. 여행이 아니라 생사지로를 걸어왔으니……."

"그러니까 제대로 다시 해봐야죠."

"오냐. 그러자꾸나. 나도 너와 조명, 이렇게 셋이서 다시 여행을 해보고 싶구나."

"그렇게 될 거예요. 내일이 지나면……."

허소산이 눈을 들어 다시 개경을 응시했다.

그날 허소산 일행은 편하게 노숙을 했다. 그러나 그날 밤 다른 곳에서는 세상의 변화를 바라는 자들과 그 변화를 막으려는 자들의 분주한 움직임이 있었다. 고려의 중앙군인 이군과 육위가 은밀하게 동원되었고, 몇몇 개경에 인접한 주현의 군들도 관도 곳곳을 차단했다.

그리고 다시 날이 밝았다. 추안이 이끄는 삼우방의 행단은 서둘러 강을 건너 이제는 곧게 뻗은 관도를 따라 개경으로 향했다.

"아니, 이게 무슨 일이지?"

추안이 당황스런 표정으로 끊긴 길을 보며 소리쳤다. 그러자 행단을 따라오고 있던 대마사의 승려들과 금가의 사람들이 앞으로 달려 나왔다.

"무슨 일인지요? 추대인!"

승려 무령이 당혹해하는 추안을 보며 물었다.

"그게… 길이 끊겼습니다."

추안의 말에 무령이 급히 시선을 돌렸다. 그러자 그들 앞에 한쪽이 무너져 내린 작은 다리가 보였다. 다리의 길이는 그리 길지 않았다. 이십여 장이 채 안 되는 다리. 그러니 한쪽이 무너졌다고 해서 사람이 왕래하는 것은 그리 문제가 될 것은 없었다. 그러나 마차로 물건을 실어 나르는 상단은 사정이 달랐다. 다리가 무너진 이상 마차가 물건을 싣고 다리를 건널 수는 없었다.

"이게 도대체 어찌 된 일인가?"

무령도 당황스런 표정으로 중얼거렸다. 그러자 불쑥 추안 곁으로 다가온 소발이 투덜거렸다.

"제길, 그예 무너지고 말았군."

"이럴 줄 알고 있었단 말인가?"

추안이 물었다.

"몇 달 전부터 아슬아슬했지요. 관에 몇 번 이야기를 했었는데 관리들이란 게 어디 민가의 말을 들어먹어야지요."

소발이 다시 투덜대며 슬쩍 추안에게 눈짓을 했다. 그러자 추안이 고개를 끄덕이고는 무령을 보며 다시 난감한 표정을 지었다.

"물건이 오늘 중으로 구룡사에 도착해야 한다고 하셨지요?"

그러자 무령이 굳은 눈으로 고개를 끄덕였다.

"그렇소. 반드시 오늘 중으로 구룡사에 도착해야 하오."

"하지만 팔관회는 아직 며칠이 남아 있지 않습니까?"

추안의 말에 무령이 흠칫한 표정을 짓다가 이내 고개를 저으며 말했다.

"물론 그렇긴 하오. 하지만 물건은 반드시 오늘 도착해야 하오. 팔관회 준비를 하려면 오늘 밤 반드시 소용될 물건들도 있소."

"아이구, 참 그럼 이거 큰일 났네. 길을 돌아가려면 오늘 밤중으로 도착하기가 힘들 텐데. 그렇다고 들쳐 메고 갈 수도 없고……."

추안이 난감한 표정을 짓자 무령이 다시 말했다.

"어떻게든 방법을 좀 강구해 주시오. 반드시 오늘 중으로 물건이 구룡사에 가야 하오."

"음… 보자, 그럼 일단 물건들을 마차에서 내려 사람의 힘으로 개울을 건너지요. 그리고 그 사이 마차가 건너갈 수 있게 다리를 수리하지요. 간단히 수리를 한다면 짐을 실은 마차는 몰라도 빈 마차는 건널 수 있을지 모릅니다."

"음, 시간이 얼마나 걸리겠소?"

"글쎄요. 짐이 적지 않으니 적어도 반나절은……."

"좀 더 서둘러 주시오. 최소한 두 시진 안에는 끝나야 하오."

"아이구, 어떻게 두 시진 안에……."

추안이 엄살을 피듯 말했다. 그러자 이번에는 금가에서 나온 자들 중 한 명이 입을 열었다.

"그리만 해주신다면 약속한 금자의 절반을 더 드리겠소."

순간 추안의 얼굴에 희색이 돌았다.

"아이구, 뭘 그렇게까지. 자자, 모두 서둘러라. 짐을 내려. 소발 자네는 임시라도 다리를 수리하고! 나머지는 모두 짐을 개울 건너편으로 날라라!"

추안의 명이 추상같다. 재물이 눈앞에 보이면 장사치의 행동이 빨라질 수밖에 없었다.

"아주 그럴 듯해! 제법이야, 저 친구!"

허산왕이 쌀가마니를 어깨에 들쳐 메며 말했다. 추안을 보고 하는 말이었다.

"실제로 금자에 욕심이 생기는 것일 수도 있지요."

"하지만 어차피 이번 운행의 대가는 받을 수 없지 않느냐?"

"금가가 무너져도 금가의 재물을 남겠지요."

"그거야 당연히 조정이나 만재방에서 차지하겠지."

"그렇다고 삼우방이 손해를 볼 수는 없잖아요?"

허소산이 대답했다.

"오호라. 네가 챙겨주려는 거냐?"

허산왕 역시 쌀가마니를 메고 따라오고 있는 허소산에게 물었다. 그러자 허소산이 빙그레 미소를 지었다.

"저들과의 사이에 많은 일이 있었지만 서로 익연은 아니지요."

"후후, 저들에게도 정을 느끼나 보구나."

"생각해 보면 그리 나쁜 사람들이 아니에요. 그저 살고자 최선을 다하는 사람들이지."

"오냐. 나도 그리 보았다. 천성이 나쁜 사람들은 아니더구나."

두 사람이 추안 등에 대해 이야기를 나누며 다리 아래로 내려가 개울을 건너 반대편으로 쌀가마니를 옮겼다.

허름하게라도 다리를 보수하는 데 걸린 시간은 채 두 시진이 걸리지 않았다. 물론 물건을 실은 마차는 지나갈 수 없었

다. 그러나 빈 마차는 위태롭지만 그래도 건너편까지 이동할
수 있었다. 그러나 문제는 반대편에 부려놓은 짐들이었다. 삼
우방의 식솔들이 애써 짐들을 옮기고 있었지만 열다섯 대의
마차에 실은 짐을 쉽게 나를 수는 없었다.

"마차는 건넜으니 말들을 이용해!"

추안이 명을 내렸다. 그러자 마부들이 마차에서 말을 떼어
내어 다시 이번에는 짐을 싣고 이동하기 시작했다. 물론 다리
위가 아니라 다리 아래를 통해서였다.

말까지 짐을 옮기는 데 동원되자 짐을 옮기는 속도가 눈에
띄게 빨라졌다. 더욱이 대마사의 승려들과 금가의 사람들까지
일을 거들고 나서자 금세 개울의 이쪽에 있던 짐들이 건너편
으로 이동해 다시 마차에 실렸다. 그럼에도 불구하고 다리가
무너져 지체된 시간은 거의 두 시진에 가까웠다.

"서둘러 주시오."

다시 마차에 짐들이 실리자 대마사의 승려 무령이 추안을
재촉했다. 그러자 추안이 고개를 끄덕였다.

"걱정 마십시오. 이제 출발입니다. 모두 출발해."

추안의 명이 떨어지자 열다섯 대의 마차가 다시 일제히 관
도를 따라 이동하기 시작했다. 그 모습을 보고 있던 허산왕이
나직하게 입을 열었다.

"시간은 제대로 번 것인가?"

그러자 허소산이 고개를 끄덕였다.

"이대로라면 결국 밤에 성내로 들어가게 될 거예요. 그럼 이

들의 행보를 감시하는 일이 한결 수월하겠지요. 그리고 만약 이들이 오늘밤 거사를 할 생각이라면 그들은 주변을 살필 여유를 갖지 못할 거예요. 계획보다 병장기가 늦게 도착을 하게 될 테니까요."

"하지만 거사일이 오늘이라도 단정할 수는 없지 않느냐?"

"지금까지는 반반이었지만 다리를 건너면서 보니 오늘이 거사일인 것 같아요. 저들이 무리를 하면서까지 오늘 밤 안에 물건을 구룡사로 가져가려는 것을 보면……."

"음, 그렇구나. 만약 거사일이 오늘이 아니라면 여유를 두고 다리를 보수한 후 길을 떠났겠지. 어젯밤 시간이 있었음에도 불구하고 노숙을 한 것도 그렇고. 거사의 시간에 맞춰 병장기를 안으로 들이려는 것 같구나. 물론 히룻밤 쉬어간 데기기 얼마나 큰지 지금은 모를 테지만."

"구룡사에 병상기를 숨겨두었다가 발각될 위험을 없애겠다는 것이겠지요."

"음, 제법 세밀하게 움직이는군."

"그렇다 해도 오늘이 저들의 마지막 날이 되겠지요."

"그렇긴 하지."

허산왕이 고개를 끄덕이며 걸음을 옮겼다.

"멈추시오!"

개경의 외성 서문인 승전문을 지키는 장수가 삼우방의 행단을 막아섰다.

"아이쿠, 안녕하십니까? 수고가 많으십니다."

추안이 넉살스럽게 인사를 하며 능숙한 솜씨로 사람들이 보지 않게 장수의 허리춤에 전낭을 찔러 넣었다.

"허험, 어디 상단이오?"

"하하, 혹 기별을 받으셨는지 모르겠군요. 삼우방의 추안이라고 합니다요."

추안의 말에 장수의 눈빛이 반짝였다.

"삼우방! 음, 내 위에서 기별을 받았소. 그런데 왜 이렇게 늦은 것이오? 연락을 받기로는 정오 무렵에 도착할 거라 했는데……?"

"제길, 오는 길에 용석천에서 문제가 있었지요. 그 오래된 다리 있지 않습니까?"

"목교 말이오?"

"그렇습니다. 그게 무너져서 그만 짐들을 사람이 나르지 않았습니까?"

"허어. 그 다리가 예전부터 말썽이더니 결국 일을 만들었군. 고생하셨소."

"하하하, 뭐 상단을 이끌다 보면 이런 일 저런 일이 다 있지요."

추안이 별일 아니라는 듯 웃음을 흘렸다. 그러자 장수가 슬쩍 열다섯 대의 마차에 실린 짐들을 보며 물었다.

"뭐가 실렸소?"

"이번 팔관회에서 소용될 물건들입니다. 구룡사로 가고 있지요. 곡식과 천막, 그리고 자질구레한 물건들입니다."

"한번 살펴는 봐야겠소."

"여부가 있겠습니까?"

추안이 얼른 고개를 끄덕였다. 그러나 대마사의 승려들과 금가의 사람들 표정이 일변했다. 그러거나 말거나 승전문을 지키는 장수는 가장 앞에 있는 마차에서 시작해 각각의 마차에 실린 짐들을 살피기 시작했다. 그러나 말이 점검이지 이미 받아 챙긴 금자가 있어서 그저 검으로 천으로 싸인 짐들을 슬쩍슬쩍 들춰보는 것이 전부였다.

그렇게 채 일각도 되지 않아 짐들을 살핀 장수가 추안에게 인심 쓰듯 말했다.

"다 되었으니 그만 들어가 보시오."

"아이구, 이거 감사합니다. 늦은 시간에……."

"다음부터는 좀 일찍 다니시오. 우리도 쉬어야 할 것 아니오?"

"물론입지요. 그럼 다음에 뵙지요. 그런데… 장군님의 함자가 어찌 되시는지……?"

추안이 은근한 목소리로 물었다. 그러자 장수가 헛기침을 하며 대답했다.

"허헛, 뭐 내 이름까지. 난 모선이라 하오."

"아이구, 모선 장군이셨군요. 다음에 필히 따로 찾아뵙겠습니다."

"그럴 것까지야. 허헛, 그만 가보시구려. 성문을 열어드려라!'

장수 모선이 명을 내리자 성문을 지키고 있던 병사들이 힘차게 성문을 열었다.

"들어가자."

　추안이 마부들을 보며 소리치자 열다섯 대의 마차가 줄을 지어 성안으로 들어갔다.

　그렇게 삼우방의 행단이 성문을 통과해 사라지자 갑자기 추안을 상대했던 모선이라는 장수의 표정이 일변했다. 그는 굳은 눈으로 마차 행렬을 바라보고 있다가 성루의 병사에게 눈짓을 보냈다. 그러자 성루의 병사가 거대한 화로에 기름을 붓고 불을 붙였다. 순식간에 거대한 불꽃이 성루 위로 높게 타올랐다.

第八章
구룡사의 밤

독
경
讀經

　도성 서쪽 승전문을 통과한 일행은 황실의 본궁인 수창궁으로 이어지는 관도에서 빗어나 송악산 남쪽 기슭의 구룡사로 향했다. 구룡사는 왕륜사의 말사로 역사는 오래되었지만 세인들에게 그리 많이 알려진 절은 아니었다. 대처의 불자들이 축원을 하기 위해 오는 절이 아니라 구도승들의 수도의 사찰로 알려진 구룡사였기에 인적도 뜸했다.

　구룡사로 향하는 도중에는 밤이 깊어서인지 사람들의 모습이 거의 보이지 않았다. 덜그럭거리는 마차 바퀴 소리만이 밤의 정적을 깼다. 수다스런 추안과 소발조차도 구룡사가 가까워질수록 말을 아꼈다. 그렇게 궁을 통과한 지 한시진 정도가 지나 드디어 일행은 구룡사에 도착했다.

구룡사의 정문 앞에는 양쪽에 두 개의 화로가 놓여 있어 그 불빛으로 어둠을 물리치고 있었다. 화로가 비추는 빛 속에 다섯 사람의 승려가 문을 지키고 서 있었는데, 그들의 모습은 절을 지키는 것이 아닌 성을 지키는 병사와 비슷했다.

구룡사에 도착하자 먼저 앞서 나간 것은 무령 등의 대마사 승려들이었다. 그들은 구룡사의 정문을 지키는 승려들과 몇 마디 말을 주고받더니 이내 추안 등에게로 돌아왔다.

"들어가시지요."

무령이 말을 하는 동안 구룡사의 승려들이 절간 문을 열었다. 그러자 추안이 자신도 모르게 흠칫했다. 말을 하는 무령이나 열린 문으로 보이는 구룡사 경내나 왠지 모를 서늘한 살기를 품고 있는 듯 보였기 때문이었다. 그러나 그렇다고 여기까지 와서 안으로 들어가지 않을 수도 없었다.

"마차를 들여라!"

추안이 마음을 다잡고 명을 내렸다. 그러자 열다섯 대의 마차가 서서히 구룡사 안으로 들어갔다.

"이쪽으로!"

구룡사 안에는 또 다른 승려들이 마차를 맞이할 준비를 하고 있었다. 그들은 정문을 통해 들어오는 마차를 대웅전 앞쪽으로 이동시켰다.

"조심해서, 천천히!"

추안이 평소의 상행을 지휘하는 것처럼 마차의 선두에 서서

식솔들의 움직임을 통제했다. 추안의 지시에 따라 열다섯 대의 마차가 구룡사 대웅전 앞에 일렬로 도열했다.

"짐을 내릴까요?"

마차를 세운 추안이 무령에게 물었다. 그러자 무령이 고개를 저으며 말했다.

"잠시만 기다려 주시오. 주지께서 나오셔서 물건을 확인할 것이오."

"물건을 확인할 필요가 있습니까? 대마사에서 그대로 온 것인데……?"

추안이 의아한 표정으로 물었다. 그러자 무령이 다시 고개를 저었다.

"그래도 금자를 주고 청부한 운행인데 형식적으로라도 물건을 확인해야지요."

"그, 그러시다면야……."

추안이 떨떠름한 표정으로 고개를 끄덕이며 뒤로 물러났다. 그러자 무령이 다시 입을 열었다.

"일단 사람들을 한쪽으로 물러나 있게 해 주시오. 구룡사의 주지께서는 번거로운 것을 싫어하셔서……."

"뭐, 원하신다면……."

추안이 대답을 하고는 이내 삼우방의 사람들을 향해 명을 내렸다.

"모두 한쪽으로 물러나 있거라. 물건을 확인하신 후 하역을 하신단다."

추안의 말에 삼우방의 식솔들이 마차를 놓아두고 왼쪽 건물의 처마 밑으로 모여들었다.

그때 문득 대웅전의 문이 열리며 십여 명의 승려가 모습을 드러냈다. 그중 가장 앞에 서 있는 승려는 나이가 대략 육십여 세로 보였는데 그 안광이 형형하기 이를 데 없었다.

그자는 무겁게 걸음을 옮겨 추안과 무령 앞으로 다가섰다. 그러자 무령이 가볍게 합장을 하며 인사를 했다.

"주지스님을 뵈옵니다."

"무령, 자네가 직접 왔군."

"중한 물건들이니……."

무령이 말꼬리를 흐렸다. 그러자 구룡사의 주지가 고개를 끄덕이고는 스윽 경내를 살펴보았다. 그리고는 다시 무령을 보며 입을 열었다.

"일단 물건을 확인해 보세."

"그러십시오."

무령이 얼른 대답을 하고는 구룡사의 주지를 마차 쪽으로 이끌었다. 구룡사의 주지는 마차 곁으로 다가가자 손으로 마차를 덮은 천막을 걷어내고 물건들을 살피기 시작했다.

한 대 한 대 물건을 살피던 주지가 네 번째 마차 앞에서 갑자기 손을 곡식이 실린 마차 안으로 쑥 집어 넣었다. 그리고는 무령을 향해 가볍게 고개를 끄덕였다. 그러자 무령이 추안이 있는 곳으로 급히 다가왔다.

"물건은 더 살필 필요 없겠소."

"그럼 물건들을 내릴까요?"

"아니오. 물건은 구룡사의 승려들이 내릴 것이오."

"하면 저희는……?"

"이대로 물러가시오. 마차는 연후에 보내 드리도록 하겠소."

무령의 말에 추안이 잠시 어리둥절한 표정을 짓다가 난감한 표정으로 말했다.

"그래도 이렇게 마차를 내팽개치고 가는 것은……."

"걱정 마시오. 마차는 반드시 돌려 드릴 터이니."

이렇게까지 나오는데 더 이상 고집을 부릴 수 없는 추안이었다.

"알겠습니다. 오늘은 날이 깊었으니 요 앞 객잔에서 머물도록 하겠습니다. 그러니 마차는 내일 찾으러 오지요."

"그러시겠소?"

"그런데……."

추안이 망설이며 말꼬리를 흐렸다.

"더 하시고 싶은 말이 있소?"

"일단 다소 얼마라도 금자를……."

"음, 지금 당장 운송의 대가를 받으시겠다?"

"전부는 아니더라도……."

"허허, 이제 보니 추 대인께서는 사람을 잘 믿지 않으시는구려. 대마사와 구룡사, 그리고 금가가 의뢰한 일이오. 이 셋은 모두 개경과 벽란도에 뿌리를 박고 살아가는 사람들인데 설마

의뢰금을 떼어먹겠소?"

무령이 그간의 모습과는 달리 조금 거칠게 물었다.

"물론 그럴 리야 있겠습니까만 그래도 장사에는 법도가 있
는 법이라……. 선불도 아니 받은 상태이니……."

"설마 금자를 받기 전에는 마차를 내어놓지 못하겠다는 거
요?"

"그런 것이 아니오라……?"

추안이 고개를 저으면서도 부인은 하지 않았다. 그러자 멀
리서 그 모습을 지켜보고 있던 구룡사의 주지가 무령을 불렀
다.

"잠시 보세."

구룡사의 주지가 부르자 무령이 차가운 시선으로 추안을 노
려보고는 훌쩍 몸을 날려 주지 앞으로 다가갔다. 이 한 번의
움직임에는 그동안 무령이 보여주지 않았던 고절한 신법이 내
포되어 있어 추안을 놀라게 만들었다. 놀란 추안의 시선이 자
연스럽게 허소산에게로 향했다. 그러자 허소산이 고개를 끄덕
이고는 추안의 곁으로 다가왔다.

주지의 부름을 받고 물러난 무령은 한동안 구룡사의 주지와
이야기를 나눴다. 그러면서 간혹 고개를 돌려 추안을 살피고
는 했다. 그렇게 얼마의 시간이 흘렀을까. 무령이 구룡사의 주
지에게 고개를 숙여 보이고는 다시 추안에게로 다가왔다.

"좋소. 주지께서 오늘 운송료의 절반을 내어드리겠다고 하
오."

"아이고, 감사합니다."

"또한 이렇게 먼 길을 온 손님을 객잔에 머물게 할 수 없다시며 구룡사에서 객방을 내어드리겠다고 하오. 그러니 오늘은 이곳에서 쉬어 가시구려."

"그, 그러실 것까지는……."

"아니오. 주지께서 그리 말씀하셨으니 호의를 거절치 마시오."

무령이 위협하듯 말했다. 그러자 추안이 다시 고개를 저었다.

"정말 그러실 필요 없습니다. 우리 장사치들이란 거래가 끝나면 거하게 술을 마시고 고기를 뜯어야 힘을 내는 사람들이지요. 그러나 절간에서 어디 가당키나 한 일입니까."

추안의 말에 무령이 살짝 인상을 찡그리더니 고개를 돌려 구룡사의 주지를 보며 고개를 지었다. 그러자 구룡사의 주지가 가만히 고개를 끄덕였다. 구룡사의 주지의 행동을 지켜보던 무령이 한숨을 쉬며 입을 열었다.

"휴……. 사정이 그렇다면 어쩔 수 없구려. 일단 잠시 기다리시구려. 금자를 준비하려면 시간이 조금 걸릴 터이니."

무령의 말에 추안이 얼른 고개를 숙여 보이며 대답했다.

"아이고, 사정을 보아주셔서 감사합니다."

과도해 보이는 추안의 인사에 무령이 차가운 눈으로 바라보더니 구룡사 주지가 있는 곳으로 걸음을 옮겼다.

기다림은 이각이 넘게 이어졌다. 구룡사의 승려들과 대마사와 금가에서 나온 사람들이 마치 도적이라도 든 것처럼 마차 주변을 둘러서 있었다. 그들의 손에 도검이 들리지 않았다뿐이지 이미 전장에 나온 무사와 같은 모습이었다.

반면 구룡사의 주지가 금자를 가지고 나오기를 기다리는 허소산 일행의 얼굴에는 점점 초조감이 감돌기 시작했다. 금자를 가지고 오는 것뿐이라면 이렇게 오랜 시간이 걸릴 이유가 없었다.

"아무래도 무슨 수작을 부리는 것 같아."

문득 추안이 허소산에게 나직하게 말했다. 그러자 허소산이 고개를 끄덕였다.

"그런 것 같군요. 하지만 너무 걱정 마세요."

"아니, 어떻게 걱정을 하지 않을 수 있어. 저들이 우리를 죽이려 들 수도 있어."

"이미 이 구룡사 주변에는 만재방과 관에서 동원한 무사들이 천라지망을 펼치고 있어요. 그러니 걱정 마세요."

"음, 그러나 그들이 오는 시간은 길고 저들이 우릴 죽이는 시간은 짧지."

"그때까지는 제가 지켜 드릴게요."

"정말 그럴 수 있겠어?"

"여기 온 사람들은 만재방에서도 고르고 고른 사람들에요. 더군다나 그중에는 절대지경에 오른 고수 분들도 섞여 있지요. 그러니 걱정 마세요."

"음… 그건 알고 있지만……."

추안은 허소산의 말에도 여전히 불안한 모양이었다. 그러는 사이 드디어 구룡사의 주지가 모습을 드러냈다. 그런데 그는 예상치 못한 모습으로 허소산 일행 앞에 나타났다. 그의 뒤를 다시 십여 명의 사람이 따르고 있었는데 그들은 승려가 아니었다. 머리를 기른 자부터 문사의 모습을 한 자까지. 다양한 모습의 사람들이 구룡사 주지를 따라 공터로 내려섰다.

그런데 그때 문득 일꾼 모습으로 변복한 감천홍이 허소산에게 다가와 속삭였다.

"그로구나."

"그라뇨?"

"호욕한, 바로 그자다. 내 비록 오래전에 보았지만 그의 얼굴을 잊지 않았지. 오른쪽에 관복을 입은 자가 바로 호욕한이다."

감천홍의 말에 허소산이 관복을 입은 자를 바라봤다. 호욕한이라고 지목된 자는 날카로운 눈매에 갸름한 얼굴을 지니고 있었다. 머리에 문건을 쓴 모습까지 영락없는 일대 모사의 모습이었다.

"심기가 뛰어난 자로 보이는군요."

"아마도 그럴 것이다. 김류를 대신해 개경의 일을 주도한 자일 수도 있으니."

그런데 그때 문득 구룡사 주지가 허소산 일행이 있는 곳으로 다가왔다.

"추 대인!"

"예, 주지스님!"

추안이 구룡사 주지의 부름에 공손하게 대답했다.

"운송의 대가를 받아 가고 싶으시다고 했다지요?"

"뭐, 아무래도 그것이…… 네, 그렇습니다."

"알겠소이다. 그런데 대가로 받기로 한 금자가 일백 냥이라고 했었소?"

"그, 그렇습니다. 오늘은 그중 일부만이라도……."

"음, 아시다시피 이곳은 절간이오. 절간에 그런 큰 금자가 어디 있겠소? 그런데 마침 이곳에 삼우방에 이번 일을 맡긴 분이 계시니 그분께서 금자를 직접 주시겠다는구려. 가주님!"

구룡사의 주지가 고개를 돌려 누군가를 불렀다. 그러자 작은 키에도 불구하고 튼실한 몸을 지닌 금포의 노인이 앞으로 나섰다. 노인은 앞으로 나오자마자 추안을 바라보며 차갑게 물었다.

"그대가 삼우방의 추안인가?"

"그렇소만…… "

추안은 다짜고짜 하대를 해대는 노인을 기분이 상한 표정으로 바라보며 대답했다.

"난 석문도라 하네."

"그렇구려. 석 노사셨…… 아니, 잠깐 지금 석문도라 하셨소?"

추안이 화들짝 놀라며 되물었다. 그러자 노인이 고개를 끄덕였다.

"그렇네. 내가 바로 석문도네."

"금가의 그……?"

"맞네. 내가 금가의 가주네!"

노인의 대답에 허소산과 일꾼으로 위장한 만재방의 사람들도 내심 크게 놀라 노인을 바라봤다. 본래 금가는 만재방이 몰락한 이후 고려 상계의 거두가 되었지만 그 가주 석문도는 여전히 비밀에 쌓인 존재였다. 그는 고려제일의 거상이 된 이후에도 여전히 어둠 속에서 금가를 움직였다.

그래서 그에게 막대한 금자를 상납 받는 조정의 관리들조차도 아주 일부를 제외하고는 석문도를 본 사람이 없었다. 금가의 대소사는 금가가 자랑하는 팔금선이나 금가오호에 의헤 이뤄졌다. 그러니 오늘 이 자리에 석문도가 모습을 드러낸 것은 충격적인 일이 아닐 수 없었다.

"아이구! 제가 대인을 몰라 뵈었습니다. 삼우방의 추안이라고 합니다."

"흠, 알고 있네. 그리고 오늘 맡긴 일을 잘 해주어 고맙네."

"무슨 말씀을! 오히려 금가의 일을 맡겨주셔서 제가 감사하지요."

추안이 머리를 조아리며 말했다. 그러자 석문도가 싸늘한 미소를 짓더니 나직한 목소리로 말했다.

"그런데 말일세. 내가 한 가지 부탁이 더 있네."

"무, 무슨 일이시온지."

추안이 고개를 살짝 들며 물었다. 그러자 석문도가 한줄기 살기를 드러내며 말했다.

"아무래도 말일세. 자넬 오늘 다른 곳으로 보내야 할 것 같네."

"어, 어디로 말인지요?"

"아주 험한 곳이지. 자네가 한 번도 가보지 못한 곳일세."

"도대체 그곳이 어디인지요?"

추안이 의아한 얼굴로 물었다. 순간 석문도의 손이 번개처럼 움직였다.

"바로 저승일세!"

팟!

석문도의 손이 매가 사냥감을 낚아채듯 추안의 목을 잡아갔다. 갈고리처럼 굽어진 그의 손가락을 보건대 극강의 조공을 익힌 것이 분명했다. 만약 그의 손에 목을 잡히면 그 순간 추안은 목숨은 그의 말대로 저승을 헤매게 될 터였다.

"흡!"

추안이 자신도 모르게 고개를 뒤로 젖혔다. 그러나 상승의 무공을 익힌 고수에게는 부질없는 몸짓이다. 석문도의 손이 더욱 속도를 냈다. 그러자 추안이 뒤로 물러난 거리를 찰나의 순간 좁히며 석문도의 손이 추안의 목을 움켜쥐려 했다. 그런데 그 순간 갑자기 한줄기 빛이 추안의 옆에서 번쩍이더니 전광석화처럼 석문도의 손목을 스치고 지나갔다.

"헉!"

툭!

한마디 당혹성과 함께 하나의 물체가 땅에 떨어졌다. 여전히 갈고리처럼 휘어 있는 손 하나, 잘려진 손목 부위에서 뒤늦게 피가 흐르고 있었다.

"네… 놈은?"

창졸간에 손목이 잘린 석문도가 믿을 수 없다는 듯 허소산을 노려보며 입을 열었다. 허소산이 그런 석문도를 흘깃 보고는 공포로 물들어 있는 추안에게 말했다

"대인, 뒤로 물러나 계시지요."'

허소산의 말에 추안이 어리둥절한 표정을 짓다가 화들짝 놀라 이내 꼬리를 말고 뒤로 물러났다.

"웬놈이냐?"

추안이 뒤로 물러나자 급히 달려나온 동료에게 잘린 팔목의 지혈을 맡기며 석문도가 제차 물었다.

"나 말이오? 난 삼우방에서 밥을 빌어먹는 호위무사요. 설마하니 삼우방에서 아무런 준비도 없이 상행에 나섰겠소? 더군다나 방의 운명이 걸린 일인데. 그런데 과연 준비하기를 잘한 것 같구려. 잘못했으면 우리 방주께서 꼼짝없이 죽을 뻔하지 않았소?"

허소산이 심드렁하게 대답했다. 그러자 석문도가 고개를 저으며 말했다.

"네놈은 결코 평범한 호위무사일 리 없다. 너와 같이 칼을 쓰는 자는 본 적이 없어. 더군다나 삼우방 같은 곳에……."

"삼우방에 대해서 얼마나 아시오?"

허소산이 석문도의 말을 끊으며 불쑥 물었다. 그러자 석문도가 눈을 가늘게 뜨고 살기 어린 표정으로 허소산을 노려보면서도 쉽게 대답을 하지 못했다. 따지고 보면 정말 석문도는 삼우방에 대해 자세히 아는 것이 별로 없었다. 그저 일 년여 전 벽란도 외곽에 자리를 잡은 작은 상가라는 것밖에는…….

"정체를 숨기고 있었던가?"

석문도가 물었다.

"글쎄올시다. 내가 알기론 금가 역시 사연이 많은 상가로 알고 있소. 금가가 겉으로 드러난 것이 전부가 아니듯 삼우방 역시 마찬가지요. 그러니 그대는 큰 실수를 했다고 할 수 있지. 그저 운송의 대가를 주고 돌려보내면 그뿐인 것을……. 금자가 아까웠던 거요?"

허소산이 퉁명스럽게 물었다. 그러자 석문도가 서늘한 살기를 드러내며 말했다.

"금자 백 냥이 아까운 금가는 아니지."

"그럼 왜 우리 방주를 죽이려 했소?"

허소산의 질문에 석문도가 쉽게 입을 열지 않다가 이내 결심을 한 듯 굳은 목소리로 말했다.

"그건 너희들의 입을 봉해야 했기 때문이다."

"도대체 왜 우리 입을 봉한단 말이오?"

"그건… 만약의 경우를 위해서지."

"우리에게 뭘 겁내는 것이오?

그러자 석문도가 다시 잠깐의 침묵을 지키다가 다시 물었다.

"너희들은 진정 오늘 운송해 온 물건들이 어떤 것인지 모르느냐?"

순간 허소산이 빙그레 미소를 지었다.

"후후후, 글쎄올시다. 끊긴 다리를 건너올 때 나락을 담은 가마니 속에서 쇳소리가 나긴 하더이다만……. 그게 이상하긴 했지."

"놈! 과연 눈치가 빠르구나."

석문도의 자신의 짐작이 맞았다는 듯 소리쳤다. 그러자 허소산이 말했다.

"이상하다 했더니……. 설마 짐들 속에 병장기라도 숨겨놓은 거요? 병장기를 도성에 몰래 가지고 들어왔다라. 그렇다면 빈린이라도 일으키려는 깃인가?"

허소산이 이미 모든 사실을 알고 있으면서도 시치미를 떼고 중얼거렸다. 그러자 석문도가 더 이상 허소산을 상대하지 않고 고개를 돌려 호욕한과 구룡사 주지를 보며 말했다.

"보시오. 이자들은 결코 살려둘 수 없는 자들이오."

석문도의 말에 호욕한과 구룡사 주지가 고개를 끄덕였다. 그러더니 구룡사 주지가 차갑게 입을 열었다.

"모두 준비하라!"

주지의 명이 떨어지자 갑자기 대웅전을 비롯한 사방의 건물에서 순식간에 일백여 명에 이르는 사람들이 모습을 드러냈다. 모습을 드러낸 자들은 모습은 각양각색이었다. 승도 속이 어우러진 무리들이 어울리지 않게 질서정연한 모습으로 대웅 전 앞 공터로 모였다. 그러더니 누가 먼저랄 것도 없이 열다섯 대의 마차에 실린 짐을 헤집었다.

한순간 마차에 실린 짐들이 풀리면서 쇠 부딪치는 소리가 터져 나오기 시작했다. 더불어 시퍼런 병장기들이 달빛을 받아 번쩍였다. 그런데 잠시 후 누군가의 입에서 당혹스런 목소리가 흘러나왔다.

"가주! 물건이 부족합니다!"

순간 손목을 잘린 석문도가 놀란 표정으로 시선을 돌렸다.

"무슨 소리냐?"

"물건이… 삼분지 일에도 미치지 못합니다."

마차에서 짐을 살피던 자의 대답이 들려왔다. 순간 석문도가 노기를 담은 눈으로 허소산을 노려봤다.

"네놈들… 무슨 수작을 부린 것이냐?"

"그대들이야말로 무슨 수작을 부리고 있는 거지?"

허소산이 차가운 표정으로 묻자 석문도가 한 걸음 물러서며 소리쳤다.

"놈들을 쳐!"

석문도의 명에 장내에 모여든 자들 중 수십 명이 삼우방 일행을 포위했다. 그리고는 망설임없이 일행을 향해 도검을 빼들었다.

석문도의 명을 받은 자들이 살기를 흘리며 삼우방 식솔들을 향해 날아들었다. 그런데 그 순간 갑자기 삼우방의 식솔들이 품속에서 번개처럼 병기를 꺼내 들더니 자신들을 포위하고 공격해 오는 자들을 향해 기습적인 반격을 가했다.

　"악!"

　"조심하라. 보통 놈들이 아니다!"

　순식간에 장내가 도검의 충돌음과 사람들의 외침으로 가득 찼다. 그러자 석문도를 비롯한 호욕한과 구룡사 주지가 당혹한 표정을 지으며 서로를 바라봤다. 잠시 후 한순간 석문도가 냉혹한 목소리로 소리쳤다.

　"한 놈도 살려두어서는 안 된다. 대업이 코앞이다. 모두 죽여야 한다!"

　석문도의 서릿발 같은 명에 이젠 장내의 모든 고수들이 허소산 일행을 공격하기 시작했다. 그러자 서서히 장내의 선세가 변하기 시작했다. 비록 허소산 일행이 만재방에서 고르고 고른 고수들이라 해도 그 숫자에서 석문도가 지휘하는 자들에게는 턱없이 부족했다. 그 숫자의 부족이 전세를 어렵게 만들고 있었다.

　그렇게 허소산 일행이 수세에 몰리자 한순간 허소산의 표정이 일변했다. 직후 그의 신형이 갑자기 연기처럼 사라졌다.

　"악!"

　"뭐……? 큭!"

　갑자기 허소산 일행을 공격하던 자들이 곳곳에서 속절없이 쓰러지기 시작했다. 그들이 느낀 것이라고는 그저 한줄기 검은 바람이 자신들을 스치고 지나갔다는 것 정도. 그런데 그 바람이 스치고 지나간 자리에는 어김없이 동료의 시신이 만들어져 있었다.

이 귀신같은 바람의 움직임에 놀란 석문도의 수하들이 제풀에 놀라 뒤로 물러났다. 그러자 순식간에 허소산 일행과 석문도의 수하들 사이에 일정한 간격이 만들어졌다. 그리고 그 중간에 검은 바람의 정체였던 허소산이 검을 든 채 우뚝 서 있었다.

"네… 네놈은 대체 누구냐?"

석문도가 단신으로 전세를 되돌린 허소산을 노려보며 소리쳤다. 그러자 허소산이 차가운 표정으로 말했다.

"내가 누구인가는 중요치 않다. 중요한 것은 오늘 결코 그대들이 원하는 일이 일어나지 않을 거란 사실이지."

순간 석문도의 눈이 가늘어졌다.

"조정의 관리냐?"

"뭐, 이중에는 조정의 관리도 포함되어 있지."

"그렇다면 더더욱 살려둘 수 없겠구나."

"이미 처음부터 한쪽은 죽어야 하는 운명이었지. 그런데 그대들이 과연 우릴 죽일 수 있을까?"

허소산의 말에 석문도가 차가운 눈빛을 흘리며 말했다.

"네놈의 무공이 대단하기는 하지만 넌 오늘 운이 없구나. 오늘 이 구룡사에는 우리 금가의 사람들만 있는 것이 아니다. 해동 무계의 절대고수들도 이곳에 있다는 사실을 알고 있느냐?"

"후후, 어떤 자들이 있는지 궁금하군."

허소산의 말에 석문도가 다시 한 번 허소산을 노려보다가 고개를 돌리며 소리쳤다.

"아무래도 노사들께서 나서 주셔야겠소."

석문도의 외침에 대웅전과 연해 있는 한 채의 건물에서 다시 수십 명의 사람이 모습을 드러냈다. 그들 대부분은 중년을 넘은 사람들이었는데 한눈에 보아도 범상한 사람들이 아님이 분명했다.

"어찌 된 것이오?"

건물을 벗어난 자들이 석문도 곁으로 다가서며 물었다. 그익 얼굴이 달빛에 모습을 드러냈을 때 허소산은 금세 노인을 알아봤다.

'목검원. 그군!'

노인은 해동오류 내림 목산원의 실질적인 주인 목검원이었다. 그는 자신의 형인 목대원을 대신해 목산원의 전권을 휘두르고 있는 자였다. 소문에는 형 목대원이 은밀한 곳에 유폐되어 있다고도 했다. 허소산은 팔 년 전 벽란도를 떠나던 날 밤, 해안가에서 그를 본 적이 있었다. 더군다나 항주에서 그의 사촌 아우인 목초남을 상대하기도 했던 허소산이었다.

'그가 항주에 나왔었다는 소문이 있었지. 항주에서 그를 보지는 못했지만 현황산의 싸움에는 참여했었을 텐데. 용케 살아남은 모양이군. 역시 해동오류인가?

풍월령이 몰락한 현황산의 싸움에서 풍월령의 주요 고수들은 대부분 죽었다고 알려져 있었다. 그런데 그중 한 명인 목검원이 오늘 이 자리에 모습을 드러냈으니 그 능력의 출중함을 능히 가늠할 수 있었다.

"삼우방이 보통 상가가 아니었던 모양이오."

석문도의 대답에 목검원이 살짝 인상을 찌푸렸다.

"이 일에는 변수가 없을 거라 하지 않았소?"

"신중을 기했으나 결국 일이 이렇게 되었구려. 나의 실수요."

석문도가 순순히 자신의 실수를 인정했다. 그러자 목검원도 더 이상 석문도의 실수를 추궁하지 않았다.

"어쨌든 내일 새벽까지는 이곳의 일이 밖으로 새어 나가서는 안 되니 결국 저들을……."

목검원이 차갑게 살기를 드러냈다. 그러자 석문도가 고개를 끄덕이며 대답했다.

"그렇기는 하오만 보통 인물들이 아니오."

석문도의 대답에 목검원이 한 걸음 앞으로 나서며 소리쳤다.

"삼우방의 옷을 입고 나타나다니 계책이 보통이 아니구나. 정체를 밝혀라!"

목검원의 외침에 허소산이 잠시 생각에 잠겼다가 고개를 돌려 누군가에게 고개를 끄덕였다. 그러자 헙수룩한 차림의 노인들이 허소산 곁에 내려섰다. 그리고는 그중 한 명이 머리에

쓴 헤진 모자를 벗으며 목검원에게 아는 척을 했다.

"오랜만이오. 목 노사!"

순간 목검원이 눈을 가늘게 뜨고 노인을 바라보다 한순간 놀란 음성을 터뜨렸다.

"그, 그대는……!"

"날 알아보시겠소?"

"당신이 어떻게 여기에……?"

"우린 서로 반대편에 있는 친구들을 사귀었으니 이렇게 다시 적으로 만나게 되는구려."

순간 목검원의 얼굴에 낭패한 기색이 드러났다. 그러자 석문도가 나직하게 물었다.

"그가 누구요? 누군데……?"

석문도의 물음에 목검원이 곤란한 표정으로 대답했다.

"그가 바로 망산오신의 이세교요!"

"망산오선!"

목검원의 대답에 석문도도 놀란 표정을 지으며 일꾼으로 변복하고 있는 이세교를 바라봤다. 그러자 이세교가 나직한 목소리로 말했다.

"맞소. 오늘 구룡사에서 재미있는 일이 벌어질 거란 소식을 듣고 구경을 좀 해볼까 이렇게 오게 되었소."

이세교의 말에 목검원이 어느새 신색을 회복한 표정으로 물었다.

"망산오선께서 오셨다는 것은 이 일에 만재방이 관련되어 있다는 말이겠구려."

"후후, 역시 눈치가 빠르시구려. 맞소이다. 본래 삼우방은
만재방과 무척 가까운 사이라오. 그런데 금가에서 무척 위험
한 일을 맡긴 것 같다며 도움을 청하지 않겠소? 그리고 과연
그대들은 위험하면서도 재미있는 일을 꾸미고 있었구려. 반역
이라니……. 허허, 일개 상가가? 아니 금가는 그저 껍데기일
뿐인가?"

이세교의 말에 석문도와 목검원의 표정이 하얗게 변했다.
일이 이 지경이라면 오늘 그들의 일은 이미 세상에 알려졌을
가능성이 컸다.

"아무래도 만재방에 사람을 보내야겠소."

문득 석문도와 목검원 뒤에 다가선 호욕한 나직하게 말했
다.

"지금 말이오?"

석문도가 물었다.

"이들이 오늘 이곳까지 스며든 것은 아직 이들도 우리가 계
획한 일이 무엇인지 정확하게 모르고 있다는 의미일 것이오.
그러니 만재방은 아직 움직이지 않았을 가능성이 크오. 이곳
의 일을 정탐한 후 움직이려는 요량이었을 거요. 그러니… 오
늘 밤중으로 만재방을 치는 것이 좋을 듯하오."

"하지만 누굴 보낸단 말이오? 모든 사람이 구룡사에 모여
있는데……."

"그들이 있지 않소?"

"그들이라면?"

"황보가 말이오."

호욕한의 말에 석문도가 불신의 빛을 드러내며 말했다.

"그들이 과연 만재방을 공격하겠소? 더군다나 그들은 오늘 궁문을 열기로 하지 않았소? 이런 마당에 황보가의 사람들을 만재방에 보내면 오늘의 일은 어찌하잔 말이오?"

"오늘 밤 저들과 만재방을 멸절시킨다면 우리의 일은 조금 미루더라도 다시 시작할 수 있을 것이오."

"음, 어른께선 과연 일을 뒤로 미루려 하실지."

석문도가 고개를 갸웃했다.

"어른은 어디 계시오?"

호욕한이 물었다. 그러자 석문도가 하늘의 별을 보며 말했다.

"자시 말에 노착하실 것이오."

"좋소. 그럼 일단 그때까지 저들을 제압합시다. 연후에 어른께서 오시면 그 명에 따르면 되겠구려. 일단 저들을 제압하는 게 먼저요."

"그런데… 망산오선이라면 쉽지 않소. 저 젊은 놈도 그렇고."

이번에는 목검원이 말했다. 그러자 호욕한이 잠시 생각에 잠겼다가 입을 열었다.

"그럼 어쩔 수 없지요. 흑룡대를 동원하는 수밖에!"

"흑룡대를 말이오?"

"반드시 저들을 베어야 한다면 망설일 이유가 없지 않소. 큰 일을 치르기 전에 피 맛을 보게 해주는 것도 좋고……."

호욕한의 말에 석문도가 고개를 끄덕였다.

"좋소이다. 그리합시다."

석문도가 동의하자 호욕한이 훌쩍 뒤로 물러나더니 대웅전 쪽으로 달려갔다.

기이한 대치 속에서 호욕한과 석문도, 그리고 목검원이 허소산 일행을 두고 숙의를 하는 동안 허소산은 하늘을 보고 있었다. 그러자 곁에서 이세교가 물었다.

"앞으로 반 시진은 버텨야지?"

"그렇지요."

"방주와 강 노사가 제 시간에 올 수 있을지 모르겠구나. 황보가를 제압하는 일이 그리 쉬운 일이 아닐 터인데……?"

"이군과 육위가 움직였으니 그리 오래 걸리지는 않을 거예요. 문제는 두 분이 올 때까지 이들을 여기에 붙들어 두는 것이지요."

"후후 미끼가 좋으니 고기는 당연히 이곳에 머물 것이다."

이세교가 한줄기 웃음을 흘렸다.

"그렇겠지요. 우리를 살려두고서는 난을 일으킬 수 없을 테니……."

허소산이 고개를 끄덕였다. 그런데 그때 문득 대웅전 쪽으로 사라졌던 호욕한이 다시 모습을 드러냈다. 그런데 그의 뒤로 흑의를 입은 무사 스무 명이 뒤를 따르고 있었다.

"범상치가 않구나."

호욕한을 따르는 자들을 보며 이세교가 경계심을 드러냈다.

"시간이 지날수록 강한 자들이 나서겠지요."

허소산이 대답을 하는 사이 스무 명의 흑의인이 석문도와 목검원 뒤에 도열했다. 그러자 석문도가 차가운 한기를 흘리며 허소산에게 말했다.

"아무래도 이젠 그만 죽어줘야겠다."

"그럴 수 있겠소?"

허소산이 심드렁하게 말했다. 그러자 석문도가 비웃음을 흘리며 말했다.

"이들이 누군지 아는가?"

"처음 보는 얼굴들을 내가 어찌 알겠소?"

"하긴 네가 급분의 흑룡대를 어찌 알겠는가? 그러나 오늘 이후 넌 이들을 잊을 수 없을 것이다. 왜냐하면 이들이 네 목을 벨 테니까."

그러자 허소산이 천천히, 그러면서도 상대를 위압하는 목소리로 대답했다.

"저승에서 오늘의 일을 기억할 사람은 내가 아니라 당신들일 것이오. 왜냐하면 천하에서 날 벨 자는 없으니까!"

광오한 허소산의 말에 석문도가 비웃음 대신 경계의 빛을 보였다. 허소산이 보여준 놀라운 무공과 수백의 적을 앞에 두고도 전혀 기가 꺾이지 않는 모습에서 석문도는 자신도 모르게 두려움을 느꼈던 것이다.

"놈, 과연 네가 얼마나 버틸지 두고 보겠다. 흑룡대가 놈을 맡아주시오!"

석문도의 말에 스무 명의 흑의인 중 초로의 노인이 앞으로 나섰다.

"겨우 저런 자들을 상대하자고 흑룡대를 부른 것이오?"

노인의 말에 석문도가 정색을 한 표정으로 말했다.

"보통 놈이 아니오. 단지 변복을 하고 있어 허름해 보일 뿐이오. 저들은 만재방에서 고르고 고른 고수들이오. 절대 만만히 볼 상대들이 아니오."

"흑룡대를 너무 무시하는 것 아니오?"

노인의 말에 석문도가 불쾌한 기색을 드러내며 말했다.

"내가 어찌 흑룡대를 무시하겠소. 금문 최고의 무사들인데……."

"그럼에도 저들을 상대하라?"

"결코 저들을 얕보지 마시오. 저들 중에는 망산오선도 있소."

"후후후, 겨우 고려 땅에서나 알아주는 망산오선 따위……. 흥!"

"흑룡대주께서는 부디 방심하지 마시오. 특히 저자는! 나의 손목을 벤 자요."

석문도가 허소산을 지목했다. 그러자 흑룡대주가 흘깃 천에 싸인 석문도의 손목을 바라보고는 천천히 검을 뽑아 들었다.

"내 저자의 목을 베어 가주의 손목을 자른 대가를 받아내리다."

일단 검을 빼 든 흑룡대주가 허소산을 향해 다가서자 그를 따르는 흑룡대의 무사들이 일제히 앞으로 나섰다. 그러자 허소산 등도 흑룡대를 맞이할 준비를 하기 시작했다.

"네가 석 가주의 손목을 베었다지?"

흑룡대주가 허소산의 오장 앞으로 다가선 후 걸음을 멈추며 물었다. 그러자 허소산이 대답없이 고개를 끄덕였다.

"덕분에 네 목을 베어야겠다."

"가능하다면!"

허소산이 퉁명스레 대답했다. 그리자 흑룡대주란 자의 일굴에 차가운 노기가 서렸다.

"놈을 먼저 잡는다. 잠시들 기다려라!"

흑룡대주가 자신을 따라 검을 뽑으려는 흑의인들에게 명을 내리고는 다시 서너 걸음 허소산을 향해 다가섰다. 그러자 허소산도 천천히 검을 들어 흑룡대주를 겨누었다.

일단 허소산이 검을 들어 흑룡대주를 겨누자 그를 향해 다가서던 흑룡대주의 걸음이 멈췄다. 그는 한동안 허소산을 바라보다가 이내 표정을 바꾸며 중얼거렸다.

"기이한 기도로다. 과연 석 가주가 당할 만하구나."

허소산은 흑룡대주의 말에 대꾸를 하는 대신 묵묵히 그의 공격을 기다렸다. 그러자 흑룡대주가 가볍게 땅을 차며 소리쳤다.

"그러나 조심하라. 내 검은 광야에서 얻은 검이니라!"

콰아아!

한순간 검의 폭풍이 일어났다. 흑룡대주가 허소산을 향해 날아드는 순간 그의 검이 거대한 소용돌이를 만든 것이다. 그 검기의 소용돌이가 허소산을 빨아들이는 듯한 착시를 일으켰다. 허소산의 옷자락과 머리칼이 검의 폭풍에 휘말려 사시나무처럼 떨렸다. 그러나 그의 눈과 검은 전혀 움직임이 없었다.

"잘 가거라!"

흑룡대주의 검이 허소산의 머리 위에 떨어져 내렸다. 그의 검기가 일으키는 소용돌이에 움직임을 제압당한 듯 보이는 허소산의 머리가 속절없이 흑룡대주의 검에 잘려 나갈 것처럼 보였다.

그러나 다음 순간 움직이지 못할 것 같던 허소산의 팔이 움직였다. 그러자 그의 손이 움직였고, 그의 손이 움직이자 그의 검이 움직였다.

번쩍!

한줄기 빛이 야공을 뚫고 솟구쳤다. 순간 흑룡대주가 만들어내던 거대한 검기의 폭풍이 단번에 반으로 갈리며 산산이 흩어졌다.

삭!

그리고 미세한 파열음이 일어났다.

"억!"

흑룡대주의 입에서 한 마디 기겁성이 터져 나왔다. 동시에 그의 가슴어림에서 검을 든 팔까지 길게 일직선을 그리며 피분수가 쏟아져 나왔다.

"이… 놈!"

흑룡대주가 십여 장이나 뒤로 밀려난 후 자신의 몸에서 흘러나오는 핏줄기에도 아랑곳하지 않고 허소산을 노려보며 이를 갈았다.

"이제 죽을 자가 누구인지 알겠소?"

허소산이 흑룡대주를 보며 차갑게 말했다. 순간 흑룡대주의 눈이 노기로 번들거리더니 격렬하게 소리쳤다.

"모두 쳐라! 단 한 놈도 살려두지 마라!"

흑룡대주의 노기에 찬 명이 떨어지자 대주의 부상에도 불구하고 꼿꼿하게 서 있던 흑룡대 무사들이 한 몸처럼 허소산과 그의 동료들을 향해 일제히 날아들었다.

第九章
악연의 굴레

독경
讀經

허소산은 뒤로 물러선 흑룡대주를 더 이상 공격하지 않았다. 대신 그는 재빨리 동료들이 있는 곳으로 물러났다. 그리자 삼우방의 일꾼으로 변신해 대마사에 들어온 만재방의 사람들이 일제히 허소산을 중심으로 둥글게 원형진을 만들었다. 그 진 위로 금문이 자랑한다는 흑룡대가 덮쳐 들었다.

차차창!

도검이 격돌했다. 그러나 잠시 후 단단한 바위처럼 뭉쳐 있는 허소산 일행을 공격한 흑룡대 무사들이 뛰어들 때와 비슷한 속도로 물러났다. 그런 그들의 얼굴에 당혹감이 서렸다. 허소산 일행의 진세가 너무 단단해서 허점을 찾을 수 없었을 뿐 아니라 반격 또한 예상보다 훨씬 강력했기 때문이었다.

그런데 다음 순간 허소산 일행들 속에서 갑자기 세 대의 화살이 빠져나왔다.

슈슈욱!

날카로운 파공음을 일으킨 화살들이 어둠을 타고 뒤로 물러나는 흑룡대 고수들에게 꽂혀들었다.

"컥!"

"욱!"

흑룡대 무사들 사이에서 비명 소리가 터져 나왔다. 동시에 두 명의 흑룡대 고수가 화살에 맞아 고꾸라졌다. 또 다른 한 명은 허벅지에 꽂힌 화살을 붙들고 고통을 참고 있었다.

흑룡대 고수들은 그 한 명 한 명이 절정의 경지에 오른 고수들이었다. 이들을 화살로 제압하는 것은 그래서 거의 불가능한 일이었다. 그러나 오늘은 달랐다.

화살이라는 것은 아무리 고수라도 일정한 거리가 있어야 막아내거나 피해낼 수 있다. 흑룡대 고수들이 갑자기 날아온 화살을 피해내기 위해서도 역시 그만한 공간이 필요했다. 그러나 오늘의 화살은 흑룡대 고수들과 채 이삼 장도 되지 않는 거리에서 발사된 것이었다. 더군다나 그 화살을 쏜 사람은 아마도 천하에서 궁술에 관한한 일인자라 할 수 있는 허산왕이었다.

파파팟!

다시 허산왕의 각궁이 화살을 쏘아냈다. 그러자 이번에는 다섯 대나 되는 화살이 연이어 흑룡대 무사들을 향해 닥쳐 들었다.

"조심하라!"

차차창!

흑룡대주의 급박한 명이 떨어지는 순간 흑룡대 무사들이 어지럽게 병장기를 휘둘러 날아오는 화살을 막아냈다.

"큭!"

그러나 이번에도 단단히 준비를 하고 있었음에 불구하고 다시 한 명의 흑룡대 무사가 옆구리를 부여잡고 비틀거렸다. 흑룡대의 무사들이 자신들도 모르게 다시금 사오 장 뒤로 물러났다. 이제 허소산 일행과 흑룡대 무사들의 거리는 십여 장 이상으로 벌어졌다. 그러자 허소산 일행들 사이에 한 숨의 여유가 생겨났다.

"네놈들……. 역시 보통이 아니구나."

흑룡대주가 원형진의 가장 앞쪽에 나와 있는 허소산을 노려보며 소리쳤다. 그러나 허소산은 흑룡대주의 말에 대답을 하는 대신 고개를 들어 하늘을 바라보고 있었다. 달이 어느새 제법 높게 솟구쳐 있었다.

'거의 때가 된 것 같군.'

허소산이 천천히 고개를 끄덕였다. 그러나 허소산의 내심을 알 수 없는 흑룡대주가 자신의 말을 무시하는 허소산을 향해 노기를 드러냈다

"네놈이 감히……! 좋다. 받은 대로 돌려주마. 쇠노를 준비하라."

순간 뒤로 물러난 흑룡대의 무사 몇이 등에 메고 있던 쇠노를 꺼내 들었다.

"조심하시오. 저건 위험한 병기요."

순간 쇠노를 알아본 이세교가 놀란 음성을 흘려냈다. 그러는 사이 흑룡대 무사들이 쇠노에 살을 먹여 허소산 일행을 겨눴다.

"에라잇!"

순간 허산왕이 먼저 흑룡대 무사들을 향해 화살을 쏘아냈다.

파팟!

어둠을 뚫고 날아간 화살이 쇠노에 살을 먹이고 있던 흑룡대 무사들을 향해 꽂혀 들었다.

차창!

"읏!"

쇠노를 준비하던 흑룡대 무사들이 허산왕의 화살 공격에 놀라 주춤거렸다. 그러나 그도 잠시 이내 흑룡대 무사들도 허소산 일행을 향해 쇠노를 쏘아대기 시작했다.

파파팟!

가까운 거리에서는 화살보다 더 위험한 병장기가 쇠노다. 쇠노로 쏘아진 살들이 무섭게 허소산 일행을 파고들었다.

"모두 조심하시오!"

이세교의 목소리가 다시 흘러나왔다.

따땅!

허소산 일행이 도검을 휘둘러 날아드는 쇠노들을 쳐냈다.
그러나 개중에 무공이 약한 사람들 일부는 쇠노를 막아내지
못했다.

"큭!"

"욱!"

몇 마디의 신음성이 허소산의 귀에 들려왔다. 사람들이 상
하자 진이 허술해졌다.

"계속 쏴라!"

쇠노가 효과를 발휘하자 흑룡대주가 전의를 끌어올리며 소
리쳤다. 그러자 다시 쇠노가 비 오듯 쏟아졌다.

쐐애액!

일직선을 그리며 날아드는 쇠노는 어떤 고수의 도검보다도
무서웠다. 허소산 일행이 다시 한 번 파도치듯 술렁였다.

"이대로는 힘들겠다."

문득 허소산의 뒤에서 허산왕의 목소리가 들렸다. 이대로
쇠노의 공격을 당하다가는 손실이 너무 커져 진을 유지할 수
못하게 될 것이란 걸 허소산도 알고 있었다.

"제게 맡기세요."

허소산인 날아드는 쇠노 하나를 낚아채며 말했다.

"어찌하려고?"

허산왕이 걱정스런 표정으로 물었다. 그러나 허소산은 허산
왕의 질문에 대답을 하는 대신 홀쩍 몸을 날렸다.

스스스!

"억!"

"무… 무엇……?"

순식간에 쇠노의 공격이 멎었다. 대신 흑룡대 무사들 사이에서 혼을 빼앗긴 듯한 음성이 흘러나왔다. 한순간 그들 틈으로 스며든 묵빛 기운, 그 기운은 형체를 남기지 않고 바람처럼 흑룡대 무사들 사이를 헤집고 다녔다. 그리고 그 기운에 스친 흑룡대 무사는 누구랄 것도 없이 힘을 잃고 비틀거렸다.

"사, 사술……!"

누군가의 입에서 공포에 질린 목소리가 흘러나왔다. 죽음으로 단련된 흑룡대 고수들이 자신들도 모르게 빠르게 뒤로 물러났다. 그러나 검은 기운은 그 움직임을 멈추지 않았다.

가장 먼저 당한 자들은 쇠노를 든 자들이었다. 쇠노를 든 자들 중 땅 위에 두 발로 서 있는 자는 아무도 없었다. 그들을 쇠노를 놓치고 땅 위에 쓰러져 몸뚱이를 버둥거리고 있었다. 그러나 그들의 육신은 이미 자신들의 의지를 벗어나고 있었다.

그 사이 검은 기운의 주인은 흑룡대 고수들을 더욱 뒤로 물러나게 만들고는 바람의 신처럼 땅에 떨어진 쇠노들을 걷어 만재방 고수들이 진을 형성하고 있는 곳으로 돌아왔다.

"아……!"

"이게 어찌된 일이지……?"

만재방의 고수들조차도 쇠노를 가득 안고 돌아온 허소산을 놀란 눈으로 보며 중얼거렸다. 그들은 항주에서부터 허소산을 보았기 때문에 허소산이 절대지경에 이른 고수라는 것은 알았지만 오늘처럼 괴이하고 신비하게 적을 쓰러뜨리는 광경은 본 적이 없었다. 이건 마치 죽음의 신이 그 기운을 내려 보내 흑룡대의 고수들을 쓸고 지나간 것 같은 광경이었다.

"독이닷!"

"독이야! 조심하라!"

문득 흑룡대 고수들 사이에서 대경한 목소리가 흘러나왔다. 그리고 그제야 적아의 구분 없이 허소산이 만들어낸 검은 기운의 정체를 알아챘다. 그건 바로 독이었다.

"놈! 독을 쓰다니!"

흑룡대주가 살기 어린 눈으로 허소산을 노려봤다. 그러나 허소산은 아무런 대답 없이 그저 흑룡대주를 바라볼 뿐이었다. 그런 허소산을 보며 흑룡대주의 얼굴에 난감한 표정이 드리워졌다. 이 기이한 젊은 고수를 어찌 상대해야 할지 그 방법이 쉽게 떠오르지 않았던 것이다.

자연스럽게 그의 시선이 석문도에게로 향했다. 비록 자신있게 나서기는 했지만 더 이상 흑룡대만으로 이 일을 해결할 수 없음이 명확한 상황이었다. 그러자 석문도와 목검원이 앞으로 나섰다.

"독까지 쓰는 자라면 상대가 쉽지 않소."

목검원이 먼저 입을 열었다. 그러자 석문도가 난감한 표정으로 말했다.

"이제 곧 어른께서 오실 터인데……."

"아무래도 어른이 오셔야……."

이번에는 흑룡대주도 조금 기가 죽은 목소리로 말했다. 그런데 그 순간 다시 어둠 저쪽에서 한 무리의 사람이 모습을 드러냈다. 그러자 순식간에 석문도 등이 급히 장내에 나타난 사람들을 향해 걸음을 옮겼다.

장내에 모습을 드러낸 자들은 전장에 나서는 자들로서는 어울리지 않는 모습이었는데, 그 중 네 사람은 어깨에 하나의 가마를 들춰 메고 있었다.

가마 위에는 흑선으로 얼굴을 가린 자가 타고 있었다. 석문도와 목검원, 그리고 흑룡대주와 구룡사의 주지, 거기에 호욕한까지 가마를 탄 자 앞으로 달려가 깊게 머리를 조아렸다. 그러자 가마를 탄 자가 나직한 목소리로 입을 열었다.

"왜 이리 소란하지?"

목소리로 보건대 나이 든 노인이 분명했다.

"죄송합니다!"

석문도가 고개를 숙였다.

"일이 생겼군."

흑선으로 얼굴을 가린 자가 말했다. 그러자 석문도가 재빨리 입을 열었다.

"만재방의 종자들이 삼우방의 호송 행렬을 가장해 스며들었습니다."

"음… 병기는?"

"그것이……."

"어렵군."

노인이 고개를 저었다.

"죄송합니다."

"잘못은 나중에 논한다. 일단 놈들을 제압해야겠지. 그래, 모두 잡아 두었겠지?"

"그것이……."

석문도가 다시 말꼬리를 흐렸다.

"도주를 했다는 것인가?"

"그것은 아니온데, 여전히 반항을 하고 있습니다. 보통 놈들이 아닙니다. 흑룡대까지 나섰음에도 불구하고……."

"흑룡대도 제압을 하지 못했다?"

"독을 쓰는 바람에……."

흑룡대주가 고개를 떨궜다.

"독? 독이라……. 어디 내가 한번 만나볼까?"

노인의 말에 그의 앞을 호위하고 있던 자들이 길을 만들어 가마를 허소산 일행 앞으로 이동시켰다.

허소산은 노인이 나타나는 순간부터 그를 주시하고 있었다.

'익숙한 기운이군.'

허소산은 노인에게서 흘러나오는 기운을 자신의 몸이 기억하고 있다는 것을 깨달았다. 그리고 노인이 허소산 일행 앞으로 다가왔을 때 즉시 그의 정체를 알아챘다

'살아 있었구나!'

허소산은 내심 탄성을 흘렸다. 노인 역시 허소산을 보는 순간 눈가에 머물던 여유가 사라지고 눈 주위의 근육이 굳었다.

두 사람은 서로를 응시한 채 한동안 침묵을 지켰다. 허소산도 노인도 이곳에서 서로를 만나게 될 것이라고는 미처 예상치 못했던 모양이었다. 그렇게 긴 침묵 끝에 먼저 입을 연 것은 노인이었다.

"이곳에서… 널 만나게 될 줄은 몰랐군. 아! 악연의 굴레란 정말 질기지 않은가!"

노인이 흑선을 내렸다. 그러자 죽음의 기운이 물씬 풍기는 얼굴이 모습을 드러냈다. 처음에는 허소산을 제외한 만재방 사람들은 노인을 알아보지 못했다. 그의 얼굴이 너무 변해 있을 뿐 아니라, 그의 몸 역시 사지를 쓰지 못하는 사람처럼 말라 있었기 때문이었다. 그러나 개중 눈 밝은 사람이 드디어 노인의 정체를 알아챘다.

"계림공 김류!"

누군가의 입에서 흘러나온 말이 만재방 사람들의 소름을 돋게 했다. 과연 현황산 싸움에서 죽은 것으로 알려졌던 김류가 그들 앞에 있었다. 그 얼굴과 몸은 예전의 김류가 아니었지만, 그의 눈빛, 그리고 그 기운은 분명 김류였다.

"당신이… 살아 있을 줄은 몰랐구려."

허소산이 침착하게 입을 열었다.

"사람 목숨… 질기지, 우리 인연처럼! 후후후!"

김류가 나직한 웃음을 흘렸다. 왠지 모를 공허함이 느껴지는 목소리다.

"살았으면 이제 편히 쉴 일이지 이곳에서 또 다시 무슨 일을 꾸민단 말이오?"

허소산이 타박하듯 물었다. 그러자 김류가 순순히 고개를 끄덕였다.

"맞아. 그대의 말이 맞다. 이 나이에 다시 무슨 대업을 꿈꾸겠는가? 그러나 이 일은 내가 계획한 일이 아니야. 고려에서의 일은 모두 여기 금가의 석 가주가 계획한 일이지. 아! 호 천장과 함께 말이야."

김류가 한 걸음 물러나 있는 호욕한을 보며 말했다. 아마도 그들 사이에선 호욕한을 천장으로 부르는 모양이었다.

"금문의 뿌리가 정말 깊구려."

허소신이 다시 입을 열었다.

"당연한 일 아닌가? 자네도 알다시피 금문은 계림의 황통을 잇고자 만들어진 문파네. 계림이 무엇인가? 몇백 년 전만해도 이 땅이, 이 땅의 사람들이 모두 계림의 것이었네. 그러니 고려 땅 자체가 곧 계림의 뿌리지. 그러니 깊을 밖에…… 왕씨가 고려를 세웠다지만 천년계림의 역사로 보면 보잘 것 없는 것이지……"

김류의 말에서 강렬한 자부심이 느껴진다. 늙은 그의 눈에 또 다시 야망의 빛이 일렁였다. 그런 김류를 보면서 허소산이 나직하게 한숨을 내쉬었다.

"당신은 흐르는 물을 되돌릴 수 있다고 생각하는 거요? 진정 그렇소?"

허소산의 물음에 김류가 살짝 아미를 찌푸렸다. 그리고는 곰곰이 생각에 잠겼다가 입을 열었다.

"정말 계림은 흘러간 물일까?"

자신에게, 혹은 허소산에게, 아니면 하늘에게 묻는 것처럼 김류가 중얼거렸다. 그러자 허소산이 고개를 끄덕였다.

"적어도 이 땅에서 계림이란 강은 흘러 지나갔소. 지금 누가 다시 계림의 백성이 되기를 원하겠소. 당신들 금문의 사람들 말고는……."

그러자 김류가 다시 침묵에 잠겼다가 고개를 끄덕였다.

"맞아. 자네 말이 맞아. 나도 그리 생각했었다. 그래서… 고려가 아닌 중원에 치중했지. 송은 나약하고, 요는 허술하다. 그래서 난 중원에 새로운 왕조를 세울 수 있다고 생각했다. 그리고 거의 성공할 수 있었지. 그런데… 하늘은 날 버리더군. 아마 그 하늘의 검을 파금검 네가 휘둘렀지? 너만 아니었다면……. 생각해 보면 항주에서 풍월령이 겪었던 모든 고난의 중심에는 네가 있었어. 드러나지 않았을 뿐이지. 아닌가?"

김류의 물음에 허소산이 고개를 끄덕였다.

"맞소이다. 애초부터 난 만재방의 사람이었으니까."

"만재방……. 그렇지, 모든 일은 바로 그 만재방에서 시작된 것이지. 이봐, 석 가주!"

김류가 문득 석문도를 불렀다.

"예. 대야!"

석문도가 급히 대답했다.

"그러게 내가 충고했었지? 일을 하려면 확실히 끝내든지 아니면 아예 건드리지 말라고. 오늘날 결국 만재방이 우리의 앞길을 막고 있지 않는가?"

"죄송합니다, 대야!"

석문도가 잘린 팔목을 부여잡고 고개를 숙였다.

"이제 와서 자넬 탓하자는 것은 아니야. 앞으로는 이런 실수를 하지 말자는 말이지."

"알겠습니다. 대야."

"음, 그런 의미에서 오늘 이자들은 깨끗하게 정리해야 해."

김류가 가마 위에서 허소산 등을 쓸어보며 말했다. 그러자 석문도가 다시 고개를 조아렸다.

"알겠습니다, 대야. 무슨 일이 있어도 이자들을 모두 베겠습니다."

"그래. 그래야 할 거야. 이자들을 살려두고서는 아무 일도 할 수 없을 테니까."

김류가 석문도에게 말을 하면서도 허소산을 바라봤다. 그러자 허소산이 희미한 미소를 지으며 말했다.

"그게… 가능하겠소이까? 듣자하니 그 흑룡대라는 자들은 금문에서도 고르고 고른 고수들이라던데 그들도 우리를 어쩌지 못했소."

"물론 흑룡대까지 물리친 너희들의 실력이 감탄스럽기는

해. 하지만… 그래도 이곳은 우리 금문의 영역이네. 아무리 내가 모자란 사람이라도 스스로 그물에 뛰어든 물고기를 놓칠 사람은 아니네."

"대야의 능력이야 모르는 바 아니오. 하지만… 과연 내가 아무런 대비도 없이 이 그물에 뛰어들었겠소? 난 그렇게 무모한 사람이 아니오."

"대비라……. 물론 얼마간의 대비는 했겠지. 그러나 이곳에 내가 있을 거란 건 생각지 못했을 거야."

"대야의 그물은 이미 현황산에서 한 번 흩어진 바 있지 않소?"

"오늘은 다르지. 이곳은 현황산이 아니라 아주 작은 우물이거든. 이런 곳에서 내가 그댈 놓칠 리 없어."

김류가 자신있게 말했다. 그러자 허소산이 그런 김류를 뚫어지게 바라보다가 고개를 갸웃하며 물었다.

"그런데… 혹 손발을 못 쓰시는 게 아니오?"

허소산의 갑작스런 질문에 김류가 흠칫한 표정을 지었다. 그러자 허소산이 득의한 표정으로 고개를 끄덕였다.

"후후, 내 짐작이 맞았구려. 하긴 당시 입은 부상이 결코 가벼운 것이 아니니 어찌 몸이 성하겠소. 가만 보자… 그리고 보니 가마를 타고 있는 것도 두 발로 걷기가 어렵기 때문이겠구려. 이런 대사를 앞에 두고 가마를 탈 사람은 없으니까. 하하하, 그런데 그 몸으로 과연 날 상대할 수 있겠소?"

허소산이 차가운 미소를 흘리며 물었다. 그러자 김류가 고개를 저었다.

"맞아. 내 몸으론 그댈 상대할 수 없지. 하지만 내 머리가 그댈 상대할 거야."

"후후후, 결국 수하들을 움직이겠다는 말인데…… 그대도 감당하지 못한 날 누가 감히 감당하겠소?"

"한 사람이 열 사람을 당하지 못하는 것이 천고의 진리야."

김류가 무겁게 말했다. 그러자 허소산이 미소를 지으며 슬쩍 하늘을 바라봤다. 아주 멀리서 희미한 유성이 야공을 타고 흘러갔다.

'이각! 그 정도면 되겠군.'

유성은 추룡사 강초가 쏘아 올린 불화살이었다. 그와 그가 동원한 관군의 위치를 나타내는 화살로 거리로 보아 이각이면 구룡사에 도착할 거리였다.

'좀 더 시간을 끌어볼까?'

허소산이 하늘로 향했던 시선을 다시 김류에게로 향했다.

"그거 아시오?"

"뭘 말인가?"

"내가 마음만 먹는다면 이곳에 있는 금문의 모든 사람들을 죽일 수 있다는 것 말이오."

"하하하! 파금검, 파금검! 네가 자신감이 넘친다는 것은 알고 있었지만 이건 조금 심하군. 감히 혼자서 우리 금문의 고수를 당해낼 수 있다고?"

"그렇소. 그리고… 내 이름은 파금검이 아니오."

"뭣? 파금검이 네 이름이 아니라고?"

"그렇소. 내 이름은 허소산이오."

"허소산······. 오호라, 이름을 감추고 있었군. 그런데··· 왜 군이 지금 본래의 이름을 말하는 것이냐?"

"그건 당신에 대한 예우라고 해둡시다. 오늘이 분명 그대의 마지막 날이 될 터이니."

허소산의 말에 김류가 무감정한 시선으로 허소산을 바라보더니 나직하게 입을 열었다.

"좋아. 오늘은 나도 너와의 관계에서 후일을 도모할 생각이 없다. 네가 아니면 내가 죽겠지. 내가 살아난다면 난··· 새로운 왕조를 세울 것이다. 그때, 네 이름을 기억해 주마."

"나 역시 매년 오늘 당신을 기억하겠소."

허소산의 말에 김류가 뒤를 돌아보며 소리쳤다.

"포룡진을 펼쳐라!"

순간 석문도 등 김류의 수하들이 놀란 표정을 지었다.

"대야, 포룡진은······."

석문도가 재빨리 말했다.

"그는 신룡이다. 신룡을 잡으려면 그만한 노력을 해야지. 어서!"

김류의 재촉해 석문도가 어쩔 수 없이 고개를 숙였다.

"알겠습니다. 모두 포룡진을 펼쳐라!"

석문도의 말에 장내의 금문 고수들이 일제히 움직이기 시작했다. 더불어 다시 몇 개의 건물에서 사람들이 쏟아져 나왔다.

그렇게 대웅전 앞에 모인 인원이 근 이백여 명에 달했고, 그들은 기이한 형태로 섞여들기 시작했다.

우웅!

금문의 고수들이 움직이기 시작하자 그들 사이에서 기이한 소리가 흘러나오기 시작했다. 아마도 진이 형성되며 만들어지는 소음인 듯싶었다. 자신의 뒤에서 진이 펼쳐지는 사이 김류가 다시 허소산에게 말을 건넸다.

"포룡진은 내가 평생에 걸쳐 만든 것이다. 이유는 단 하나, 천하의 고수들에게 보호를 받는 황제란 자들의 목을 치기 위함이었지. 세상의 그 어떤 자도 포룡진에 들어서는 순간 목숨을 부지할 수 없다. 만약 내게 현황산에서 이 진을 펼칠 기회가 있었다면 지금 중원무림의 주인은 내가 되었을 것이다."

"그런데 왜 현황산에서는 그 대단한 진을 펼치지 않은 것이오?"

"때를 놓쳤지. 더불어 이 진은 금문의 정예들만이 펼칠 수 있기에 사람도 부족했고……. 금문의 정통은 사실 이 고려 땅에 머물고 있었으니까."

김류의 말에 허소산이 고개를 끄덕이다가 의문스런 표정을 지으며 물었다.

"그런데… 이 진은 시전자들에게도 사진인 것 같구려."

순간 김류가 흠칫했다.

"어떻게 알았나?"

"아무리 진법이란 것이 오묘한 힘을 지니고 있다고 하더라도 그 스스로 저런 변화를 일으킬 수는 없소."

김류의 등 뒤에서는 거대한 구름 같은 것이 장내를 뒤덮고 있었다. 중간중간 빛이 번쩍이기도 했는데 그건 마치 뇌우가 치는 것 같은 모양이었다.

"그래. 이 진의 단점은 시전자들의 진기를 과도하게 소모한다는 것이지."

"그렇다면 당신은 또 하나의 패착을 둔 것 같구려."

"무슨 소리냐?"

"설혹 이 진으로 우리 모두를 죽인다 한들, 과연 진기를 모두 소모한 수하들을 데리고 황궁을 접수할 수 있겠소?"

허소산의 말에 김류가 희미한 미소를 지었다.

"후후후, 이 일에 관여한 자들이 우리가 전부라고 생각하느냐? 아무리 금문의 고수들이 대단하다 해도 한 왕조를 폐하고 새로운 왕조를 세우는 일을 우리 금문의 힘만으로는 할 수 없다. 지금 개경 곳곳에선 우리에 동조하는 자들이 병사를 일으키고 있을 것이다."

김류의 말에 허소산이 고개를 저었다.

"아마 일이 당신 뜻대로 되지는 않을 것이오."

"……?"

김류가 대답없이 왠지 모를 불안한 시선으로 허소산을 응시했다. 그러자 허소산이 다시 말을 이었다.

"준비는 당신만 한 것이 아니니까."

"설마······?"

"지금쯤 도성은 이군과 육위의 병사들로 가득 차 있을 것이 오!"

"···네놈······ 무슨 짓을?"

"당신들이 삼우방에 일을 맡긴 것이 실수였소. 삼우방은 내 친구들의 상가라오."

"이··· 놈! 놈들을 죽엿!"

김류가 가마 위에서 소리쳤다. 구름과 뇌우를 일으키고 있던 포룡진이 허소산 일행을 향해 다가오기 시작했다. 포룡진은 한순간에 김류를 그 안으로 끌어들였다. 그러자 김류의 모습이 허소산의 시야에서 사라졌다.

"정말 사람이 만든 진이 맞는 건가?"

망산오선의 윤응전 같은 고수조차도 포룡진의 괴이함이 두려운 모양이었다.

"모두 조심해야 합니다. 보통 진이 아니에요. 흩어지면 안 됩니다. 어떤 경우라도 대형에서 이탈하지 마세요."

허소산이 급히 사람들을 향해 경고를 했다. 만재방의 고수들이 허소산의 당부에 다시금 도검을 고쳐 잡으며 이를 악물었다. 그러자 허소산이 다시 말했다.

"이각 정도만 버티면 추룡사가 올 것입니다. 이군 육위의 정병들이 함께 올 테니 그때까지만 버티면 됩니다!"

허소산의 말이 끝나는 순간 포룡진이 만재방 고수들을 덮쳤다.

차앙차앙!

쿠쿵!

한치 앞도 내다볼 수 없었다. 포룡진은 그 자체가 거대한 폭
풍이었다. 묵빛 기운이 일어나 앞을 가렸고, 도검의 공세가 폭
우를 대신했다. 간간히 떨어져 내리는 강력한 고수들의 장력
은 벼락과 같았다.

만재방의 고수들은 감히 앞으로 나설 생각을 못하고 동료들
속에서 두려운 빛으로 포룡진의 공세를 감당하고 있었다. 끝
없이 들려오는 도검의 충돌음이 사람들의 고막을 찢을 것처럼
이어졌다. 그리고 자연스럽게 희생이 뒤따랐다.

"큭!"

"악!"

한 명, 두 명, 더 이상 버티지 못하고 포룡진의 기운에 휩쓸
린 만재방 고수들이 비명 소리와 함께 쓰러져 갔다.

"너무 위험해!"

허산왕이 허소산의 뒤에서 소리쳤다. 허소산 역시 이대로
버티기가 힘들다는 것을 깨닫고 있었다. 이 포룡진은 사람이
만든 자연이었다. 지금의 상태는 폭풍이 인가를 휩쓸고 지나
가는 찰나였다. 강초가 관군을 이끌고 올 때까지 버티기 어렵
다는 생각이 허소산의 뇌를 스치고 지나갔다.

'끝을 봐야 하는 걸까?'

허소산이 망설였다. 지금의 난관을 헤쳐가기 위해선 자신의

모든 것을 드러내야 한다. 그러나 그리되면⋯⋯.

'난 영원히 사람들과 섞여 살 수 없을 거야. 그들은 날 두려워하겠지. 그리고 두려움에 지친 그들을 결국 날 죽이려 하겠지.'

절대적인 두려움을 주는 존재를 영원히 곁에 두는 사람은 없다. 세상은 그런 존재를 원하지 않는다. 더군다나 허소산은 그 두려움 위에 군림할 생각조차 없는 사람이니 세상이 자신을 적으로 삼는 것은 그리 오래 걸리지 않을 터였다.

'그러나⋯⋯! 처음부터 산에서 살 생각이 아니었던가. 아버지가 그 외모로 사람들로부터 멀어졌듯이 천독공을 익힌 나 역시 그게 운명인가 보지. 부전자전인 건가?'

허소산이 고개를 저으며 미소를 지었다. 그리고는 중얼거렸다.

"기왕이면 모든 것을 보여주마!"

스슥!

한순간 허소산이 포룡진을 향해 걸음을 옮겼다. 순간 그의 뒤에 있던 허산왕이 놀라 허소산을 불렀다.

"소산!"

그러자 허소산이 걸음을 옮기다 말고 허산왕을 돌아봤다. 그리고는 슬픈 눈으로 물었다.

"아버지는 항상 제 곁에 계실 거죠?"

"그, 그야 물론⋯⋯. 소산, 뭘 하려는 거냐?"

"사람들이⋯ 절 두려워하게 될 거예요."

허소산이 쓸쓸하게 말하고는 한 손을 등 뒤로 뻗어냈다.

"악!"

순간 포룡진을 형성하고 있던 금가의 고수 한 명이 비명을 터뜨리며 허공을 날아갔다. 그런데 기이한 것은 그의 가슴이 마치 불에 탄 듯 검게 변해 있었다는 것이었다.

그러나 사람들은 허소산에게 당한 자의 모습에 관심을 둘 수 없었다. 포룡진의 묵빛 기운이 어느새 그를 진 안쪽으로 휘감아 버렸기 때문이었다., 마치 지옥으로 끌어들이는 것처럼. 그런 포룡진을 향해 허소산이 뛰어들었다.

그것은 놀라운 변화였다. 처음 포룡진으로 허소산이 뛰어들었을 때 허소산의 신형은 순식간에 포룡진의 기운에 휩싸여 사라졌다. 그래서 허소산의 능력을 알고 있는 만재방의 고수들조차도 허소산의 안위를 걱정했다.

그런데 허소산이 포룡진에 뛰어든 지 채 일각이 지나지 않아 포룡진이 변하기 시작했다.

쿠쿠쿵!

포룡진 안에서 둔탁한 파열음이 몇 차례 일어나더니 한순간 포룡진이 마치 지진으로 갈라지는 땅처럼 금이 가기 시작했다. 그리고 그 틈 사이로 검은 그림자가 눈에 보이지 않는 속도로 이동하는 것이 보였다. 연이어 이어지는 비명 소리들.

"악!"

"마, 마신(魔神)이다!"

"으아아!"

포룡진을 형성한 금가의 고수들 사이에서 경악스런 비명 소리가 이어졌다. 더불어 포룡진에 만들어진 틈들이 점점 커지기 시작했다. 그럴수록 포룡진이 내뿜던 기운들은 약해졌고, 더 이상 뇌성도 터져 나오지 않았다. 당연히 만재방의 고수들을 향한 공격 역시 현격하게 약화되었다.

"모두 힘을 냅시다!"

포룡진의 위력이 떨어지자 만재방 고수들의 사기가 오르기 시작했다. 반격이 시작됐다. 만재방의 고수들은 원형진을 형성한 채 금가의 포룡진을 서서히 벗어나기 시작했다. 그 와중에도 포룡진 안에서 들려오는 비명 소리는 멎을 줄 몰랐다.

"살귀다!"

"아아!"

공포에 실린 금문 무사들의 목소리가 사람의 소름을 돋게 만들었다. 그리고 급기야 금문의 포룡진이 완전히 와해됐다. 만재방 고수들 역시 순식간에 포룡진의 진세에서 벗어났다. 그리고 그제야 그들은 포룡진 안에서 일어나는 일을 목격할 수 있었다.

허소산의 몸에서는 연신 투명한 아지랑이 같은 기운들이 일렁이고 있었다. 그는 거침없이 금가 무사들 사이를 움직이고 있었는데, 그의 기운에 닿은 금가의 무사들은 순식간에 검게 그을린 듯한 모습으로 그 자리에 쓰러졌다. 그리고 쓰러진 자들 대부분은 순식간에 목숨을 잃었다.

이미 허소산에게 쓰러진 금가의 고수들 숫자가 수십을 넘어서고 있었다. 이젠 그의 앞을 막아서는 사람은 아무도 없었다. 그들의 절규처럼 허소산은 죽음을 가져오는 마신인 듯 금문의 무사들 사이를 종횡했다. 그의 일 보 일 보는 죽음의 전령과 같았다.

"아!"

"이건……."

허소산의 모습을 보고 있던 만재방의 고수들 사이에서조차 두려움이 깃든 목소리가 흘러나왔다. 그 두려움은 허소산의 죽음의 행보가 그들을 위한 것임을 잊게 만드는 것이었다.

그러던 한순간 허소산의 신형이 훌쩍 허공을 밟고 날아올랐다. 그리고는 자취를 감췄던 허소산이 불쑥 금가의 가주 석문도 앞에 나타났다.

"놈!"

갑작스레 자신에게 다가온 허소산을 향해 석문도가 두려움에 떨면서도 성한 손으로 장력을 떨쳐 냈다.

푸스스!

그러나 석문도가 떨쳐 낸 장력은 허소산의 손길 아래 물거품처럼 사라졌다. 대신 허소산의 손이 석문도의 가슴을 때렸다.

"커억!"

석문도가 피를 흘리며 허공을 날아가 땅에 나뒹굴었다. 몸은 꿈틀대고 있었지만, 스스로의 힘으로 일어날 수는 없어 보였다. 그러자 허소산의 곁에서 한마디 노성이 터져 나왔다.

"이놈!"

흑룡대주다.

파아앗!

흑룡대주의 검이 허소산의 허리를 잘라갔다. 일검에 실린 공력의 힘으로 공간의 위와 아래가 갈리진 듯한 착시를 일으키는 흑룡대주의 무공은 과연 금문이 자랑할 만한 것이었다.

허소산의 신형이 구름을 타듯 훌쩍 허공으로 떠올랐다. 그리고는 흑룡대주가 가른 공간의 위쪽에 올라서더니 번개처럼 검을 아래로 내려 그었다.

쩡!

허소산의 무공에 굳어 있던 사람들의 영혼이 강렬한 파열음에 의해 공포에서 깨어났다. 사람들의 눈에 두 동강이 나서 날아가는 흑룡대주의 검이 보였다.

팟!

검을 잃은 흑룡대주가 본능적으로 뒤로 물러났다. 그런 흑룡대주를 향해 허소산이 가볍게 손을 뻗었다. 그러자 허소산의 손에서 가는 아지랑이 같은 것이 일렁이더니 이내 한줄기 빛처럼 뻗어나가 뒤로 물러나는 흑룡대주의 목을 스치고 지나갔다.

"컥!"

흑룡대주가 비명을 지르며 자신의 목을 움켜쥐었다. 그러자 순식간에 그의 얼굴과 목을 잡은 손이 검게 물들더니 이내 눈에서 생기를 잃고 그 자리에 쓰러졌다. 땅에 쓰러진 흑룡대주는 더 이상 움직이지 못했다. 허소산의 지력에 담긴 강력한 독의 기운에 목숨을 잃은 것이다.

"아아!"

누군가 공포에 잠긴 신음성을 흘렸다. 금문의 고수들은 평생 생사의 길을 걸어온 자들이었지만, 허소산의 전율적인 무공에 질려 자신들도 모르게 계속 뒤로 물러나고 있었다. 그런 금문 고수들 앞쪽으로 수뇌들이 나섰다. 호욕한과 구룡사의 주지, 그리고 내림 목산원의 목검원이 허소산의 앞을 막았다.

"이 지독한 놈!"

호욕한의 입에서 살기 어린 목소리가 흘러나왔다. 그러자 허소산이 차가운 목소리로 말했다.

"그대들은 날 막을 수 없다."

허소산의 말에 구룡사의 주지가 노성을 흘렸다.

"시주의 손속이 이리 잔혹하니 앞날이 걱정이구려."

"승려가 되어 난을 도모해 수많은 사람의 목숨을 죽음으로 빠뜨린 대사의 악업만 하겠소?"

허소산의 추궁에 구룡사 주지가 얼굴을 붉히며 대답을 하지 않았다. 그러자 허소산이 소리 높여 외쳤다.

"호천대야, 이제 그만 사람들을 거두시오. 설마 이 모든 사람이 죽어야 이 일을 끝내겠소?"

허소산의 외침이 구룡사 곳곳으로 울려 퍼졌다. 그러자 멀리 대웅전 앞에서 장내의 상황을 지켜보고 있던 김류가 다시 가마를 움직여 허소산 앞으로 다가왔다. 허소산 앞에 다가선 김류는 가마 위에서 무감정한 눈으로 한동안 허소산을 응시했다. 그리고는 한참 뒤에 입을 열었다.

"무슨 무공이지?"

허소산에 대한 분노나 노여움 같은 것은 느껴지지 않았다.

"천독공이라 하오."

"천독공이라……. 하늘이 내린 독공이란 말이지? 과연 그 이름에 걸맞은 무공이다. 사문은 어딘가?"

김류가 다시 물었다. 그러자 허소산이 고개를 지었다.

"그것까지는 말해줄 수 없소. 이제… 사람들을 거두겠소?"

이번에는 허소산이 물었다.

"사람들을 거둔다면 순순히 우릴 살려줄 텐가?"

그러자 허소산이 고개를 저으며 말했다.

"그건 나도 모르겠소. 그걸 결정할 사람은 내가 아니니까."

"그대가 아니면 누가 우리의 생사를 결정한단 말인가?"

그러자 허소산이 문득 손을 들어 달빛이 내려앉는 구룡사 전각들을 가리켰다.

"그건 저들이 결정할 거요."

허소산의 말에 김류가 허소산의 손을 따라 천천히 고개를 돌렸다. 그리고는 나직한 침음성을 흘려냈다.

"음······!"

김류의 눈이 향한 곳엔 깃발을 휘날리며 구룡사를 에워싼 황실의 정병들이 서 있었다.

第十章
마음의 독

독경
讀經

"살 수 없겠군."

한동안 침묵을 지키던 김류가 중얼거렸다.

"검을 내려놓는다면 수하들은 구명을 해보겠소. 대야와 수뇌들은 모르겠지만⋯⋯."

허소산이 김류에게 말했다. 그러자 김류가 고개를 저었다.

"불가능한 일이네."

"이 지경에서도 계속 싸우겠다는 말이오?"

허소산이 노기를 드러냈다. 그 자신의 목숨은 몰라도 수하의 목숨까지 그의 것은 아니지 않던가. 이미 수많은 죽음으로 마음이 지쳐 있는 허소산이었다.

"이젠⋯ 살기 위해 싸워야 하네."

"그게 무슨 소리요?"

"자네는 몰라도… 저들은 결코 우릴 살려두지 않아."

김류가 손을 들어 구룡사를 빼곡하게 포위하고 있는 이군 육위의 정병들을 가리켰다. 그들의 손에 든 화살들이 시위를 떠나는 순간 구룡사는 죽음의 절로 변할 터였다.

"설득해 보겠소."

허소산이 말했다. 그러자 김류가 다시 고개를 저었다.

"자넨… 아직 권력을 모르는군. 특히 왕가의 일이란 결코 자비를 두지 않는다네. 저들은 금문의 뿌리를 뽑으려 할 거야. 자네가 아무리 저들을 설득해도 왕씨가 우리 계림의 후손을 살려둘 리는 없네. 그것도 계림의 부활을 꿈꾸는 금문의 형제들을…… 추룡사! 그들의 손속의 잔혹함을 자넨 모르는가 보군. 그동안 추룡사는 계림의 황혈을 이은 자라면 갓난아이조차 죽여왔네. 그런 그들이 과연 우리를 살려줄까?"

김류의 물음에 이번에는 허소산도 대답을 하지 못했다. 허소산 역시 왕조사의 비정함을 모르는 바가 아니었다. 허소산의 대답이 없자 김류가 다시 입을 열었다.

"그래서 말이야. 우린 이제 살기 위해 싸울 걸세. 그러기 위해선… 역시 자네들이 필요해. 일단 적아의 구분 없이 서로가 섞인다면 저들도 함부로 화살을 날리지는 못하겠지. 그리되면 우리가 살 가능성이 많아지지. 물론 아주 적은 수겠지만. 모두 도검을 들라. 그리고 계림의 힘을 보여라!"

김류의 명령에 금문의 고수들이 기다렸다는 듯이 사방으로 도검을 들고 뛰어들기 시작했다. 곧이어 구룡사 전역이 거대한 혈전의 장소로 변했다.

김류의 예상대로 추룡사 강초가 이끄는 관군들의 화살은 크게 위력을 발휘하지 못했다. 일단 싸움을 시작한 금문의 고수들이 순식간에 만재방의 고수들과 그리고 가까이 있는 관군들 속으로 파고들었기 때문이었다.

차차창!

거대한 피의 소용돌이가 일었다. 금문이 구룡사에 숨겨두고 있던 전력은 대웅전 앞에 모인 사람들이 전부가 아니었다. 구룡사 경내 곳곳에 숨어 있던 금문의 고수들이 쏟아져 나왔다.

그러나 처절한 반항에도 불구하고 금문의 고수들은 곳곳에서 쓰러지고 있었다. 금문 고수들은 한 사람 한 사람이 일류고수들이었지만 강초가 동원한 관군에 비하면 그 숫사가 터무니없이 부족했다. 더군다나 허소산 등이 마차에 실어오던 병장기를 하룻밤 숙영 중에 빼돌렸기 때문에 그들 중 태반은 병기도 없이 관군을 상대하고 있었다. 그러니 애초부터 패배는 정해진 길이었다.

"대야, 피하십시오."

싸움이 절정을 향해 치달을 때에도 김류는 가마에 올라 허소산과 대치하고 있었다. 그런 김류의 곁으로 호욕한과 구룡사의 주지가 온몸에 피 칠을 한 모습으로 다가왔다.

"어디로 간단 말인가?"

마치 유람이라도 나온 사람처럼 김류가 중얼거렸다.

"흑수로 돌아가셔야 합니다. 그래서 훗날을 도모하셔야 합니다."

"이 몸으로?"

김류가 불편해 보이는 두 팔을 들어 올리며 물었다.

"대야, 대야께서 계시는 것만으로도 금문의 형제들은 다시 시작할 힘을 얻을 것입니다."

호욕한이 깊게 고개를 숙이며 사정했다. 그러자 김류가 고개를 들어 화기충천한 구룡사의 경내를 주욱 돌아봤다.

"모든 것이 타오르는구나. 그러나 언젠가는 이 불길도 꺼지겠지. 나의 야망처럼……."

"대야!"

호욕한과 구룡사의 주지가 침통한 표정으로 다시 고개를 숙였다.

"그대들은 가거라. 어디로 가야 할지는 잘 알 것이다. 흑수의 금문은… 묻어두라. 필요할 때 다시 그 힘을 꺼내 쓸 수 있도록. 그러니 그대들이 가야 할 곳은 오직 한 곳뿐이리라. 가라. 가서 전하라. 나 김류는 실패했노라고. 그럼으로 이 무거운 짐을 아우에게 넘기노라고!"

"절대 대야를 두고 떠날 수는 없습니다."

"계림의 꿈을 포기할 것인가?"

"그 일은… 그분은 또한 그분의 사람들이 계시니까요."

"그래도 그대들의 도움이 필요할 거야."

"그분과 저희는… 다르지요. 오히려 불편해하실 겁니다."

호욕한의 대답에 김류가 고개를 갸웃했다.

"그런 건가? 하긴 그와 우린 다른 종류의 사람이지."

"대야를 모시겠습니다."

"그래? 좋아. 그럼 한번 시도해 보지. 결국은 죽겠지만 그래도 왕씨의 성에서 죽고 싶지는 않다. 계림으로 가자! 선조들의 고향을 보기라도 해야지."

"옛, 대야! 모두 대야를 모셔라!"

호욕한의 명이 떨어지자 피 흘리며 싸우고 있던 금문의 고수 수십이 김류를 에워싸더니 이내 남쪽을 향해 밀려가기 시작했다.

"그대로 놓아두려느냐?"

허산왕이 허소산에게 다가서며 물었다.

"우리 몫은 아니지요."

"그래도… 그는 살아 있으면 위험한 사람이다."

"아버지……."

"왜?"

"전 더 이상……."

허소산이 어두운 표정으로 중얼거렸다. 그러자 허산왕이 금세 허소산의 마음을 알아채고 고개를 끄덕였다.

"그래. 더 이상 나서지 않아도 된다."

"모두가 절 두려워하겠지요?"

허소산이 고개를 돌려 주위를 살폈다. 다른 때 같으면 승리의 기쁨을 나누기 위해 모여들었을 만재방의 고수들이 왠지 허소산의 곁으로 다가오지 않았다.

"소산······. 그들을 이해하거라."

허산왕이 손을 들어 허소산의 등을 쓰다듬었다.

"그래야겠지요."

"소산, 넌 네가 할 일을 했을 뿐이야. 그걸 사람들이 어떻게 받아들이는가 하는 것은 네가 어찌할 수 없는 것이다. 공자와 맹자, 그리고 부처조차도 누군가에게는 비난을 받게 마련이다. 그러니······."

허산왕의 다시 허소산의 등을 가볍게 쓰다듬었다. 순간 허소산의 얼굴에 빙그레 미소가 지어졌다.

"맞아요. 공자나 부처도 누군가에겐 비난의 대상이지요. 후후, 제가 욕심이 과했나 봐요. 아버지와 조명이면 족한 것을······."

"소산, 세상에서 가장 큰 욕심이 뭔지 아니?"

"뭔데요?"

"그건 바로 사람에 대한 욕심이란다. 가장 질기고, 가장 강렬하며, 가장 버리기 어렵지."

허산왕의 말에 허소산이 고개를 끄덕였다.

"그렇군요. 그래요. 아버지, 우리 이제 그만 가요. 조명을 만나야겠어요. 갑자기 너무 보고 싶네요."

"오냐. 가자. 그리고 서둘러 떠날 준비를 하자꾸나."

허산왕의 말에 허소산이 고개를 어린아이처럼 고개를 끄덕였다.

그 밤이 지나고 다시 아침이 왔다. 모든 것은 어제와 같은 듯 보였다. 그러나 그 밤 세상은 아주 많이 변해 있었다. 가장 눈에 띠는 변화는 개경 북쪽에 위치한 수백 년의 고찰 구룡사가 불탄 것이었다.

사람들은 구룡사가 왜 불에 탔는지 그 이유를 금세 알 수는 없었다. 불탄 구룡사 주변으로 이군 육위의 정병들이 배치되어 있었기 때문이었다. 그러나 하루, 이틀, 시간이 지나자 서서히 그날 밤 구룡사에서 있었던 일들이 세상에 알려지기 시작했다.

반란이 시도되었다는 소식이 흘러나왔고, 그 진원지가 구룡사였음이 알려졌다. 그리고 다시 며칠이 지나자 구룡사를 중심으로 일어난 반란이 그리 녹록하지 않았음이 드러났다.

금가와 대마사, 그리고 구룡사와 존귀한 지위에 오른 귀화인 호욕한까지⋯⋯. 더불어 몇몇 무가의 이름도 거론됐다. 그러나 그 어떤 가문과 사람의 이름도 한 가문의 몰락이 주는 충격만큼 크지 않았다. 바로 고려의 창업 이후 가장 강력한 세력가 중 한 곳이었던 황보가가 몰락했던 것이다.

변란도가 내려다보이는 언덕 위에 한 대의 마차가 서 있었다. 마차 앞에 여섯 사람이 나란히 서서 하구의 포구를 바라보고 있었다. 이제 막 만재방을 떠난 허소산 일행이었다.

전욱은 서둘러 벽란도를 떠나려는 허소산을 굳이 만류하지 않았다. 반란의 소문에 묻혀 세상에 알려지지 않았지만, 기실 고려 무계와 상계에서는 반란의 소식만큼이나 한 사람에 대한 소문이 큰 충격을 주고 있었다. 그것은 바로 절대무인 허소산 에 대한 소문이었다.

홀로 금문의 고수들을 상대해 승리를 거둔 사람, 절대의 무 공과 하늘의 독을 지닌 사람, 사람들은 그런 허소산의 능력에 대해 감탄보다는 두려움의 시선을 보냈다.

허소산이 예상했듯, 그 두려움은 결코 허소산에게 좋은 일 이 아니었다. 두려움이 지나치면 그들은 본능적으로 허소산을 적으로 돌리려 할 것이다. 허소산 한 사람을 상대하기 위해 고 려의 전 무계가 힘을 모을 수도 있었다. 세상사에 능통한 전욱 이 그런 이치를 모를 리 없었기에 그는 아쉬움 속에서도 허소 산의 조급한 이별을 순순히 받아들였던 것이다.

"쯔쯔!"

문득 허산왕이 혀를 찼다. 그의 시선이 개경 쪽에서 벽란도 로 이어지는 관도에 있었다. 관도 위에는 길게 줄을 이어 십여 대의 우마차가 병사들의 호위를 받으며 벽란도의 포구를 향하 고 있었다.

"황보가로군요."

감천홍이 우울한 음성으로 말했다.

"식솔의 삼분지 이는 죽임을 당했고, 나머지 사람들은 저리

귀양을 가니 결국 황보가의 그 찬란한 영광도 이번으로 끝이네요."

이번에는 전조명이 입을 열었다. 그녀의 목소리도 밝지 않았는데 비록 황보가가 만재방의 적이기는 했으나 그래도 몰락한 가문의 비참한 말로가 유쾌한 것은 아니었다.

"태자비는 어찌 되었나요?"

문득 감아라가 감천홍에게 물었다.

"폐출되어 서인으로 떨어졌다는구나. 그래도 저들처럼 노비로 끌려가지 않음은 태자가 태자비에 대한 애정이 조금은 남아 있기 때문이라고 봐야겠지."

감천홍이 대답했다. 그러자 이번에는 감명이 물었다.

"그 남황성의 사람들도 오늘 떠난다고 하던데요?"

"그렇다고 하더구나. 역시 남황성의 반도들이 금가에 숨어 있었디더구니. 그 반도들 모두가 죽거나 집혔는데 그 중 산 자들을 데리고 오늘 떠난다더구나."

"이래저래 모두 떠나는군요."

감명은 한결 어른이 된 듯한 모습이었다. 이젠 코밑수염도 거뭇거뭇 나기 시작했고, 두 눈은 한층 깊어져 있었다.

"인생이란 게 본래 만나고 헤어짐의 연속이 아니더냐?"

허산왕이 이제는 더 이상 머리를 쓰다듬을 수 없을 만큼 자란 감명의 어깨를 토닥이며 말했다.

"그런데 아버지, 그 호욕한이라는 자는 정말 쫓지 않으실 거예요?"

문득 감아라가 감천홍에게 물었다.

"그래, 쫓지 않을 생각이다."

"하지만 그 사람은 우리의 원수잖아요? 아버지가 대마사와 자신을 조사하는 것을 알고 우리를 공격해 노예선에 넘긴 나쁜 사람이잖아요?"

감아라가 호욕한에 대한 노기가 풀리지 않은 표정으로 말했다. 그러자 감천홍이 담담하게 대답했다.

"물론 그렇기는 하지. 그러나 그는 지금 충분히 자신의 악업에 대한 대가를 치르고 있을 거다. 추룡사의 추격을 받고 있을 테니까."

"흠… 그래도 우리 손으로 복수를 하지 못해 아쉬워요. 하여간 그 계림공이란 자는 대단해요. 아직도 잡히지 않은 것을 보면."

감아라가 입을 비쭉였다. 그러자 감아라의 모습이 귀여운지 허산왕이 빙긋 미소를 짓고는 말했다.

"그만 가지."

허산왕의 말에 감천홍과 감명, 그리고 감아라가 허산왕을 따라 마차로 향했다. 하지만 전조명은 무언가 아쉬움이 남는 듯 쉽게 발걸음을 돌리지 못했다.

"다시 올 거야."

허소산이 그런 전조명의 어깨에 손을 올리며 말했다.

"언제?"

"세상이 잠잠해지면……."

"약속하는 거지?"

"그럼, 나도 백두에만 머물 생각은 없어. 세상이 우리를 잊을 때가 되면 그때 아버지와 함께 다시 천하를 여행해 보자구."

"알았어."

전조명이 한결 밝아진 모습으로 마차를 향해 걸음을 옮겼다. 그리고 잠시 후 허소산 일행을 태운 마차가 언덕 아래로 먼지를 일으키며 사라졌다.

*　　　*　　　*

"영지다!"

맑은 여인의 목소리가 고요한 숲에 울려 퍼졌다. 그러자 굵은 사내의 목소리가 들려왔다.

"귀한 버섯이야. 조심해서 따."

"걱정 마. 나도 이제 산사람이 다 되었다고."

대답을 한 여인이 오래된 참나무를 타고 올라 큰 솥뚜껑만 한 버섯을 조심스럽게 따기 시작했다.

"아니, 뭐가 이렇게 단단하게 붙었지?"

버섯은 생각만큼 쉽게 여인의 손에 들어오지 않았다. 여인이 들고 있던 작은 곡괭이로 버섯의 밑동을 내려쳤다.

탁!

한순간 날카로운 파열음이 일어나며 버섯이 순식간에 나무에서 떨어져 나와 아래로 추락하기 시작했다.

"어어!"

떨어지는 버섯을 미처 낚아채지 못한 여인의 입에서 당황한 음성이 흘러나왔다. 그러나 버섯은 그녀의 손을 벗어난 지 오래였다. 버섯은 너른 고깔로 바람을 타고 너울거리며 참나무 옆으로 이어진 깎아 지르는 절벽 쪽으로 떨어지기 시작했다.

"안 돼!"

여인의 입에서 안타까운 목소리가 흘러나왔다. 그런데 그 순간 갑자기 한줄기 검은 바람이 불어오는가 싶더니 절벽 아래로 떨어져 내리려는 버섯을 가볍게 낚아챘다.

"소산!"

나무 위에서 반색을 한 여인의 목소리가 흘러나왔다. 그러자 버섯을 낚아챈 사내가 고개를 들어 여인을 바라보며 말했다.

"역시 아직은 제대로 된 약초꾼이 아니야. 좀 더 연습해야겠어, 조명!"

참나무 가지를 뚫고 내려온 햇살이 사내의 얼굴을 비췄다. 허소산이었다.

"흥! 어쩌다 한 번 실수를 했을 뿐이라고!"

전조명이 퉁명스레 대꾸를 하고는 훌쩍 나무 위에서 뛰어내렸다. 그리고는 얼른 허소산의 손에서 영지버섯을 받아들었다.

"흐음……. 아주 묵직한걸?"

"보통 오래된 게 아니야. 제법 값이 나가겠어."

"좋아. 오늘 내가 한몫 잡았군."

전조명이 크게 고개를 끄덕였다.

"그런데 묻고 싶은 게 있어."

허소산이 전조명을 보며 말했다.

"뭔데?"

"그렇게 금자를 모아서 어디에 쓰려고 하는 거야?"

"쓸 데가 왜 없겠어? 이제 곧 여행도 떠나야 하고……."

"그것보다는 내가 보기엔……."

허소산이 말꼬리를 흐렸다.

"하고 싶은 말이 뭐죠, 서방님!"

전조명이 눈을 가늘게 뜨며 물었다. 그러자 허소산이 미소를 지으며 내답했다.

"상가의 피를 이어받은 것이 이유가 아닐까?"

"오라. 그러니까 우리 집안의 태생이 장사꾼이라고 비웃는 거구나."

"비웃다니! 큰일 날 소리를 하네."

허소산이 짐짓 고개를 저었다. 그러자 전조명이 다시 입을 열었다.

"서방님의 말씀이 틀린 건 아니에요. 사실… 나도 모르게 재물을 모으려는 본능이 일어나곤 하니까. 그래도 뭐… 허투루 쓰고 다니는 마누라보다는 낫지 않아?"

"하하, 그렇기는 하지. 그만 가자. 아버지가 돌아오시기로 한 날이야."

허소산이 내려놓았던 약초 걸망을 둘러메며 말했다.

"아버님은 점점 더 젊어지시는 것 같아. 이번에는 보름만이 지?"

"그렇군. 지난 그믐에 떠나셨으니까. 산으로 들어오시니 한결 편하신가 봐."

"내가 어쩔 수 없는 장사치라면 아버님과 소산은 어쩔 수 없는 산사람인가 봐."

"후후, 그렇지. 아버지와 난 산에서 자유로움을 느끼니까."

"그래도 이번엔 잠시 산을 떠날 거지?"

"그래야지. 장인어른을 뵙지 못한 지도 벌써 이 년이 다 되어 가니……."

허소산이 걸음을 옮기며 말했다. 그러자 전조명이 허소산을 따라 걸으며 중얼거렸다.

"아버지가 보고 싶어. 오라버니도……."

"알았어. 이번에는 꼭 가도록 하지."

두 사람은 짙은 녹음이 우거진 백두의 숲을 걸었다. 이제 곧 여름이 가고 선선한 바람이 불면 여행하기 좋은 계절이 돌아온다. 그때가 되면 이 백두를 떠나 벽란도를 거쳐 중원으로 갈 생각이었다.

허소산과 전조명은 이번 여행에서 들릴 곳에 대해 이런저런 이야기를 나누며 백림촌으로 향하고 있었다. 그런데 갑자기 그들의 귀에 날카로운 도검의 충돌음이 들려왔다.

카카캉!

아주 오랫동안 도검의 충돌음을 듣지 못했던 두 사람의 모골이 송연해졌다. 생경한 격돌음이 다시 과거의 그 혈사 속으로 두 사람을 끌어들이는 것 같았다.

"뭐지?"

전조명이 불안한 표정으로 허소산을 보며 물었다.

"글쎄. 여기는 산이 깊어 산적조차 없는 곳인데……."

"어서 가자. 괜한 일에 얽히지 말고."

"응. 그래."

허소산이 고개를 끄덕이고는 걸음의 속도를 높였다. 그런데 세상일이 언제나 그렇듯이 피하려던 싸움이 오히려 점점 더 허소산과 전조명을 향해 다가왔다.

"안 되겠군."

허소산이 갑자기 전조명의 허리를 휘어감고 훌쩍 신형을 날렸다. 그러자 그와 전조명이 한순간에 하늘 높이 솟은 전나무의 무성한 가지 속으로 사라졌다. 그리고 두 사람이 사라진 직후 장내에 이십여 명의 사람이 모습을 드러냈다.

"이쯤에서 포기하시오."

장내에 모습을 드러낸 자들은 두 패로 나뉘어져 있었다. 한 쪽은 날렵하게 생긴 교자를 든 네 명의 사내와 교자 위의 노인, 그리고 교자를 호위하는 네 사람의 초로의 인물들이었고, 다른 한쪽은 남색 무복을 차려입은 열대여섯 명의 무인이었다.

입을 열어 말은 한 쪽은 남색 무복의 무인들을 이끌고 있는 칠십여 세의 노검객이었다.

"지독하구나."

교자 위의 노인이 한기가 흐르는 목소리로 말했다.

"그대 역시 마찬가지요. 이 추격전이 벌써 몇 년 째요. 이제 그만 이쯤에서 끝냅시다."

"후후후, 그러지 않아도 그럴 생각이었다."

교자 위 노인의 말에 노검객의 표정이 살짝 변했다.

"그럼… 드디어 검을 내려놓겠다는 말이오?"

노검객이 조심스럽게 물었다. 그러자 교자 위 노인이 고개를 끄덕였다.

"결국 그렇게 되겠지. 그리고 우린 아주 먼 여행을 떠나겠지."

"미안하지만 당신은 개경으로 가야 하오. 그대의 목숨을 보전해 줄 수는 있지만 그대에게 자유를 줄 수는 없소. 그리고……!"

"그나마 목숨을 부지하는 대가로 금문의 뿌리가 있는 곳을 대라?"

"그게 유일한 살 길이오. 계림공!"

노검객의 눈에서 차가운 한기가 흘렀다.

"하하하! 추룡사 강초, 그대는 단단히 오해를 하고 있군."

순간 허소산과 전조명이 올라 있는 전나무가 잠시 흔들리는 듯한 느낌이 들었다. 그러나 그건 바람이 일으키는 움직임보다도 작았으므로 장내의 사람들 중 전나무의 떨림에 관심을 두는 사람은 없었다.

"오해? 내가 그대의 말뜻을 잘못 알아들은 것이오?"

추룡사 강초가 계림공 김류에게 물었다.

개경 구룡사에서의 혈전 이후 추룡사는 지금까지 김류를 추격하고 있었던 모양이었다. 구룡사의 혈전이 있은 지가 이 년이 지나고 있었으니 도주하는 자나 추격하는 자나 대단한 집착이 아닐 수 없었다.

"맞아. 그대는 내 말을 잘못 알아들었어. 내가 여행을 하고 싶은 곳은 천하가 아니다."

"그럼 어딜 가고 싶다는 거요? 가능하다면 들어드리리다."

강초의 말에 김류가 히죽 미소를 지었다.

"물론 그대는 충분히 내 부탁을 들어줄 수 있지."

"어디요."

"저승!"

"……?"

"추룡사 강초……. 나와 함께 저승으로 가야겠다. 지옥 같은 추격전을 끝내고 이제 그만 나와 같이 진짜 지옥으로 가보는 것도 좋지 않겠는가?"

"무슨 소리를 하는 거요?"

강초가 차가운 안광을 흘리며 물었다.

"지금까지 이 년여의 시간 동안은 그대들이 날 추격했지만 오늘은 다르다. 오늘은 내가 그대들을 초대한 것이야. 이 깊은 산중으로……."

"설마 함정을 판 것이오?"

"말하자면 그렇지. 그러나 함정이라기보다는 죽을 자리를 찾았다고 할 수 있겠지. 사실… 난 지금 죽어가고 있다. 이제 거의 다 되었지. 오장육부는 썩었고, 사지가 제 구실을 못한 지도 이미 오래되었지."

"그 몸으로도 그대가 지금까지 보여준 능력은 그야말로 놀라웠소."

"후후후, 그래, 나도 최선을 다했다. 그러나… 천명은 어쩔 수 없더군. 이젠 죽을 때야. 그런데 죽으려 생각하니 억울한 마음이 들더군. 어찌 나 홀로 외로운 저승길을 갈까 싶었어."

"걱정 마시오. 그대의 수하들도 함께 보내줄 테니까."

"하하하, 그건 너무 재미없는 일이지. 이들은 평생 나를 따른 사람들인데 죽어서도 내 시중을 들어서야 되겠나? 그래서 난 새로운 길동무를 만들기로 했어. 추룡사 강초… 그대라면 아주 좋은 길벗이 아닌가? 하하하!"

김류의 호탕한 웃음이 숲을 뒤흔들었다. 그러자 강초가 경계의 빛을 보이며 말했다.

"미안하지만 난 그대의 길동무가 되고 싶은 생각이 없소."

"후후후, 아마 함께 가야 할 걸세."

"항복하지 않겠다면 저승 가는 길을 전송은 하리다. 모두 준비하라!"

강초의 명이 떨어지자 그의 뒤에 있던 청색 무복의 사내들이 일제히 도검을 뽑아 들었다. 그리고는 바람처럼 신형을 날려 김류 일행을 에워쌌다.

"오늘… 반드시 끝을 내주리다."

강초 자신도 검을 뽑아 들고 김류 앞으로 나서며 말했다. 그러자 김류가 희미한 웃음을 흘리며 고개를 끄덕였다.

"좋아, 좋아. 그리하자고. 우리의 질긴 인연 여기서 끝내자고. 우리도 준비하지."

김류의 말에 교자를 멘 네 명의 사내들과 김류를 호위하던 네 명의 사내가 표정을 굳히며 검을 빼 들었다. 순간 강초의 명이 떨어졌다.

"쳐라!"

짙은 남색 부복의 부사늘, 추룡사늘이 심류 일행을 향해 날아들었다. 싸움은 치열했다. 생사의 운명을 칼날에 건 자들의 움직임은 비호와 같이 용맹하면서도 처절했다.

특히 추룡사에 둘러싸인 김류 수하들의 움직임은 장엄한 슬픔까지 느껴졌다. 그들 중에는 허소산과 전조명의 눈에도 낯익은 사람이 있었는데 그는 바로 구룡사에서 김류와 함께 사라진 호욕한이었다. 한때 고려 조정에서 황제의 총애를 받으며 온갖 권세를 누리던 그가 오늘 이 깊은 산중에서 한 자루 검에 의지해 생사의 줄다리기를 하고 있었다.

그런데 기이한 것은 추룡사의 공격에 서서히 몰락의 길을 가면서도 호욕한을 비롯한 김류의 수하들 얼굴에는 절망감 같은 것이 보이지 않는다는 것이었다. 그들은 마치 아주 즐거운 여행을 기다리는 아이들처럼 묘한 흥분감을 내비치고 있기까지 했다.

강초 역시 그들의 표정을 읽었음인지 긴장한 표정으로 면밀히 전장을 살피고 있었다. 그러나 그가 보기에 이 싸움에선 그어떤 변수도 일어날 것 같지 않았다. 추룡사 중 고르고 고른 자들을 데려왔으므로 아무리 김류의 수하들이 뛰어나다 해도 이 싸움에서 패할 리는 없었다. 더군다나 완벽한 포진으로 김류를 가두었으므로 그가 도주할 수도 없었다.

생각할 수 있는 변수는 그 어떤 것도 없었다.

"끝낸다!"

한순간 강초의 입에서 차가운 명이 흘러나왔다. 동시에 그의 신형이 벼락처럼 전장의 한가운데를 뚫고 들어가더니 추룡사 두 명을 맞아 힘겹게 목숨을 이어가고 있는 호욕한의 등에 일검을 내리 그었다.

"커억!"

강초의 검을 맞은 호욕한이 비명을 지르며 그 자리에 주저앉았다. 그의 등에서 검붉은 피가 솟구쳤다. 그의 얼굴이 빠르게 생기를 잃어갔다. 그럼에도 그의 표정은 편안해 보였다.

"대야, 길을 열겠습니다."

호욕한이 교자 위의 김류를 보며 말했다. 그러자 김류가 고개를 끄덕였다.

"좋아. 곧 뒤따라가지."

"그럼!"

호욕한이 천천히 김류에게 고개를 숙였다. 그리고 숙여진 그의 머리가 다신 위로 올라오지 않았다. 마치 순교를 하듯이 그렇게 호욕한이 죽었다. 순간 강초가 부르르 몸을 떨었다. 죽음을 맞이하는 순간까지 충성을 바치는 수하를 둔 김류가 새삼스레 두려워지는 것이었다. 그러자 갑자기 김류에 대한 살의가 불길처럼 치솟았다. 이런 수하를 거느린 자를 살려둘 수는 없다. 세상에서 가장 위험한 자는 사람의 마음을 얻은 자가 아니던가.

"큭!"

다시 한 명의 비명 소리가 강초의 귀에 들려왔다. 김류를 호위하던 고수 중 또 다른 한 명이 죽어가는 소리였다. 싸움은 그 절정을 향해 달리고 있었다. 그리고 강초는 드디어 이 싸움을 종결짓기로 결심했다.

"핫!"

강초의 입에서 한 마디 기합성이 터져 나왔다. 그의 신형이 사신처럼 날아 교자 위에 앉아 있는 김류를 덮쳤다. 그러나 김류는 강초의 공격에 그 어떤 반발도 하지 않았다. 김류는 이 죽음이 아주 자연스럽게 자신을 찾아온 것인 양 엷은 미소까지 지으며 강초의 검을 받았다.

"삭!"

강초의 검이 김류의 가슴을 훔치고 지나갔다. 그러자 김류의 몸이 한 차례 흔들거렸다. 연후 김류의 흰 옷 안쪽이 붉게 물들어 가기 시작했다.

그런데 단번에 김류를 베어낸 강초의 표정은 밝지 않았다. 바람처럼 김류를 베고 지나쳤던 강초가 의문이 가득한 표정으로 죽어가는 김류에게 다가섰다.

"도대체… 왜……?"

"반항을 한다고 그대의 검을 막을 수 없지. 이 몸으로……."

"그렇다고……."

"날 죽였으니 모든 일이 끝이라고 생각하나?"

죽어가는 목소리로 김류가 물었다. 그러자 강초가 대답했다.

"물론 금문의 잔당이 남아 있음을 모르지 않소. 그러나 머리를 잘랐으니 나머지야……."

"후후후, 그대가 모르는 게 하나 있어."

"……?"

"금문의 머리는 하나가 아니다."

순간 강초의 눈빛이 번쩍였다.

"무슨 소린가?"

"하나의 머리가 잘리면 다른 하나의 머리가 금문이라는 거대한 흑룡을 움직일 것이다. 기대해도 좋아. 그는… 나보다 훨씬 뛰어난 친구니까."

"그자가 누구냐?"

강초가 김류에게 바싹 다가서며 물었다.

"알고 싶은가?"

"말하라. 무슨 수를 쓰든 그대를 살려주겠다."

"후후후, 그것보다 다른 조건이 있다."

김류가 고개를 저으며 말했다. 그러자 강초가 조급함을 드러내며 물었다.

"말하라, 무엇이든!"

"그대도 알고 있는 조건이지. 애초 이 싸움을 시작할 때 내가 말했었지. 내겐 친구가 필요하다고. 저승을 함께 여행할 친구…… 그대가 그 친구가 되어주면 내 금문의 다른 머리에 대해 말해주지."

"이……!"

강초가 노기를 담은 눈으로 김류를 노려보며 검을 그의 목에 거눴다. 그러자 김류가 다시 입을 열었다.

"거절인가? 하하, 물론 나도 그대가 승낙할 거란 생각은 하지 않았어. 그러나 그대가 좋든 싫든 그대는 내 친구가 되어야겠다."

"당신이 말하지 않아도 내가 반드시 찾아내지. 그래서 그 다른 머리 또한 그대의 곁으로 보내주마."

"아니. 그댄 나와 함께 가야 해!"

김류가 단호하게 말했다. 그러자 강초가 망설이지 않고 검을 들어 김류의 목을 찔렀다. 순간 김류의 힘없던 손이 벼락처럼 강초의 멱살을 꽉 움켜쥐더니 다른 한 손으로 교자의 한 부분을 내려쳤다.

쾅!

한순간에 김류가 타고 있던 교자가 산산이 부서졌다. 그리고 그 속에서 녹색 기운이 화산처럼 일어났다.

"흡!"

한순간 강초가 숨을 멈췄다. 그리고는 자신의 멱살을 잡은 김류의 손을 풀어내려 했다. 그러나 이미 숨이 끊어진 김류는 자신의 말대로 강초를 저승으로 데려가려는 듯 죽은 상태에서도 상대의 옷자락을 놓지 않았다.

그때 김류의 수하들을 전멸시킨 추룡사 중 한 명이 번개처럼 날아들어 김류의 팔을 잘랐다.

툭!

강초의 멱살을 잡고 있던 김류의 팔이 끊어지며 그의 시신이 부서진 교자 위로 쓰러졌다. 그러자 김류의 팔을 자른 자가 재빨리 강초의 허리를 끌어안고 자리를 벗어났다.

"어르신!"

"으음!"

강초가 고통스런 신음성을 흘렸다.

"어르신!"

강초를 구한 자가 놀란 목소리로 다시 소리쳤다. 그러자 강초가 검게 변한 얼굴로 사내를 보며 말했다.

"백림촌으로 가자. 어서!"

"백림촌이라면……?"

"그만이 날… 살릴 수 있다."

"하지만… 그는 이미……."

"추룡이대에 전서를 보내라. 그에게 접근하지 말라고. 우리
가 합류하지 못하는 이상 추룡이대 단독으로 그를 벨 수 없다.
관군을 동원한다 해도 어려워. 일단… 내가 먼저 그를 만나겠
다. 그만이 이 독을 해독할 수 있을 것이야. 그를 베는 것은 그
이후다!"

"알겠습니다. 어르신!"

"어서 가자. 서둘러라!"

강초의 명에 사내가 강초를 등에 업으며 소리쳤다.

"백림촌으로 간다. 추룡이대에 전서를 날려라! 계획이 변경
됐다."

사내의 명이 떨어지자 추룡사들이 움직이기 시작했다. 더불
어 그늘이 숲으로 들어간 지 채 반각이 시나지 않아 전서구가
날아올랐다.

투툭!

추룡사가 떠난 자리에 허소산과 전조명이 내려섰다. 두 사
람의 얼굴을 차갑게 굳어 있었다.

"강초… 그가 말하는 사람이 소산 너일까?"

"아마도……."

"그는 정말 널 베려 한 것일까?"

"그런 모양이야."

"그가 왜······?"

"아마도··· 내가 두려웠던 게지."

"넌 이미 세속을 떠난 사람이잖아."

"권력자들이란 단 일 푼의 위험도 감수하려 하지 않지. 내 무공이 언젠가 황실에 위협이 될 수도 있다고 생각했겠지. 그 날··· 구룡사에서 심어진 두려움이 드디어 싹을 틔우기 시작한 거야."

"어쩔 거야?"

"뭘?"

"그가 널 노리고 있잖아?"

"그게 무슨 문제야. 이제 하루가 지나지 않아 그는 죽을 텐데. 이 독은······."

허소산이 여전히 죽은 김류의 곁에서 피어오르고 있는 녹색 연무를 손으로 한 움큼 움켜쥔 후 말을 이었다.

"나 말고는 그 누구도 해독할 수 없어. 김류가 아주 독한 놈을 준비했어. 그런데 난 그를 살리지 않을 테니 그는 죽겠지. 추룡사는 돌아갈 것이고. 물론 우리도 백림촌을 떠나긴 해야 겠지. 뭐, 어차피 여행을 떠날 생각이었으니까."

"돌아올 곳이 없잖아?"

"백두는 넓어. 우리가 정착할 곳은 아주 많아. 감 녹사님이 정착했다는 마을을 찾아보는 것도 좋겠지."

허소산이 길게 이어진 백두의 준령들을 보며 말했다.

"망할 늙은이! 그렇게 많이 도와주었건만!"

전조명이 강초가 사라진 곳을 보며 욕설을 해댔다.

"가야 해. 아버지를 마중해야 하니까."

허소산이 가볍게 전조명의 허리를 휘어감고 신형을 날렸다.

순간 두 사람이 한 쌍의 새가 되어 숲 저쪽으로 사라졌다.

終章
그리고
또 다른 어느 날

독경
讀經

한 사내가 미친 듯이 험한 산속을 헤매고 있었다. 며칠을 헤맨 걸까? 걸치고 있는 옷은 곳곳이 헤어져 속살이 고스란히 비쳤고, 신고 있는 가죽신도 발가락을 모두 가리지 못했다.

그러나 사내는 그런 와중에도 정신이 나간 것처럼 이 산에서 저 산으로, 이 계곡에서 저쪽 봉우리로 백두의 깊은 산속을 헤매고 있었다. 그리고 어느 순간 사내의 눈이 절벽 위 아스라이 보이는 작고 붉은 열매에 가 닿았다. 신령스런 기운이 물씬 풍기는 그 열매를 본 순간 사내의 얼굴이 환희로 물들었다.

"찾았어! 드디어 찾았어!"

사내가 감격에 겨운 목소리를 흘려내더니, 이내 절벽을 타고 오르기 시작했다. 한 발 헛디디면 목숨 부지하기 힘든 위태로운 절벽이건만 사내는 그런 위험을 느끼지 못하는지 부지런히 손발을 옮겨 드디어 붉은 열매를 매달고 있는 이름 모를 산초 앞에 도달했다.

사내는 환희와 욕망이 물든 눈으로 열매를 매단 산초의 뿌리를 캐기 시작했다. 그러자 얼마 지나지 않아 길게 이어진 검은 뿌리가 모습을 드러냈다. 사내는 마치 세상에서 가장 귀중한 물건을 얻은 듯 그 뿌리를 소중하게 받쳐 들었다. 그리고는 앙천대소하며 소리쳤다.

"아하하! 드디어 찾았어. 이건 천년삼왕이야. 흐흐흐, 하늘이 다시 내게 기회를 줬어. 이번에야 말로 난 제대로 살아보겠어. 아암, 이 천년삼왕이면…… 아암!"

사내가 검은 풀뿌리를 조심스럽게 품속에 넣고는 절벽을 내려오기 시작했다. 가끔 발을 헛디뎌 미끄러지기도 했지만 사내는 결국 두 발을 땅에 디뎠다. 그리고는 다시 한 번 품속에 넣은 검은 풀뿌리를 살펴보고는 흐뭇한 미소를 지으며 숲속으로 사라졌다.

"왜 그를 살려주는 거야?"

전조명이 물었다. 그녀에게선 어느덧 완숙한 여인의 향기가 풍기고 있었다. 그러자 멋들어진 수염이 자란 턱을 쓰다듬으며 허소산이 대답했다.

"그는 이미 죽었어. 죽은 자를 다시 벨 수는 없지."

"무슨 말이야?"

"마음이 죽었으니 산 사람은 아니야."

"그래도 아버지를 죽인 사람이잖아?"

전조명이 다시 묻자 허소산이 잠시 침묵을 지키다가 전조명에게 물었다.

"저 사람을 보는 게 몇 년째지?"

"벌써 오 년째지."

"그는 다시 오겠지?"

"당연하지. 그가 캔 것은 그냥 이름 모를 풀뿌리잖아? 아마 약초상에 가져가면 욕이나 잔뜩 얻어먹을걸? 그러니 또 오겠지, 천년삼왕을 찾겠다고."

전조명의 대답에 허소산이 고개를 끄덕였다.

"그래, 그는 다시 오겠지. 그리고 다시 백두를 헤매다 다시 이름 모를 풀뿌리를 천년삼왕이라고 캐어가겠지. 그러다 어느 날인가는 결국 이 백두의 한 자락에서 숨을 거두겠지. 그렇게 천년삼왕에 홀려 살다가 내 아버지를 죽게 한 이 백두에서 쓸쓸히 죽어가는 것… 그게 내 복수라면 복수일까?"

허소산이 쓸쓸한 표정으로 말하자 전조명이 물었다.

"설마 그가 불쌍한 거야?"

"글쎄. 불쌍하다기보다는……."

허소산이 말꼬리를 흐렸다. 그러다가 다시 입을 열었다.

"심독은 무서운 거야. 결국 자신이 왜 죽는지도 모르는 채 죽음을 선사하니까. 천년삼왕이란 그에게 천고의 영물이 아니라 강력한 심독의 뿌리였던 게지."

허소산의 말에 전조명이 살짝 몸을 떨었다. 그리고는 머리를 저으며 말했다.

"그만 가. 무령이 기다리겠다."

전조명이 허소산의 소매를 끌었다. 두 사람의 모습이 이내 무성한 백두의 숲으로 사라졌다. 그리고 잠시 후 다시 허소산의 목소리가 들려왔다.

"후후, 녀석, 이번에는 천자문을 떼었어야 할 텐데. 할아버지 품에서 벗어나질 않으니……."

"누굴 닮아 그리 아둔할까?"

"난 아닌 것 같은데?"

"그럼 나란 말이야?"

전조명의 높은 목소리가 숲을 흔들었다.

『독경(毒經)』 완결

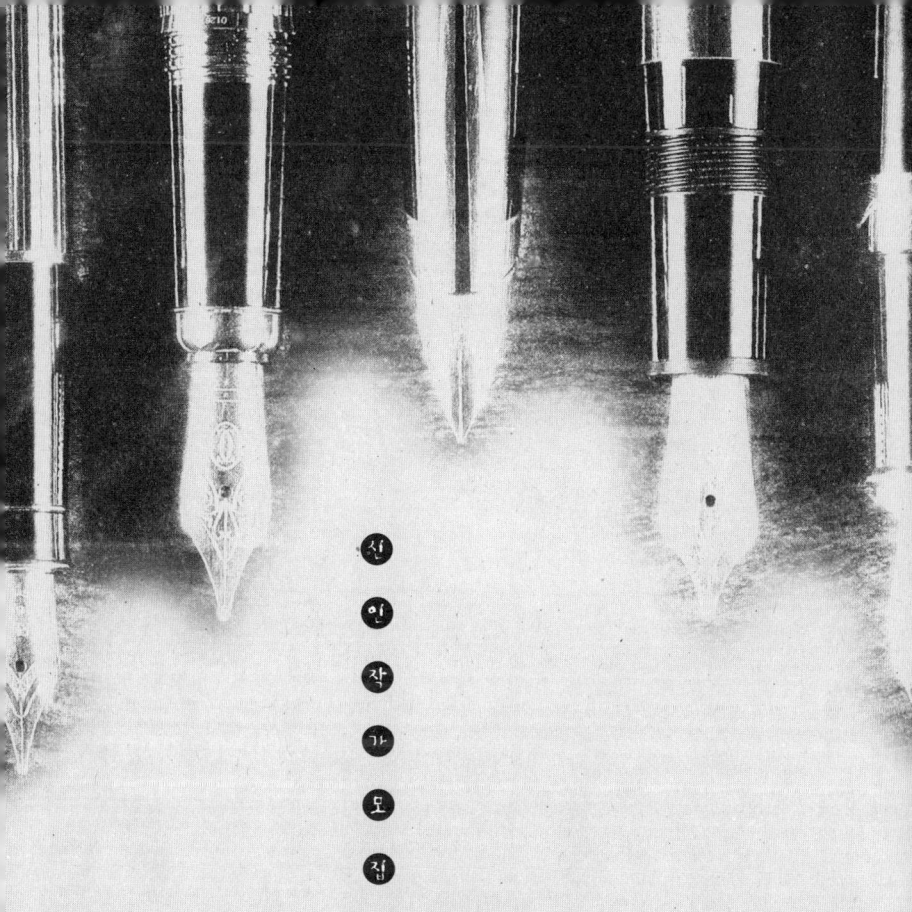

신
인
작
가
모
집

**시작이 반이라고 했습니다.
작가의 길에 대한 보이지 않는 벽을 과감히 깨뜨리십시오!
청어람은 작가 지망생 여러분들의
멋진 방향타가 되어드리겠습니다.**

저희 도서출판 청어람에서는
소설 신인 작가분들을 모집합니다.
판타지와 무협을 사랑하시는 분들의 많은 참여를 바랍니다.
소정의 원고(A4용지 150매)를 메일이나 우편으로 보내주시면
검토 후 출판 여부를 알려드리겠습니다.

주소:경기도 부천시 원미구 심곡2동 163-2 서경B/D 2F 우편번호 420-822
TEL:032-656-4452 · **FAX**:032-656-4453
http://**www.chungeoram.com**
e-mail:chungeoram@chungeoram.com

斷月劍帝

단월검제

강태훈 新무협 판타지 소설

"나 좀 도와주면
내가 제자가 되어줄게."

당돌한 제자 상천과 그저 그런 사부 종삼의 황당한 만남!

철석같이 신검이라 믿고 익힌 단월검을
진짜 신검으로 발전시킨 검제의 이야기!

달조차 베어버릴
거대한 검의 신화가 열린다!

태클 걸지 마!

무람 장편 소설

우리가 기다려 왔던 신개념 소설!

말년 병장 김성호!
'어이, 김 병장. 놀면 뭐하냐?'

떨어지는 낙엽도 피해야 하는 시기에 삽 한 자루 꼬나쥐고
터덕은 캐는 꼬인 군 생활의 참흥인!

『태클 걸지 마!』

낡은 서책과 반지의 기적으로 지금껏 모르던 새로운 힘을 깨달아간다!

불운한 삶은 이제 바뀔 것이다. 내 인생에 더 이상 태클은 없다!

Book Publishing CHUNGEORAM

유행이 아닌 자유추구 ~
WWW.chungeoram.com